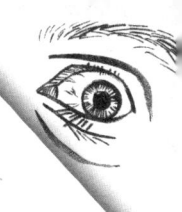

# 秘密森林

（未删节版插图本）

杜辉 著

上海文艺出版社
上海故事会文化传媒有限公司

— 序 —

## 长风破浪会有时

《故事会》杂志有个不成文的规矩,即每一年都要推出新栏目。对此老读者早有心理期待。

果然,2019年1月,《故事会》如约而至推出了新栏目。不过,与前不同的是,杂志新栏目叫"长篇故事连载",推出的作品是一部悬疑故事——《秘密森林》,作者杜辉。

《故事会》刊载长篇故事,也不是新鲜事儿。我们知道,早在上世纪80年代,《故事会》就刊发过好几部长篇,如《蔷薇花案件》《"2020"的幕后》等。读者觉得好看,过瘾,解渴,一时间"洛阳纸贵"。那么,30多年后,再次祭出"长篇故事连载",还会出现曾经有过的轰动效应吗?

令人欣喜的是,从第一期连载开始,《秘密森林》便引发关注,并持续不断升温,这在故事会公众号和相关的网络平台上,表现得尤为抢眼。我们看到众多读者热议这部长篇故事:讨论情节,剖析人物,解读悬念,猜测谜底……成为当时故事界的一大盛景。

这部长篇故事为什么能产生如此强大的吸引力？作为它的"助产士"，我愿把自己的一些所思所想，与读者共同分享。

首先，来自故事文体的独特魅力。故事是情节的艺术，情节是吸睛的要素，长篇故事由于篇幅的原因，可以把故事的优势发挥到极致，如果说中短篇故事可以做到一波三折，那么长篇故事就能达到"九曲十八弯"的效果。当然这样创作难度也会更高。我欣慰地看到，作者凭借多年的故事创作经验和技巧，成功地驾驭了这部大部头的作品。

故事一开篇便设下了一个巨大的悬念：一个叫"黑暗王爵"的神秘人物，竟然能了解每个人内心的秘密，是谁赋予了他这么神奇的魔力？当你随着作者设下的悬念，走进这篇故事，正如书名所示，就像进入了一片深不可测的森林，时而树木遮天，时而曲径通幽，前面分明没有了路，不由替作者捏一把汗，突然峰回路转，眼前别有洞天，又不由为作者大喊一声"好"！等你读完最后一节，回望自己走过的这片森林，才会真正领略到故事的魅力所在。全书共六十章节，一节一个小悬念，留待下一节解开，一期一个大悬念，留待下一期解开，直到最后一期，所有谜底揭晓，这样的故事，当然是吸引力十足的。

其次，来自叙述语言的有机融合。由于故事的口头性特点，它和小说的语言有明显不同，故事重叙述轻描写，尤其要避免大段的景物描写和繁琐的心理活动。但作为一部大部头的长篇故事，显然不宜被教条主义绑住手脚。作者在这方面做出了大胆的尝试，不但有节制地吸收了小说的语言技巧，甚至借鉴了影视作品的一些表达方式，以至于很多细节具有扑面而来的画面感和镜头感，像在观看一部影视大片，让读者有身临其境之感。

第三，来自人类本性的深度开掘。一部长篇故事，如果仅仅停留在表面的热闹和情节的曲折上，也许它会是一部好看的作品，但不会是一部深刻的作品。作者显然有着自己的文学追求，不甘心那种浅尝辄止的写作方式。他用锋利的笔触去剖析人性，开掘黑暗。在这部长篇故事中，没有非黑即白的事物，也没有非善即恶的人设，再正直的人物都会有私欲，再沉沦的灵魂都会有善念。所谓的是与非，也许只不过是一枚硬币的两面；所谓的人与鬼，也许只不过是一次选择的结果。作者毫不留情地将笔下人物置身于绝境，让每个人都去面对精神的撕裂和内心的抉择，借此探究人性最黑暗的一面，再去找出黑暗深处的那一线光明。读这样的作品，有时候会像照镜子，照出自身的困境。曾经有一位读者特意来电向我表达阅读感受：读到那种内心秘密被完全窥透的情节时，他会有种全身发冷的感觉；读到故事中主人公面临严酷抉择的内容时，他会反问换了自己会怎么做；看到光明驱散黑暗的结局，又无形中对这个世界增添了一份信心。

需说明的是，为了适应杂志版面，这部长篇故事在《故事会》杂志上连载时，每一期都作了不同程度的删减，现在我们适时推出《秘密森林》"完整版"，还有，根据读者意见，编辑对个别情节、细节作了部分调整，因此，现在推出的版本，也可视作是"修订版"。希望本书出版后能收到更多读者的反馈意见。

杜辉在长篇故事创作上勇立潮头，其情可嘉。我们有信心在不远的将来，看到更多的故事作家，加入这个航道，从而在故事长河中呈现百舸争流、千帆竞发的美丽风景。

是以为序。

夏一鸣

# 目 录
## Contents

| | | |
|---|---|---|
| 1 | 窥视之瞳 | 1 |
| 2 | 暗夜迷途 | 5 |
| 3 | 黑暗深处 | 11 |
| 4 | 清白蒙污 | 17 |
| 5 | 洞房惊变 | 24 |
| 6 | 天堂悲情 | 29 |
| 7 | 难言之隐 | 35 |
| 8 | 无所不知 | 42 |
| 9 | 首鼠两端 | 48 |
| 10 | 至深恐惧 | 55 |
| 11 | 雨夜命案 | 61 |
| 12 | 铁证如山 | 67 |

| | | |
|---|---|---|
| 13 | 奇峰突转 | 73 |
| 14 | 惊天奇冤 | 80 |
| 15 | 艰难抉择 | 88 |
| 16 | 逃犯现身 | 95 |
| 17 | 绝壁危岩 | 102 |
| 18 | 疾车烈焰 | 108 |
| 19 | 致命突袭 | 113 |
| 20 | 不归之路 | 120 |
| 21 | 坠入陷阱 | 125 |
| 22 | 有口难辩 | 131 |
| 23 | 无罪可认 | 136 |
| 24 | 铤而走险 | 142 |

| 25 | 暗度陈仓 | 146 | | 43 | 终极对决 | 250 |
| --- | --- | --- | --- | --- | --- | --- |
| 26 | 迷雾疑云 | 151 | | 44 | 守株待兔 | 256 |
| 27 | 铁汉柔情 | 157 | | 45 | 两位助手 | 261 |
| 28 | 人性本善 | 163 | | 46 | 黑洞魅影 | 267 |
| 29 | 真相显露 | 168 | | 47 | 劫后余生 | 273 |
| 30 | 鬼魅现形 | 173 | | 48 | 内鬼悲情 | 279 |
| 31 | 人妖颠倒 | 179 | | 49 | 顺藤摸瓜 | 285 |
| 32 | 密林鬼影 | 183 | | 50 | 石破天惊 | 291 |
| 33 | 生死相搏 | 189 | | 51 | 别无选择 | 295 |
| 34 | 迷途知返 | 194 | | 52 | 不测之祸 | 301 |
| 35 | 道高一丈 | 199 | | 53 | 举棋不定 | 306 |
| 36 | 故友重逢 | 208 | | 54 | 惊人发现 | 312 |
| 37 | 隔阂难消 | 214 | | 55 | 箭在弦上 | 318 |
| 38 | 定位追踪 | 220 | | 56 | 真凶现身 | 324 |
| 39 | 无妄之灾 | 226 | | 57 | 黑暗往事 | 329 |
| 40 | 步步惊心 | 232 | | 58 | 秘密王国 | 335 |
| 41 | 墓穴惊魂 | 239 | | 59 | 真爱无敌 | 341 |
| 42 | 合理推断 | 244 | | 60 | 光明在前 | 348 |

# 1 窥视之瞳

每个人都有深藏不露的秘密，如果有一天，你突然间发现，有一双无处不在的眼睛，能窥透你内心的所有秘密，那该会是一件多么可怕的事？

凌丹现在就体会到了那种恐惧，她第一眼看到那只眼睛时，全身汗毛都炸了一下。那是一只深不可测的眼睛，里面暗影重重，仿佛藏着一座夜森林，森林深处隐隐约约还有一只眼睛，猫头鹰一样闪闪发光的眼睛，正冷冷地窥视着自己。

凌丹双手微颤，差点把手机摔了，这才意识到那只眼睛不过是个微信头像，问题是凌丹的微信开启了好友验证，最近根本就没人向她发送过验证信息，怎么会莫名其妙地多出了这么一个好友？再看那个人的名字，一股阴冷的暗夜气息扑面而来，凌丹下意识地念出了那个名字——黑暗王爵。

不知是不是幻觉，凌丹念出那个名字的同时，那只眼睛似乎无声地眨了一下，把凌丹吓得全身一激灵。

凌丹稳了一下心神，发过去一句话："你是谁？是我认识的人吗？"那边没有任何回应，凌丹紧接着又说了一句："要是还不吭声，我就把你删掉了。"

那边还是没有动静，唯有那只眼睛，静默地注视着凌丹，让她浑身上下都不自在。她终于下定了决心，手指按向删除选项。

就在这时，微信"叮"的一声响，那边发过来一张图片，图上画着一个女孩，正在用一枚树叶当书签，夹在摊开的书页之间。

凌丹松了口气，嘴角露出一丝笑意，挑选精致的树叶当书签，是她一直以来保持的习惯。画上女孩用的是左手，而她正是一个左撇子，更重要的是那女孩右眼皮上有一颗痣，这是凌丹独有的一个特征。

看来这位黑暗王爵是自己身边的一位朋友，在跟自己开玩笑呢，于是凌丹打出一行字："少在这故弄玄虚了，你信不信，我已经猜出你是谁了！"她正要按发送键，那边又发过来一张图片，看到这张图片的一刹那，凌丹整个人都呆了一下，一股冷气蓦地贯穿全身。

画中的女孩坐在一张床上，看周围环境似乎是大学宿舍，她手里捧着一本书，眼睛却瞄着门缝，表情中既露出一丝兴奋，又透着几分紧张。那本书有着黑色的封皮，上面赫然四个大字：北回归线。

《北回归线》是美国作家亨利·米勒的小说，书中充满了放荡不羁的描写和离经叛道的思想，在国内外都曾被列为禁书，但越是人为设置的禁区，越能激起人探究的欲望。

凌丹在上大学期间，生过一场不大不小的病，同学们去上课时，她在宿舍静养，她就是利用这段时间，偷偷走进了这片禁区。凌丹只是个表面宁静淡泊的女孩，她的内心一直充满不为人知的欲望。

可这是自己一个人的秘密，黑暗王爵怎么会知道？仿佛是为了解开她的困惑，那边发过来一行字："记住，没有任何秘密，能瞒过我的眼睛！"

随着这句话，黑暗王爵发过来第三张图片，图片上是一副光怪陆离的众生相：溺水而死的女童，围观叹息的村民，仰天嘶吼的汉子，状若疯狂的女人，树后有一个小女孩，鬼鬼祟祟地探出头来，右眼皮的痣分外地显眼。

凌丹像是被掐住了喉咙，嘴大大地张开，却喘不上气来，记忆的潮水汹涌而来，将她席卷而去……

那是一个蝉鸣声声的午后，十岁的凌丹被大人强迫睡午觉，她怎么也睡不着，偷偷溜了出来，一个人去河边玩。路上，凌丹遇到了小伙伴青柠，两个人结伴来到河边，一会儿捞鱼，一会儿玩水，玩得不亦乐乎。

不知不觉间，两人顺着河岸，来到了河的上游。这一带水势湍急，河水也变得浑浊，可惜两个女孩并没有意识到危险，凌丹正兴高采烈地奔跑跳跃着，突然间脚下一滑，失足掉入水中。

不通水性的凌丹在水中扑腾着、挣扎着，河水很快没过了她的头顶，死神已经在向她招手。千钧一发之际，青柠毫不犹豫地跳下水，她拼尽全力将凌丹推到岸上，自己却被激流卷入河心。

凌丹湿淋淋地站在岸上，看着青柠在水中渐渐沉没。青柠是为了救她才遭遇危险的，她应该不顾一切地去救她，可是她真的不敢，她已经吓破了胆、丢掉了魂。她眼睁睁看着那双苍白的手又拼命扑打了几下，终于消失在水下。

水面很快恢复了平静，只有一圈圈涟漪在微微颤动，仿佛什么都没有发生过……

青柠的父母发现女儿失踪后，发动全村人帮忙去找，有人在河边找到了一只鞋子，青柠的父亲发疯般跳下河，一遍又一遍地在水中寻找着。当他捞出女儿泡得肿胀发白的尸体时，这个沉默寡言的山里汉子发出一声绝望的嘶吼。

青柠的母亲当场昏了过去，醒过来的时候就疯了，抱着女儿的尸体又哭又笑。村民们围聚在一起，不住地长吁短叹。

谁也没发现凌丹，她躲在一棵树后，默默地注视着这一切。即便有人注意到她那惊惧的表情，也会以为这个小女孩是出于害怕，不会有人看透她瞳仁中隐藏的秘密，更不会有人能猜出她是害死青柠的元凶。

这个可怕的秘密被凌丹深藏在心底，一藏就是十五年，她的内心从来都没有安宁过，常常在噩梦中见到化为厉鬼的青柠，还是那副小女孩的模样，浮肿的脸上怒目圆睁，伸着一双苍白的手，扑过来向她索命。

尽管凌丹的内心饱受煎熬，但有一点她是确信无疑的——这世上除了自己之外，不会有第二个人知道这件事。她没把这个秘密告诉任何人，包括自己的父母，出事时的旷野中空无一人，也不可能有人看到这一幕。

正是由于这个原因，凌丹才怎么也想不通，这个神秘的黑暗王爵，怎么会知道自己的秘密？她注视着那只幽深难测的眼睛，一阵战栗掠过全身，她忍不住问了一句：你是谁？你到底是谁？

过了好半天，黑暗王爵回过来一行字："你很快就会见到我的。"

就在这时，门外响起脚步声，接着是轻轻的敲门声。

凌丹盯着房门，颤声问道："谁？"

## 2 暗夜迷途

门外传来一个熟悉的声音："是我啊，亲爱的，快开门！"

门打开后，凌丹的男朋友杨枫站在门口，手里捧着一束鲜花。凌丹一下子支撑不住了，扑入杨枫的怀中。凌丹从未这样主动投怀入抱，杨枫一时间喜不自禁，但他很快发现不太对劲，凌丹像患了疟疾一样，不停地打着寒战，杨枫握住她的手，立刻发出一声惊呼："你的手好冷！"

再看凌丹的脸色，白得有些吓人。杨枫有点急了："亲爱的，发生什么事了？是不是有人欺负你？快告诉我。谁敢招惹你一下，我跟他没完！"

凌丹有一肚子的话想倾吐，却一个字都说不出口，那个不可告人的秘密，怎么可以让杨枫知道？可面对杨枫的追问，她又没办法一直保持沉默。凌丹略一思忖,已经想出了应对之策,她带着哭腔说道:"我刚才睡着了,做了一个梦,梦见你跟我分手了,娶了别的女孩。"

杨枫多少有点感动,抚摸着她的长发说道:"你平时对我不冷不热的,没想到这么在乎我,放心吧,我爱的只有你一个,除了你我谁都不娶。"

凌丹凄然说道:"可是你父母不同意我们的事,你又能有什么办法?我们之间注定有缘无分!"

凌丹苍白的脸色和惶然的眼神,让自己七分的表演收到了十分的效果。杨枫的怜香惜玉之情被彻底激发了,握紧凌丹的双手大声说道:"我现在就去找我爸我妈摊牌,他们答应也得答应,不答应也得答应!你等我的好消息!"

凌丹隔窗目送杨枫钻进他的豪华跑车,一溜烟远去,一时间心绪复杂,想起了很多事。

凌丹和杨枫是大学同学,但他们似乎分属于两个不同的极端。杨枫家境优越,父母身家千万,他是个标准的花花公子,上大学不到一年时间,便走马灯似的换了十几个女友;而凌丹家里很穷,靠勤工俭学支撑学业，尽管她长得很漂亮，也有不少男生对她有好感，但她却一副拒人于千里之外的架势，对任何男生都冷若冰霜，因此获得了"冰山美人"的称号。

大三的时候，杨枫对那些热情似火的女孩失去了兴趣，把目光落到了冰山美人凌丹身上，就像吃惯了麻辣火锅的人，想尝一尝爽口的小菜。可惜他几次主动出击，都在凌丹那里碰了钉子，这是杨枫从未受过的冷遇，这反而让他的征服欲更加强烈。

杨枫和凌丹走到了一起，让所有同学都大跌眼镜。杨枫自鸣得意地以为，他征服了一座难以攀越的冰峰，殊不知凌丹也在心里窃喜，自己终于实现了计划的第一步。

没人能看透凌丹的内心世界，从了解到杨枫家境的那一刻起，她就把这个富二代锁定为自己的目标。她穷怕了，她不想穷一辈子，她要改变自己的命运，容貌是她最大的本钱，婚姻是她唯一的跳板。她用欲擒故纵的方式，让那个自以为是猎人的富二代，成为了她的猎物。

杨枫很快发现，凌丹和他交往过的那些女孩完全不一样，她不接受自己赠送的贵重礼物，也不愿意跟他发生那种关系。她面带娇羞却态度坚决地表示，只有在新婚之夜才会把完璧之身交给丈夫。杨枫对这个守身如玉的女友越来越看重：这样的女孩已经快绝迹了，不娶回去当老婆就太可惜了！

这一个回合，凌丹又赢了，她早就看透了有些男人的本性：越是能轻易到手的越不在乎，越得不到的越是珍惜。她唯一的赌注就是自己的清白之身，取舍之间她保持着绝对的冷静，一切都在按她的计划进行。

可惜眼看就要大功告成之际，凌丹遇到了最大的阻碍：杨枫的父母强烈反对他们的交往，更别说同意两人的婚事了。更令凌丹担忧的是杨枫的态度，他并没有跟父母强硬对抗的意思，一直抱着走一步算一步的想法，这绝不是凌丹想看到的局面。

让凌丹没想到的是，黑暗王爵的出现，竟让她因祸得福，激发了杨枫的怜惜之情，促使他下定决心去跟父母摊牌。

接下来的几天，凌丹一直在等杨枫的回音，可惜没等到好消息，却等来一个噩梦般的时刻。

黑暗王爵发来信息，提出要和凌丹见面。尽管凌丹内心充满恐惧，但她没有拒绝的余地，她的秘密被黑暗王爵掌握着，就像命门被对方捏在手里，她除了服从黑暗王爵的命令，根本没有别的选择！

暮色降临时分，凌丹走出家门，一辆黑色奔驰静静地停在那里，这是黑暗王爵派来接她的车。她拉开车门刚要上去，突然认出了驾驶座上那个男人，一下子惊呆了。

那个面相冷峻的中年男人叫林东城，是凌丹所在公司的老总。凌丹只是一名再普通不过的员工，跟林东城没有直接接触，只是在电梯里遇到过几次，对这位不怒而威的霸道总裁，她本能地有几分敬畏心理，赶紧解释："对不起，林总，我搞错了，以为这是来接我的车。"

林东城面无表情："你没有搞错，上车吧。"

汽车一路疾驰，暮色逐渐加深，道路上的阴影也越来越重，这让凌丹产生一种可怕的错觉，这飞驰的汽车是在驶向黑暗的深处。她偷偷地瞄了一眼林东城，只见他目视前方，表情有些阴郁，不知在想什么。凌丹心里有种难以抑制的困惑。她眼中的林东城是个高高在上的男人，惯于发号施令，那个黑暗王爵到底有什么魔力，竟然能驱使林东城这种人物？

更让凌丹觉得不可思议的事情还在后面，天黑透的时候，林东城停下车，用手机拨通了一个电话，电话那头传来一个略带沙哑的声音："喂——"听到这声音，林东城身子缩了一下，像是陡然间矮下去半截，语气里带着七分恭敬，还有三分惧意："王爵先生，我把人带过来了，您还有什么吩咐？"

"很好，你现在可以回去了，明天一早再开车过来，不得有误，听到了吗？"黑暗王爵声音并不苍老，但听上去也不太年轻了，语气中有种饱经沧桑的冷意，透着一股慑人的威严，而一贯眼高于顶的林东城，对他的命令毫无抗拒之意，连声说道："明白，我明白！"

林东城急匆匆地驱车离开，红色尾灯一眨眼便消失在黑暗之中。他可以逃之夭夭，可凌丹连逃的权利都没有，她像一只待宰的羔羊，只能面对叵测的命运。她的手机响了。黑暗王爵的声音从电话里传来，相比刚才和林东城交谈的严厉语气，他的声音缓和了很多，他轻声问凌丹："你看到那灯光了吗？"

凌丹举目观望，果然看见了远处有一点灯光，在茫茫黑暗中显得异常醒目。黑暗中的灯火总能给人带来慰藉和温暖，但此刻的那点灯光带给凌丹的，只有恐惧和寒冷，因为在灯光亮起的地方，有更深的黑暗在等着她。

凌丹循着灯光往前走，直到一堵围墙拦住了她的去路。两扇黑漆大门静静敞开着，像巨兽张开择人而噬的口。这是一幢占地面积不小的私人别墅，在夜色笼罩中像一座黑黝黝、阴森森的古堡，所有的房间都黑着灯，只有一扇窗户后透出灯火。

凌丹穿过庭院走进大厅，踏上楼梯转入回廊，找到那间亮着灯的房间后，轻轻敲了几下门，没有回应，这时候她才发现房门是虚掩着的。

凌丹深吸一口气，推开了那扇虚掩的门。

房间里设施奢华，却看不到一个人影，凌丹心惊胆战地环顾四周，能清楚地听到自己的心跳声。

就在这时，凌丹的目光落到一个地方，她的眼睛一下子瞪得滚圆，呼吸几乎停止，发出一声撕裂般的尖叫……

# 3 黑暗深处

凌丹看到了什么？她看到在落地窗帘投下的阴影里，竟然站着一个男人。他穿着一件黑色的衣服，和墨绿色的窗帘几乎融为一体，像一只动物隐藏在保护色中，静静地注视着自己。

这样的惊吓谁受得了？凌丹止不住地后退，直到退无可退，她将后背死死抵在墙壁上，仿佛厚实的墙壁能带给她安全感。

黑衣男了缓步走过来，脚踩在地毯上寂然无声。凌丹虽然害怕到了极点，却没有把目光挪开，她的眼神里除了惊惧，也有几分好奇：黑暗王爵——这个幽灵般神秘的男人，到底长什么样子？

当凌丹看清黑暗王爵的长相后，不由自主打了个寒噤。他的面孔是死灰色的，没有血色，没有表情，没有一丝一毫的生机，这根本不像一张活人的面孔。

走到凌丹跟前时，黑暗王爵停下了脚步，这个男人浑身上下都带着一种魔鬼的气息，却偏偏要表现得像一个绅士，他微微欠身："欢迎到我这里做客。"

凌丹强迫自己镇定下来，她壮着胆子问道："你把我约到这里来，到底有什么目的？"

黑暗王爵笑了，笑声中透着几分邪意："你说呢？一男一女深夜相会，你认为会发生什么事？"

这不怀好意的话，让凌丹头皮一阵发麻，令她备觉奇怪的是，黑暗王爵明明在笑，呆板的表情却没有任何变化，连皮肤的纹路都没有牵动一下。凌丹凝神细看，这才发现，原来黑暗王爵的脸上，戴着一层薄薄的面具，遮住了他的庐山真面。

凌丹真正能看到的，只有黑暗王爵的眼睛，但他的眼神空洞而落寞，也像是戴了一层面具。凌丹突然有种莫名的愤怒，他能看穿她的内心，她却看不透他的眼神；他能洞察她的所有秘密，她却连他的脸都看不到，还有比这个更不公平的事吗？

愤怒压倒了恐惧，凌丹冷冷地瞪着黑暗王爵。黑暗王爵伸手捏住了她的下巴，用威胁的口气说道："你胆子不小啊，还没人敢这么看着我！"

凌丹猛地一甩头，却没能挣脱开他如钳的手掌，她倔强地说道："我不会答应你的非分要求，你让我来见面，我已经来过了，现在我就要回去。"

黑暗王爵缓缓说道："你可以离开，我也不会拦着你，但你应该知道这么做的代价，明天太阳升起的时候，你埋藏在黑暗中的秘密，也会暴露在阳光下，被所有人知道！"

凌丹不由自主打了个寒噤，这是她最恐惧的后果。她无法想象，自己害死青柠的秘密一旦被揭开，她会面临什么样的下场！失女之痛让青柠的父亲几乎成了哑巴,也让她的母亲变成了疯子,这种发酵了十五年的痛苦,一旦转化成仇恨,那种力量足以将自己撕碎,就算自己逃过了这一劫,乡亲们的唾沫也能将她淹死,她这辈子都别想再抬起头来!

但凌丹并没有出声哀告,因为她心里还存着一丝侥幸:十五年的时光,能埋葬太多东西,一切都已物是人非,连淹死青柠的那条河流都干涸了,难道黑暗王爵还能拿出什么证据?只要自己死不认账,又有什么可害怕的?

黑暗王爵盯着她,似乎看透了她的心事,幽幽地说道:"想跟我赌一把?不简单!可你为什么不去想一想,连林东城都不敢做的事,你觉得你会有胜算?"

"林东城?"听到这个名字,凌丹突然间明白了,怪不得林东城对黑暗王爵畏如蛇蝎,原来他和自己一样,也是黑暗王爵的猎物,被他掌握了秘密、捏住了命门!想通了这一点,凌丹的心迅速沉了下去。黑暗王爵说的没错,连林东城这种纵横商场的高手都不敢跟他斗,自己有这种想法岂不是太自不量力了?

"如果你以为,在我的猎场中,林东城算是什么了不得的人物,那就错了。"黑暗王爵说道,"他根本就排不上号。我之所以让他送你来,不过是想让你看一看,在你身边需要仰视的人物,匍匐在我脚下,是一种什么样的姿态!"

凌丹半信半疑,黑暗王爵说道:"这座别墅你也看到了,造价应该上千万了,它不是我的,但如果我要烧掉它,它的主人会双手递上汽油,你信吗?"

凌丹忍不住问道:"他和我们一样,也是被你掌握了秘密的人吗?"

"没错,他是当地的一位高官,这座别墅是开发商给他的贿赂。

如果你想验证一下真假，我现在就可以跟他视频通话，你应该能认出他，他经常在电视新闻上露面。不过你要有心理准备，见识过他的官威，你会不习惯他的媚态。"

凌丹缓缓摇头，不需要去验证，她就知道黑暗王爵没有骗她，她和林东城就是活生生的例证。也许他们的身份地位天差地别，却有一点是相同的，他们都是黑暗王爵案板上的鱼肉、祭坛上的供品。

"为什么？"凌丹盯着黑暗王爵，问出了心中最大的困惑，"你为什么能了解这么多人的秘密？"

黑暗王爵挥了一下手，房间里突然一片黑暗，这骤然来临的黑暗让凌丹呼吸一紧，随即意识到是黑暗王爵关掉了灯。只见黑暗王爵缓步走到窗边，望着外面的夜色，说了三个字："你过来。"

凌丹像被催眠一般，听话地走到黑暗王爵身边，黑暗王爵伸手指着外面问道："你看到了什么？"

凌丹站在落地窗前，似乎被外面的夜色迷住了，浑然忘记了自己身处险境，过了好半天才轻声说："山峦、树木、湖泊、星空……还有……黑暗……无边无际的黑暗。"

黑暗王爵缓缓说道："你所看到的，并不是世界的全部，只是你眼中的世界。那黑暗的深处有什么，你可以看到吗？那连光都照不亮的地方藏着什么，你能想象出来吗？"

凌丹沉默以对，黑暗王爵又问："你知道这世上最黑暗的地方在哪里吗？"

凌丹有些茫然地摇摇头，黑暗王爵语气冰冷地说出了答案："在人的心里！"

凌丹听得懵懵懂懂，黑暗王爵转过脸来："所以，别再往下问了，有些事情你知道了，并不见得是好事。"

黑暗王爵用双手捧住了她的脸，声音低沉得像是呓语："我太孤独了，陪陪我……"

黑暗王爵俯身抱起凌丹，朝着卧室一步步走去，凌丹颤抖着闭上了眼，似乎已经接受了命运的安排，但这只是表面上的平静，凌丹的内心紧张到了极点，呼吸几乎停顿，手心全是冷汗。没错，她的屈服只是一种假象，她决不甘心就这样失去清白之身。她要孤注一掷，跟命运赌一把！

既然每一个人都有秘密，黑暗王爵的秘密又是什么？如果他不怕以真面目示人，为什么要用面具把自己的脸遮住？难道他不可告人的秘密，就藏在那张面具之下？

黑暗王爵横抱着凌丹，腾出一只手去推卧室的门，这是他注意力最分散的时候，凌丹偷偷地伸出了手，伸向黑暗王爵的脸……

如果黑暗王爵的真面目就是他的终极秘密，当自己掌握了这

个秘密，他还拿什么再挟制自己？她要在绝境中自救，以其人之道还治其人之身，用他的秘密抵消她的秘密……

　　凌丹突然发现，也许自己的血液里，天生就有赌徒的基因。她父亲嗜赌如命，赌了一辈子，凌丹对此深恶痛绝，但在这个可怕的夜晚，她才猛然意识到，自己何尝不是一个赌徒？自己的人生何尝不是一场豪赌？她用良心当代价，埋葬了害人的秘密；她用清白做筹码，博来了嫁入豪门的机会。在今天晚上的赌局中，她还能得到好运的眷顾吗？

　　无论如何，她要试一试。

　　黑暗王爵推开卧室房门的一刹那，凌丹的手闪电般地抓向他的脸。

　　只听"刺啦"一声，那张面具被撕了下来。

## 4 清白蒙污

借着投射进房间的月光,凌丹看到了黑暗王爵面具下的脸,她发出一声惊悚入髓的尖叫,魂魄似乎一下飞离了身体。

那张脸实在太狰狞了!最吓人的恐怖电影里,也很难找出这样一张脸。整张脸五官俱全,却露着肌肉、渗出血色,一口森森的白牙全龇在外面,那分明就是一张剥去皮的脸!

凌丹手里还握着那张面具,软软滑滑的带着弹性,那质感真的就像一张人皮。她全身剧烈地抽动着,发疯般地把面具扔出很远。

凌丹颤抖着闭上眼睛,耳中传来黑暗王爵阴森森的笑声:"看着我,不用怕。"

凌丹拼命地摇着头,整个人都瘫作一团,瘫在黑暗王爵的臂弯中。只听黑暗王爵淡淡说道:"你胆子再大一点,就能看清楚了,这其实也是一张面具。不过我可以再给你一个下注的机会，当你把这张面具再揭开，也许就能看到我真正的容貌，但也有可能是一张更可怕的脸，比现在这张脸可怕一百倍！怎么样，你敢不敢再赌一把？"

凌丹死死闭着眼，说什么也不敢睁开，她的胆子已经被吓破了，再也没有了片刻之前的勇气。黑暗王爵往前用力一掷，把凌丹扔到了墙角的大床上。

房间里骤然黑暗下去，是月亮躲进了云层，仿佛连月亮都不忍目睹这悲惨一幕。

一阵撕裂般的痛楚，让凌丹整个人都痉挛了一下，她强忍着没有发出声音，眼角却淌出了一滴清泪，嘴角也咬出了一缕鲜血。

凌丹像具尸体一样躺在那里，去而复返的月光给她美丽的胴体披上了一层轻纱。她的身边空空如也，黑暗王爵已经不知所终。

他就像一个暗夜幽灵，来去无声。

天亮之后，凌丹神情木然地走出别墅，那辆黑色的奔驰早已等在那里。看到凌丹那种表情，林东城显然猜到了什么，眼神中泛起一丝波澜，那种复杂的情绪，不知是兔死狐悲，还是同病相怜。

凌丹刚走到租住的楼房下面，一辆跑车便利箭般地驶到她面前，杨枫兴冲冲地从车上跳下来，喜笑颜开地说道："亲爱的，这么早就起来了？是不是有神奇的预感，特地来迎接我的好消息？"

凌丹头脑有些发木，下意识地反问了一句："好消息，什么好消息？"

杨枫张开双臂，一脸兴奋："还用问吗？当然是我爸我妈同意了我们的事！你是不知道，为了逼他们就范，我连吃奶的劲都使上了，闹绝食两天两夜，当然了，夜里我还是偷偷爬起来吃点东西，真把我饿死了谁给你当老公？怎么样？高兴吗？来，抱抱！"

凌丹有种欲哭无泪的感觉，命运跟她开了个天大的玩笑。她终于盼到了梦寐以求的东西，却在一夜之间失去了拥有它的资格！还有比这更讽刺的事吗？难道这就是自己害人的报应？

"你以后就是我的了，谁也别想把你抢走！"杨枫沉浸在高涨的情绪中，没注意到凌丹的反常。他一把抱起凌丹，在原地不停地转圈，口中大呼小叫，凌丹却始终没有回应。杨枫终于发现不太对劲，把凌丹放下来，仔细一看，只见凌丹满脸都是泪。

杨枫误会了，以为凌丹是喜极而泣，他伸手帮凌丹擦去泪水，乐呵呵地说道："高兴傻了吧，谁叫你老公是个风流倜傥英俊潇洒玉树临风年少多金人见人爱花见花开的大帅哥呢！"

杨枫想逗凌丹笑一下，可惜凌丹满腹苦水，哪能笑得出来？她现在只希望杨枫快点离开，让她调整一下快要崩溃的情绪，可是杨枫和她想的正好相反，他像牛皮糖一样缠着凌丹，拉着她的手上了楼,关好门后,嬉皮笑脸地说道:"亲爱的,现在可以给我了吧?"

凌丹像被针扎了一下,尖叫了一声说道:"不行!"

凌丹的反应太强烈了,把杨枫吓了一大跳,他咧了咧嘴说道:"为啥不行啊?难道你不相信我?放心吧亲爱的,我不会骗你的,只要你愿意,我们随时可以去领证!"

凌丹有苦说不出,她不是不相信杨枫,这个富二代虽然有点花心,但还不是那种处心积虑玩弄感情的人,问题是她已经失去了清白之身,还有什么底气去面对杨枫膨胀的欲望?

凌丹的无奈被杨枫当成了默认,他像一只发情的公兽,猛地把凌丹扑倒在床上,一边撕扯着她的衣服,一边喘着粗气说道:"亲爱的,来吧,我等这一天等了好久了!"

凌丹推搡挣扎着,却无济于事,这下她真急了,也不知哪来的那么大力气,猛地一用力,把杨枫掀到了床下。杨枫发出一声痛呼,四脚朝天躺到地上,好半天才乌龟翻壳般爬起来,他用手捂着脑袋,指缝里沁出鲜血。原来地上放着一只四脚木凳,杨枫的脑袋无巧不巧地磕到了凳角上。

杨枫嘴都气歪了,他怒视着凌丹,把手摊开来伸过去,手心全被染成了红色:"这下你满意了?"

凌丹也吓呆了,连声说道:"对不起,我不是故意的!"

"你就是故意的!"娇生惯养的富二代哪吃过这种亏,杨枫气得直跺脚,怒冲冲地说道,"要不然用那么大劲儿干吗?你把我当什么了?男朋友还是强奸犯?"

凌丹张了半天嘴,又把话咽了回去。她能怎么说?难道让她告诉杨枫,自己之所以有那种近乎失控的反应,是害怕被他发现自己已经不是处子之身了?

也许一切都该结束了,凌丹低下头狠下心说道:"你走吧,以后我不想再见到你!"

"走就走!"杨枫被彻底激怒了,他语无伦次地说道:"老子就不信,离了张屠户,就得吃带毛的猪!想嫁老子的猪……啊,不对,是人,多的是!"

杨枫气冲冲地摔门而去,凌丹呆怔怔地坐在床上。短短的一天一夜之间发生了这么多变故,噩梦猝然降临,美梦彻底成空。为什么?为什么世上会有黑暗王爵这种怪物?为什么自己的生命中要遇到这种灾星?

噩梦并未过去,灾星依旧高悬,黑暗王爵像一只在暗夜中滑翔的蝙蝠,会悄无声息地不断飞临。凌丹需要不定期地接受召唤,到那所别墅里接受他的蹂躏。她已经彻底放弃了抵抗,既然已经沉沦,就索性沉沦到底吧。

杨枫那天决绝而去后,就再也没有来过,一切都在凌丹意料之中。那种心高气傲的富二代,怎么可能主动向自己低头?也许他早就有了新欢,也许他早就忘了自己。这样也好,多一分眷恋和不舍,在那个黑暗的世界里,就会多一分挣扎与痛苦。

这天,凌丹接到一个电话,看到那个熟悉的手机号码,她的心跳一下加速了,电话是杨枫打来的,难道他要主动跟自己求和吗?

可惜凌丹想错了。电话接通后,那边传来一个带着挑衅意味的声音:"亲爱的,我要向一个完美女孩求婚了,你要不要过来参观一下……"

没等他说完,凌丹就挂断了电话。如果杨枫这么做是为了刺激她,显然他成功地达到了目的,凌丹心口一阵绞痛,那种感觉,像是在伤口上撒了一把盐。

让凌丹没想到的是，杨枫的报复心比她想象的更强，他不止要在她的伤口上撒盐，还要把她的伤口撕裂，她不想看到他向别的女孩求婚，他偏偏要让她亲眼目睹那一幕。

凌丹的一位闺密看她最近心情不好，非要带她去当地最大的酒吧玩，凌丹推托不过，只好跟着她去了。一进酒吧大门，凌丹便呆住了，整个酒吧都被布置成了求婚现场，鲜花、彩带、气球、烛光，营造出一种梦幻般的浪漫意境，召唤着男女主角的登场。

凌丹敏感地意识到了什么，脸上一下失去了血色。她的预感很快被证实了，从舞台的两端，分别走上来一男一女，那个年轻男人手捧一束玫瑰，迈着潇洒自信的步伐，不是杨枫是谁？

那个女孩貌美如花，一脸灿烂的微笑，迎着杨枫走过去，看上去比男主角还热情主动。两个人越走越近，在咫尺之间停下了脚步，女孩毫不矜持地伸出手，似乎在等着男主角牵住。

凌丹内心一阵阵绞痛，一秒钟都不想再待下去，她转身想逃离，却被人拦住，正是那位闺密，她的脸上还挂着得意的笑容。凌丹真想痛责她一句：杨枫给了你什么好处？能让你毫无愧色地背叛友情？但凌丹只觉得呼吸困难，一句话都说不出。

凌丹重新把目光投向舞台，却发现了不可思议的变化，那女孩的手上举着一只话筒，伸到杨枫嘴边，声音中充满一种职业化的热情："童话里的王子和公主总会相遇，那是命中注定的缘分，杨枫先生，请讲出您和女主角的故事……"

凌丹整个人都呆住了，脑子一片空白，杨枫在台上说着什么，她已经听不清了。她只听到那位女主持拔高声音问道："这位男主角眼中，像天使一样美丽纯洁的女孩，她来了吗？"

凌丹不知所措地站在那里，身后的闺密用力推了她一把，她懵懵懂懂地往前走去，脚下的路变成了一条美轮美奂的通道，灯光将闪亮的星幕投射在地面上,在熠熠生辉的星辰中,她是最亮的那颗星!

在她走过的路上,烟花次第绽放,在一路烟花中,两个人终于走到了一起。杨枫单膝跪下,从玫瑰中取出钻戒,深情款款地注视着凌丹:"亲爱的,嫁给我,你是我这辈子唯一的女主角!"

凌丹早已哽咽失声,杨枫在她耳边轻声说道:"上次是我不对。我答应你,把最美好的那一刻,留在新婚之夜……"

在响彻全场的欢呼声中,两个人紧紧拥抱在一起,烟花点亮了整个世界,也照亮了凌丹的心。她突然觉得内心充满了力量,那一刻她坚定地相信,光明必将战胜黑暗。

凌丹擦去眼角的泪水,脸上露出坚毅决绝的表情。为了自己的终身幸福,她要豁出去再赌最后一次,和黑暗王爵做个了断。

## 5 洞房惊变

尽管凌丹已经做好了充足的心理准备,可当她真正面对黑暗王爵时,还是紧张得透不过气来。虽然她和这个男人已经发生过最亲密的关系,却对他的一切都一无所知。她甚至搞不清楚,他是人还是神,是魔还是鬼。

但有一点凌丹能判断出来,黑暗王爵是个控制欲很强的人,自己的决定势必会激怒他,引来难以预测的后果。

出乎凌丹预料的是,听了她的决定,黑暗王爵并没有变成爆发的火山,而是化身为沉默的冰雕。他一动不动地站在那里,僵尸般的表情令人望而生畏,古井般幽深的眼神也像是被冻结了,过了一会儿才缓缓说道:"你要弃我而去了吗?"

凌丹声音不高,语气却异常坚决,她只回答了一个字:"是!"

"你最好考虑清楚再给我答案。"黑暗王爵的声音越来越冷,散发出一种不祥的气息,"你不害怕那个秘密被曝光了吗?"

如果说在那个阴森的夜晚,凌丹从一个有血有肉的生命,变成了一个被人操纵的木偶,那么这个秘密就是牵住她的那根线。现在凌丹觉醒了,她要挣脱这根线,重新成为自己的主人。她鼓起最大的勇气,正视着黑暗王爵,说道:"我已经想好了,如果你一定要揭开这个秘密,我也只能去面对。我会跪求青柠父母的宽恕,会给他们金钱补偿,给他们养老送终,不管会受到什么样的惩罚,我都心甘情愿地接受。无论怎么样,都好过继续当你的奴隶!"

凌丹一口气说到这儿,突然有种如释重负的轻松。那个秘密是黑暗王爵的底牌,她掀掉了这张底牌,看他还有什么咒念?

黑暗王爵沉默了很久,发出一声幽幽的叹息:"你不惜玉石俱焚,也要跟我划清界限,我真的有那么讨厌吗?"

凌丹微微一怔,她从黑暗王爵的语气里,似乎感受出了一丝悲凉,这个神秘而暴虐的男人,难道也有自己的无奈?凌丹稳定了一下情绪,说道:"你有你的世界,我有我的人生,我也有追求幸福的权利,难道要把我关在你的黑暗世界里,关一辈子?"

黑暗王爵抬起右手,那是一种神秘的召唤姿势,他对凌丹说:"你要走我也不会强留,我们来做一次交易如何?你再陪我最后一次,我会让那个秘密,成为永远的秘密。"

凌丹半信半疑,问了一句:"真的?你没有骗我?"

"你毕竟陪了我这么久,我还不想把事做绝。"黑暗王爵的话意里似乎带着一丝温情,语气却依然那么冷漠。

凌丹不是个优柔寡断的女孩,她在最短的时间内做出了决定:自己已经被黑暗王爵蹂躏过很多次,又何必在乎多这一次?她盯着黑暗王爵说道:"我必须再确认一次,今晚之后,我们永远不再见面，你永远不会说出那个秘密？"

黑暗王爵点了点头，朝她招了招手："你为什么还不过来？"

凌丹低着头走过去，黑暗王爵顺势一拉，把凌丹拉入怀中。凌丹缓缓闭上眼睛，睫毛投下一片阴影。尽管这种事已经发生过很多次，她还是有一种屈辱的感觉。

黑暗王爵突然推开她，从酒柜里取出一瓶高档名酒和两只高脚玻璃杯，他斟满两杯酒，递给凌丹一杯，说道："也许我们需要喝一点酒，调节一下气氛。"他举起酒杯说道："为了我们今生最后一次相会，干一杯！"

黑暗王爵举杯相邀，正合凌丹心意，一醉解千愁，也许酒精的麻痹作用，能帮助自己度过这个屈辱的夜晚。凌丹举起酒杯猛喝一口，被呛得连连咳嗽，但她硬是咬着牙，把这杯酒一饮而尽。顿时，凌丹感觉酒意上头，周围的一切天旋地转。她踉跄着抢过酒瓶，又给自己倒了一杯。

凌丹醉得一塌糊涂，完全失去了知觉，恍惚间被黑暗王爵抱上了床，后来又发生过什么，她已经完全不记得了。

凌丹醒过来的时候，发现自己躺在室外的草坪上，那座别墅变成了一片火海，冲天的火焰把黑夜映成了白昼。黑暗王爵行事果然决绝，他竟然真的烧毁了这座别墅。

凌丹坐起来呆呆地看着，火海中的别墅竟然显得如此华美，像传说中住着神仙的七宝楼台，可惜这只是毁灭前的美丽，最后一缕火焰熄灭之后，这里将变成断壁残垣，湮没于蔓草荒烟。不过这样也好，凌丹深吸一口气，就让这段不堪的经历，和那个秘密一起，永远埋葬在这里吧。

凌丹把自己关在浴室里，把淋浴头开到最大，任由水流冲刷着自己，足足冲了一个上午，仿佛这样能把已经变脏的身体冲洗干净。从浴室出来后，凌丹把自己从里到外都换上了新衣服，把从前的所有衣服都付之一炬，这是她自己设计的仪式，一种彻底跟过去告别的仪式。

凌丹穿着新衣服来到医院，有生以来第一次躺在手术台上。发达的现代医学帮助很多人识破了谎言，比如亲子鉴定术；也帮助很多人制造了假象，比如处女膜修补术。

凌丹刚从医院出来，便接到了杨枫的电话："亲爱的，你快过来，我在婚纱店，这里有一件粉色的婚纱，镶嵌着很多水晶，别提有多漂亮了，你穿上它肯定跟仙女一样！"

"不！"凌丹很坚决地说，"我只要白色的婚纱，最纯洁的那种颜色！"

凌丹如愿以偿地挑到了一件自己喜欢的婚纱，那件婚纱洁白得像未经污染的雪花，她穿上就舍不得往下脱了，旁边的杨枫笑嘻嘻地打趣道："是不是迫不及待，想当我的新娘子？"

凌丹白了他一眼，嗔道："你就爱开这种玩笑。"

"不是开玩笑啊。"杨枫乐呵呵地说，"我比你还急呢，我等这一天很久了。"

杨枫说的显然是心里话,过了不到半个月,他便牵着凌丹的手,踏上了红地毯。穿着白色婚纱的新娘端庄大方,那种纯净的美丽让来宾无不为之惊叹,连一度持反对态度的新郎父母也不由得投来赞许和满意的目光。

充满浪漫情调的洞房里,杨枫搂着凌丹坐到床边,拿腔捏调地说道:"春宵一刻值千金,娘子,我们早点安歇吧!"

凌丹脸上飞起红云,害羞地低下头去。她并没有伪装,那段黑暗中的不堪经历,只是带走了她身体上的贞洁,在她的潜意识里,这还是她的第一次!

杨枫一边猴急地脱着新娘的衣服,一边嬉皮笑脸地说道:"你再躲啊,我看你还往哪躲?"

凌丹脸上发烫,半推半就着,身上的衣服被一件件脱去,露出了雪白的胴体。

突然,杨枫像是被蝎子蜇了一下,发出一声带着怒意的尖叫,他用手指着凌丹,脸色铁青地喝问道:"这、这是什么?"

凌丹的心猛地沉了下去,沉入了无底的深渊。

# 6 天堂悲情

新婚之夜，变故陡生，凌丹心中暗自叫苦，脸上却一片茫然，问道："怎么了？"

杨枫怒目圆睁，气得声调都变了："你这个贱女人，原来一直在骗我，明明是个烂婊子，却要装成白莲花！我被你骗得好苦！"

凌丹"噌"地站起来，色厉内荏地说道："好端端的，你为什么要侮辱我？我从来没有做过对不起你的事！"

杨枫整张脸都扭曲了，发出一声嘶吼："还在装！"他一把揪住凌丹，指着她雪白的肩背，咆哮着问道，"这是什么？"

凌丹拼命向后扭转脖项，却怎么也看不到那个部位，她着急地强调着："到底有什么？我看不到啊！"

杨枫像头暴怒的公牛，用力把凌丹拖到镜子前，气急败坏地吼道:"你自己睁大眼睛看一看,不知羞耻的女人!"

镜子里的凌丹赤裸着上半身,曼妙的曲线显露无遗。凌丹又羞又恼,用力挣脱开来,跑到床边,捡起一件衣服披上,冲着杨枫叫道:"你是不是失心疯了?镜子里能看到后背吗?"

杨枫神情懊恼地一拍脑门:"我都快被你气糊涂了。"他取出手机,掀开凌丹的衣服,在她的肩背处拍了一张照片,然后把手机递给凌丹:"你自己看吧!"

凌丹盯着手机上的那张照片,脸上渐渐失去血色,眼中慢慢透出绝望。原来,在她的肩背上,赫然有一排牙印,紫黑的齿痕深陷在雪白的肌肤上,有一种触目惊心的视觉效果。

杨枫抢过手机,用力摔在地上,啪的一声响,手机四分五裂。凌丹身体一震,用手捂住心口。碎掉的何止是手机,还有她的美梦,她的整个世界。

杨枫发疯一般看到什么砸什么,婚房很快一片狼藉,凌丹上前拉住他,带着哭腔说道:"你别这样!"

杨枫扔掉手中的东西,拼命摇晃着凌丹的身体,红着眼睛吼道:"你这个婊子,为什么要骗我?枉我这么信任你,信任了你这么多年,傻乎乎地把这一刻留到新婚之夜,我真是个天字第一号的大傻瓜!"

凌丹满脸都是泪,翻来覆去只有一句话:"我没有骗你,我真的没有骗你!"

"那好!"杨枫瞪视着她,冷冷地说道,"你给我一个解释,你背上的牙印从哪来的?"

凌丹顿时哑口无言,她怎么向杨枫解释?告诉他自己那段黑暗中的经历?告诉他自己那个深藏了十五年的秘密?告诉他自己背上的那行牙印,是来自黑暗王爵的报复?说了又能有什么用?

别说这种离奇遭遇局外人是很难相信的,就算他相信了又能怎么样?杨枫看重的是她的清白之身,而不是她这个人。她失去了贞洁,在他眼里也就一文不值了。她被命运侮辱得还不够吗?又何必再自取其辱?

想到这儿,凌丹把满腹苦水又咽了回去,她发出一声牵痛肺腑的叹息,轻声说道:"我不想解释,也解释不清,你放心,我不会厚着脸皮留下来,天亮了我就走!"

杨枫过去把门打开,指着外面的夜色,恶狠狠地说道:"你现在就给老子滚!我一分钟都不想看到你,看一眼都会觉得恶心!明天我们就去办离婚手续!"

凌丹默默无言地走出门去,但很快又返回来,对杨枫说:"我要带走一样东西。"

杨枫发出一声轻蔑的冷笑:"我早就猜到你不会就这么空手离开,你煞费苦心地装白莲花、处心积虑地嫁给我,容易吗?说吧,想要什么?"

凌丹走到落地衣架前,取下那件婚纱穿在身上,重新走出门去。杨枫愣住了,他一脸困惑之色,目送着那个洁白的背影越来越远,终于消失在无边的夜色中。

凌丹穿着那件白色婚纱,登上了一座高楼的天台。天台上夜风很大,吹起她的婚纱,吹拂出一种翩然之姿,仿佛要乘风而去,远离这混浊恶世。

凌丹凝视着天边那轮圆月,深深吸了一口气,瞬间打定了主意:她失去了清白,又败坏了名声,没能博取到富贵婚姻,反而成了可怜的弃妇,在人生的赌场上,她输得一败涂地,苟延残喘地活着,又有什么意义?

凌丹迎着夜风向天台边缘走去,当她的一只脚刚要跨出天台时,突然听到一声大喝:"等一等,不要跳!"

只见一个矫健的身影跃上天台,朝着凌丹快步走过去,边走边喊:"往后站一站,站那里太危险了!"

这个男人是谁?深更半夜的,为什么会出现在楼顶天台?自从遭遇黑暗王爵之后,凌丹就变成了惊弓之鸟,对所有陌生人都充满了警惕,她瞪视着对方,叫道:"你是谁?我不认识你,你不要过来!"

那个男人停下脚步,用一种很平和的语气说道:"你不要害怕,我是警察。"

"警察?"凌丹上下打量着这个男人,他看上去四十左右的年纪,衣着相貌和气质都再普通不过了,扔在人群里会瞬间淹没的那种。他整个人都透着一种郁郁寡欢的气息,连眼神里都带着一抹忧悒。这分明就是一个不堪生活重负的中年男人,哪有一点人民卫士的风采?

那男人看出了凌丹神色中的怀疑,有些无奈地苦笑了一下,说道:"很多人都觉得我不像警察,为此还闹出过不少误会,但我真的是警察,还是一名刑警。很抱歉,我今晚在执行任务,忘

带警官证,不能让你查验了。"

说到这儿,这位警察伸出了手,自我介绍道:"我叫秦天,很高兴认识你。"他一边说一边向凌丹走过去,看样子是想跟她握手。

凌丹迅速判断出了他的目的,本能地往后退了一步,用警告的语气说道:"别过来,要不然我现在就跳下去。"

秦天只好再次站住,他看着天台边缘的凌丹,说道:"一个人要走上绝路,肯定是遇到了迈不过去的坎,要么,你和我说说,你遭遇了什么?说不定我可以帮到你。当太阳重新升起的时候,你会发现,生活还是那么美好;你会庆幸,幸亏自己没做傻事。"

秦天低沉的声音里,有一种温暖人心的力量,凌丹听得鼻子发酸,几乎要哭出声来。她突然对这个陌生的警察放下了戒备,但她还是无奈地摇了摇头:"说了也没用的,你虽然是警察,但毕竟是人,而他、他根本不是人,那是个魔鬼!"

秦天的表情一下子严峻起来:"这么说,你遇到的不只是生活中的难题,还有作恶的坏人。那就更有必要让我知道了。警察的天职就是惩恶扬善,我向你保证,只要坑害你的人触犯了法律,不管他有多大能耐,我一定会将他绳之以法,为你主持公道!"

当秦天说这番话时,突然像是换了一个人,身上那种平庸之气一扫而光,整个人都散发出一种凛然正气,连眼神中都透射着灼灼光华。凌丹突然有种感觉,在这一腔正气的照耀下,即便是黑暗王爵,也会仓皇而退。

凌丹缓缓闭上眼睛,身体开始不住地颤抖,即便是回忆和讲述一下那段经历,对她来说也是一种噩梦再现的折磨。她没有任何隐瞒,把那个噩梦的每一个细节,都讲给了秦天。

秦天越往下听,脸上惊骇之色越重,他干警察这么多年,什么样的事没经历过?但凌丹的讲述还是让他觉得匪夷所思,竟然会有人掌握那么多人内心深处的秘密？这怎么可能？完全不合常理啊！

秦天把审视的目光投向凌丹，他有点怀疑这个年轻女孩讲述的真实性。凌丹看出了秦天的意思，突然"扑通"一声跪下来，咬着牙说道："希望你能兑现对我的承诺，让那个魔鬼受到应有的惩罚！"

秦天吃了一惊，赶紧伸手示意："你先起来说话。"凌丹缓缓摇头："您不答应我，我就不起来。"

"你放心。"秦天说道，"我说过的话一定算数，这也是我作为警察的职责所在。只不过……"

凌丹惨然一笑，缓缓站起身，一字一句说道："我知道你的意思，我的话没有半点虚假，我会用生命证明给您看！"

凌丹说完这句话，一脸决绝之色，朝着天台边缘走去。

秦天大惊失色，一边飞奔过去，一边大声喊道："不要！"

## 7 难言之隐

    生死关头，秦天几乎把速度发挥到极致，像闪电一样快，可惜还是晚了一步，只扯下了一片婚纱，却没法阻止凌丹身体的坠落。那白色的婚纱在夜风中缓缓盛开，像一朵硕大的雪花在无声地飘落，那么洁白，那么轻盈。

    秦天闭了一下眼，稳定了一下情绪，才脚步沉重地沿着楼梯走下天台。他默默地注视着已经香消玉殒的女孩，她躺的地方正好在一片泥污中，泥污里又淌流了鲜血，把那件洁白的婚纱染得红不红黑不黑，看上去肮脏不堪，就像被践踏过的雪地。

    凌丹的眼睛死死瞪着高处，一副死不瞑目的表情。秦天抬头望向天空，轻声说了一句："你放心去吧，我答应你的事一定会做到，绝不会放过那个黑暗王爵。"

秦天拨打了报警电话，工夫不大，几名辖区民警匆匆赶到，由于在同一个系统内，秦天和其中两位有过一面之缘，简单说清情况后，秦天跟着几位民警来到派出所，做了一份详细的笔录。

秦天回到家时，天还没有大亮，从儿子小默的卧室里，不断传出敲击电脑键盘的声音，那紊乱的敲击声中透着一种烦躁。秦天抬起手想敲门，犹豫了一会儿，还是把手放下了。

秦天来到书房坐下，他的书房有些与众不同，书架上塞满了各种推理探案小说，有欧美的有日本的，也有中国古代的。读这类小说，既是他的个人爱好，也和他的职业有关，书中各种各样的作案和侦破手法，常常能激起他思维的火花。

但今天早上，秦天翻了几页书，却完全读不下去，索性把书放下，连抽了几根烟，房间里云遮雾罩，一切都变得影影绰绰。秦天想着儿子小默，心里有种难言的滋味。

刚过了二十岁生日的小默是个沉默寡言的男孩，孤僻得近乎自闭，生活中也没什么朋友。高考落榜后，他连门都不出了，整天把自己关在房间里，跟自己的父亲也很少交流，见了面连话都不说一句。

与之形成鲜明对照的是，秦天对小默几乎是百依百顺，从不违拗他的意思，即便小默对父亲从来没个好脸色，他也没有因为这个动过气。很多认识秦天的人，都觉得他对儿子过于迁就了，可是有谁知道他心中的隐痛？又有谁知道这隐痛背后的秘密？

秦天突然"咝"地吸了口冷气，原来他沉溺在往事中不可自拔，被燃到尽头的烟头烫了手。他把烟头掐灭，微微叹了口气，那个秘密也像燃烧的烟头一样，不间断地在他的心脏上灼烧着，这么多年了，他只能默默地承受，因为他不知道该怎样掐灭那个无形的烟头。

早上八点钟,秦天准时来到刑警队报到,队长韦石见到他后有些奇怪,问道:"老秦,你怎么不在家休息?是不是有什么新情况?"

韦石这么说当然是有原因的,这件事要从一个叫伍龙的逃犯说起。三年前,秦天跨省追捕,在一个暴雨之夜,冒着生命危险,将伍龙擒获归案。没想到就在上个月,伍龙杀死一名狱警,悍然越狱。根据警方掌握到的信息,伍龙已经潜逃到他出生的这座城市。这个穷凶极恶的家伙没有选择异地逃亡,而是回到案发之地,难免会让秦天的同事们担心,他会对抓捕过他的秦天展开报复,但秦天丝毫没有把自己的安危放在心上,反倒再次承担起抓捕伍龙的任务。队长韦石调兵遣将,派出多名精兵强将,不分昼夜地在伍龙有可能出现的路线上蹲点设伏,秦天主动揽过了在晚上值守的任务,这些年他早就习惯了把最重的担子往自己肩膀上扛。

按照这次的工作安排,晚上值守的人,白天是应该在家休息的,所以秦天的出现才让韦石有些诧异。秦天搬把椅子,坐在韦石对面,说道:"是有情况向你汇报,不过跟抓捕逃犯这件事无关。"

秦天和韦石是过命的交情,两人之间没有严格的上下级之分,也不需要任何客套。韦石挥挥手,只回了一个字:"说!"

这就是典型的韦氏风格,像战场上指挥若定的将军,行事斩钉截铁,从不拖泥带水,也很少有什么事,让他有所踌躇,但听了秦天的讲述后,他却不由得皱起了眉头,不以为然地说道:"老秦,你就这么相信那个女孩的一面之词?你不觉得她自述的那种遭遇有点荒谬吗?"

"荒谬?"秦天摇摇头,"我不这么认为,在她真实的死亡面前,我不得不相信她说过的每一句话!"

"拜托,我们是警察,是唯物主义者,你觉得她那些关于秘密的讲述，在科学上站得住脚吗？老秦，不要让同情遮蔽住你的眼睛，以你的经验不可能不知道，在受到足够的精神刺激之后，人是有可能产生某些臆想和幻觉的。"

秦天沉默了一下说道："我让处理现场的警察帮忙查看过她的尸体，在她的肩背处确实有一处发黑的齿痕，这又该作何解释？"

"这并不能说明什么啊。"韦石摊开双手说道，"这处齿痕很可能只是她情感经历的一部分，是对她的精神产生刺激的一个重要源头，但这并不能证明那个故事的真实性，更不能证明真的存在一个能洞察一切秘密的什么黑暗王爵。不管你怎么看，反正我觉得很荒谬，如果真有这种像神鬼一样可怕的存在，要我们这些警察还有什么用？"

秦天再次陷入了沉默，他几乎被韦石说服了，但就在这时，凌丹跪求时的眼神在他面前一闪而过，开始动摇的意志瞬间又变得坚定起来。他站起身对韦石说："也许你说得对，但既然做出了承诺，我就只有追查下去，查一个水落石出，要不然我这辈子都不会心安的！"

韦石有些无奈地摇摇头："我是拿你一点办法都没有，咱们三剑客之中，你是性格最温和的，但骨子里也是最倔的。唉！"说到这儿，一向踌躇满志的刑警队长，居然难得地叹了口气。

秦天不知该怎么搭腔，房间里一时有些沉寂。他知道，是三剑客这个话题，引发了韦石的感触。有些往事看似已经消逝如烟，但并没有真正淡出回忆。

韦石摆了摆手，似乎在竭力驱散某种消极情绪，他对秦天说："那个女孩毕竟是自杀身亡的，而且到现在为止也没人报案，按规定是不能立案的……"

秦天说道："这个我当然明白，追查这件事是我个人行为，我最近白天有空,正好利用这个时间去查。"

韦石皱了皱眉,说道:"晚上蹲点值守,白天还要找点事干,你这是在跟自己的身体过不去啊!"

秦天满不在乎地说道:"这就不用你操心了,我自己的身体,自己心里有数,回见了!"

秦天转身刚要走,韦石又叫住了他,一向慷慨豪迈的他,竟然显得有些婆婆妈妈:"老秦啊,你还是要多加小心,咱们费了这么大力气,连伍龙的影子也没见到,越是这样越凶险万分,他很可能在暗中磨牙拭爪,找准机会给你致命一击,你千万不要掉以轻心啊!"

也只有并肩战斗过的兄弟,才会这么记挂着自己的安危。秦天心头一热,重重地点头:"我明白!"

凌丹的事该从何查起,秦天心里早就有了打算。那个为黑暗王爵效劳的林总,是一个非常重要的人物,也许顺着他这根线,就能揪出那个藏在黑暗中的幽灵。

让秦天没想到的是,他来到林东城的公司后,却被拒之门外,前台小姐不失礼貌地告诉他,来客必须提前预约,并经过林总同意后,才能

跟他见面。无奈之下，秦天只好掏出了警官证，以办案为由才获得了通行的权利。没办法，看来想以私人身份查案，还真不是件容易的事。

林东城在他的办公室里很客气地接待了秦天，看得出他的表情有些诧异，显然是在奇怪这位警察为什么来登门拜访他，不过他的眼神看上去很坦然，那是没有作奸犯科的人在面对警察时的正常反应。

可是当秦天说出黑暗王爵的名字时，林东城的脸色唰的一下变了，连瞳孔都收缩了一下。秦天察言观色，心里已经有底了。

林东城毕竟不是等闲人物，他很快镇定下来，面色平静地听完秦天的讲述，不冷不热地说道："警官先生，您大老远地找过来，就是为了给我讲这么一个故事？"

秦天盯着他说道："你真的认为这只是一个故事吗？那你想不想看一看这个故事的主人公——你的那位女员工，那个叫凌丹的女孩，她现在还躺在冰棺里，再也无法睁开眼看看这个世界，看看她工作过的公司。她还那么年轻，只有二十五岁。"

林东城目光有些躲闪，但语气依然生硬："我不明白你在说什么，我不了解具体情况，如果她的死亡跟公司有关，我们一定会尽最大努力，做出合理的赔偿，做好家属的工作。"

秦天一字一顿地说："你骗得了别人，骗不了自己。我之所以来找你，是因为你和凌丹一样，都是黑暗王爵的受害者，如果你不肯配合我的工作，下一个受害的很可能就是你。"

林东城坐在办公桌前，用手支住额头，脸上露出痛楚之色，低声说道："对不起，我老毛病犯了，头疼得厉害，你可以先出去吗？"

秦天深深地看了他一眼，把自己的名片放到桌上，说道："你要是想通了,随时可以来找我。"

目送着秦天的背影,林东城喃喃自语道:"不行的!你根本不是他的对手,没有人是他的对手。他、他根本就不是人,你怎么跟他斗?"

林东城无意间把目光落到窗户上,突然发现在暮色浸染的玻璃上,竟然贴着一张模糊的脸。林东城吓得魂都要飞了,发出一声骇然的惊呼:"黑暗王爵?"

# 8 无所不知

　　林东城一惊一乍的,把玻璃上那张脸也吓了一跳,猛地向后一缩,只见一个人悬空而起,被绳子吊在半空。林东城这才看清楚,哪来的什么黑暗王爵,分明是一个正在擦玻璃的蜘蛛人。

　　一向风度翩翩的林总彻底失态了,冲着那个蜘蛛人暴吼了一声:"滚!"

　　经过这一次惊吓,林东城大汗淋漓,全身都没了力气,呆呆地坐在椅子上,直到暮色变成夜色,办公室里陷入彻底的黑暗。半年之前,就是在这样的黑暗之中,那个可怕的幽灵翩然而至,让林东城的世界里,从此再也没有了阳光。

　　那天晚上,林东城正在办公室忙碌,房间里突然一片黑暗,从窗户看出去,都市的灿烂霓虹全都熄灭了,一座座林立的高楼,都化作了重重暗影。那一刻，城市突然变成了森林——暗无天日的森林。原来看似强大的城市，竟然如此脆弱。一场突如其来的停电，就能让它陷入彻底的瘫痪。

林东城没打算离开，明天要跟一位极其重要的客户谈判，他手头还有大量工作要做，也许等上一会就来电了。林东城打开手机点亮屏幕，想打发掉这段无聊的时间。

林东城打开微信，不由微微一愣，他的微信上都是些知根知底的朋友和客户，从来不加陌生人，可是他的微信上怎么突然多了一个叫黑暗王爵的人？难道他是随着停电后的黑暗到来的？他的头像是一只幽深难测的眼睛，里面藏着太阳都无法照亮的黑暗。

死寂的办公室里，突然传来"叮"的一声响，把林东城吓了一跳，原来是对方从手机上发过来一份文档，后面还附着一句话："尊敬的林总，我写了一篇小说，想请您指教一下。"

林东城眉头皱起来：这个人到底是谁？未免也太唐突了。自己既不是编辑也不是出版商，审的哪门子小说？他正打算拒绝，那边又发过来一句话："你可以不看，但我保证你会后悔。"

这种威胁的口气让林东城更加不悦，但强烈的好奇心还是驱使他打开了那份文档。他读着那篇小说，越往下读脸色越难看。

小说的主人公是个出身贫苦的农家男子，在女友弃学打工全力资助下，他勉强读完了大学，在社会上挣扎浮沉，尝遍了人世冷暖。一个偶然的机会，他结识了公司老总的千金，那是个又胖又丑又盛气凌人的娇小姐，她对帅气的男人青眼有加，向他抛出了绣球。

残酷的抉择摆在男人面前，要么背叛爱情和良知，走上一条通往富贵的金光大道；要么扼杀欲望和野心，在平淡的人生中拥有寻常的幸福。怎么办？他该怎么办？该如何选择？

看到这儿，林东城只觉得又惊又怒，还有几分羞恼。他看出来了，这个男人不是别人，正是当年的自己。一定是有了解他底细的人，故意写了这篇小说来讽刺他！

林东城之所以能确定这个叫黑暗王爵的人是在恶意嘲讽他，是因为欲望最终战胜了良知，促使他作出了一个可耻的选择，他抛弃了那个为她付出一切的女孩，接过了那个富家女抛出的红绣球。

林东城接着往下看，正如他所预料的那样，小说中的主人公抛弃了那个可怜的女孩，为了摆脱罪恶感，为了挣脱良心的束缚，他用尼采的一段话，来说服自己："一棵树要长得更高，接受更多的光明，那么它的根就必须更深入黑暗。"

读到这一段描写时，林东城不禁毛骨悚然，失声叫道："这、这怎么可能？"

是啊，这怎么可能？也许有人知道他抛弃女友的经历，但不可能有人看到他的心路历程，更不可能有人知道他曾经用那一段话，来说服陷入挣扎的自己。这是藏在他内心深处的东西，别人怎么可能会知道？

林东城全身冷汗涔涔，他害怕再看下去，可他又不能不看，他必须搞清楚，自己还有多少秘密，落入了黑暗王爵的眼睛。

小说中的那个男人终于如愿以偿，娶了富家女，当了金龟婿，也拥有了自己想要的东西，一步步成了公司的老总，但他过得并不轻松，更谈不上幸福。在凶悍的丑妻面前，他始终抬不起头来，有岳父为女儿撑腰，他连反抗的余地都没有，别看他在外面一副高高在上的架势，但只有他清楚自己活得有多卑微。

母老虎妒性很强，严禁他跟异性有任何接触，连男人的秘书都是同性，由她亲自安排。她还在他的身边安插了不少眼线，时刻严防他包二奶养情人。

但千防万防，总有难防之处。出于谈生意的需要，男人难免飞来飞去，来往于全国各地，由于每次行程都很短，工作安排都很密，母老虎并没有过多留意。让她做梦也没想到的是，男人就是利用了这不大不小的疏漏，把自己修炼成了一个偷欢高手。

接下来，小说中出现了男人偷欢的描写，夜总会里的狂欢、小旅店里的性虐、密林里的迷乱……林东城读着这些细致入微的描写，只觉得遍身生寒，不停地打着冷颤。没错，这些全是他的经历，发生在不同的城市、不同的地点。打死他也不敢相信，这世上还会有第二个人，能尽数掌握他的这些隐秘行为。可惜不管他相信不相信，事实已经摆在眼前了！

林东城走到窗边，望着被黑暗笼罩的城市，呆站了很久，他突然间发现，他对这个生活了将近四十年的世界，其实一点都不了解，这个世界太神秘了、太可怕了。

林东城重新拿起手机，准备把剩下的那些内容看完，他以为自己已经经受到了足够的心理冲击，再看下去也不会有什么难以接受的了，可当他一行行往下看时，才在越发强烈的恐惧中发现：更可怕的事，还在后面！

男人的公司规模在不断发展壮大，随着他地位的越来越高，对母老虎的容忍度也越来越低。他不能再忍受下去了，他必须摆脱她，永远摆脱她，不然人生再辉煌，又有什么乐趣可言？离婚是肯定不行的，最好的结果是被分去一半财产，最差的结果是被岳父彻底击垮，两种结果他都无法接受。

也许只有一个办法了，就是除掉那个女人。在商界摸爬滚打多年，他早就被磨炼得心狠手辣，何况他对那只母老虎根本没有感情，下手除掉她对他而言没什么心理压力，唯一的问题就是绝不能暴露自己，要让岳父即便有所怀疑，也抓不到任何把柄。

男人精心设计了很多谋杀的方案，却又被自己一项一项推翻了：雇凶制造一起车祸，让她葬身于车轮之下？可是这样一来，自己的命门就被捏在别人手里了，万一被雇者是个贪得无厌之辈呢？难不成自己永远受他要挟？

把毒蛇放在她必经之路的草丛里，让她死在蛇的利齿和毒液之下？但这么做还是不太保险。如果毒蛇提前溜走了呢？如果救治及时逃过了一劫呢？

想办法搞到一条钴链，藏在她皮包的内衬里，让她死在杀人不见血的辐射之下？完事后扔掉她的皮包，一切都神不知鬼不觉。但这种方式也是最危险的，他自己也会短时间接触辐射源，会不会害人的同时，把自己也害了？

林东城颤抖着关掉文档，他感觉自己已经彻底崩溃了。这些谋害妻子的手段，仅仅是他脑海里的构想，而且做贼心虚的他生怕妻子从他的表情里发现端倪，只敢在最深的黑夜里独自构想，可是就算这样，竟然都逃不过黑暗王爵的眼睛！那是一双什么样的眼睛？竟然能盯进你的脑海、深入你的内心？

林东城这么想着的时候，他的目光和头像上的眼睛相遇了，那只眼睛深不见底，像一口淹死过很多人的井，井底有一双双亡魂的眼睛，让人无法长久直视。

林东城的手指抖个不停，点击了好半天才发出去一句话："你、你到底是人还是鬼？"

## 9 首鼠两端

黑暗王爵的回答直截了当,带着一种藐视一切的倨傲:"我不是人,也不是鬼,我是神,俯视众生的神!"

如果在这之前,有人对林东城说,这世上有神,他就是神,林东城一定会嗤之以鼻,但现在,他对黑暗王爵的话深信不疑。如果这时候黑暗王爵出现在他面前,他很可能会双膝一软跪下来,对黑暗王爵顶礼膜拜。

也正因为这样,当秦天找到他,希望他提供黑暗王爵的信息,并表示要将黑暗王爵绳之以法时,他才会觉得这个警察自不量力,凡间的律法怎么可能约束高高在上的神呢?

让林东城感到头疼的是,这个警察还真是不到黄河不死心,他三番五次地找上门来,不厌其烦地做他的思想工作。别看这位警察外貌平平无奇，却有一双洞察一切的锐利眼睛，在他的审视和逼问之下，林东城有种无所遁形的感觉，这种感觉让他烦透了。

让林东城烦心的还不止这一件事，最近在生意场上也不大顺，为了拿下一个大项目，他得罪了一个竞争对手，对方背后有黑势力撑腰，做事也有点不择手段，正常做生意的，还真不愿得罪这种人。林东城也是没办法，总不能把到嘴的肥肉吐出去。

为了保证自己的人身安全，林东城雇了两名保镖，个个身高体壮，透着一股彪悍之气。但事实证明，这种绣花枕头根本没什么用，对手只用了两辆越野车，就让这两名保镖倒地不起了，从第三辆越野车上跳下两个黑衣汉子，架起林东城就往车上塞。

关键时刻，秦天出现了，尽管他亮出了警察的身份，但仍然没能阻止这帮恶徒行凶。为了救下林东城，秦天只能出手了，他的身手虽然不错，但好虎难敌群狼，秦天身上多处受伤，鲜血染红衣服，但他毫无退却之意，用身体护住林东城。那几名歹徒显然也不愿意跟警察死磕到底，只好撇下林东城驾车逃离。

林东城开车把秦天送往医院，一路上连闯红灯，边开车边回头问：“秦警官，怎么样了？都怪我。"

秦天轻描淡写道：“不碍事，都是些皮外伤，那些人下手也知道轻重。你专心开车，不要闯红灯。"

在医院包扎好伤口后，秦天起身便要离开，林东城拦住他说道："受了这么重的伤，你应该住院治疗一段时间。"

秦天说道："这算什么伤？我哪有时间住院？还有工作要做。"

林东城一脸吃惊的表情："这种情况下还要去工作？"

秦天说道："最近我在蹲点值守，这点伤根本没什么影响。"

林东城呆了一下，突然说道："秦天，四十一岁，从警十七年，破获大案奇案数不胜数，多次立功受到表彰，但屡次拒绝升职机会，至今仍是一名普通警员……"

秦天盯着他问道："你暗中调查我？"

"知己知彼，百战百胜。"林东城说道，"难道只能你逼问我，不准我了解你？"

林东城话锋一转，言辞恳切地说道："秦警官，我是个恩怨分明的人，你对我有救命之恩，无论怎么回报都不过分，只要我能做到的……"

秦天打断他："我现在就有一件事需要你帮忙，而且只有你能帮忙，你不会告诉我，你不知道是什么吧？"

林东城苦笑一声："你舍身相救的那一刻，我已经作出决定了，我要把知道的全都告诉你，以后我们就两不相欠了。"

两人来到一个安静的茶室，在一处没人的角落坐下来，秦天一言不发，等着林东城讲述，林东城沉默片刻，才缓缓说出一句话："秦警官，你还是什么都不知道的好，要不然很可能会惹祸上身的。"

秦天斩钉截铁地说道："我是警察，如果一个警察害怕惹祸上身，你不觉得他不称职吗？"

林东城叹了口气："那你要做好心理准备，我知道你作为警察，什么样离奇古怪的事都经历过，什么样高深莫测的人都遇到过，但黑暗王爵，他根本就不是人，他能做到的事，你根本想象不到……"

听完林东城的讲述，秦天看上去一脸淡定，他肯定不能让自己有失态的反应，被林东城看不起是小事，影响到他接下来的配合就是大问题了。

但秦天表面上波澜不惊，内心还是颇受震动。尽管林东城的讲述从某种程度上说只是凌丹那个故事的另一个版本，只是换了一个主角罢了，但那些窥透一个人所有秘密的情节，还是让他觉得匪夷所思。毫不夸张地说，这些情节让他原本成熟的世界观，秦天用深邃的目光盯着林东城，说道："我希望你可以确保这些陈述的真实性，既没有隐匿，也没有夸大，你要知道，任何一句不实之词，都会对我接下来的工作，产生严重的误导！"

林东城耸耸肩，发出一声苦笑："秦警官，你觉得这些情节还不够夸张吗？说实话我编都编不出来！至于隐匿情节，就更没必要了，我连计划谋害我太太的细节都告诉你了，还有什么需要隐匿的？"

秦天点点头："这倒也是。"

林东城说："其实说出这些情节之前，我也不是没犹豫过，你毕竟是警察嘛。后来又一想，有什么可担心的，反正那些谋害计划也没有付诸行动，而且以后，我永远也不会有那种想法了。"

说到这儿，林东城环顾四周，眼神里流露出一种深沉的恐惧，缓缓说道："我不想再害我太太，不是良心发现了，我只是明白了，这世上根本不会有什么秘密，能瞒过所有的眼睛……"

秦天沉思片刻问

道："每个人做事都是有目的的，黑暗王爵揭穿你的秘密后，对你提出过什么要求，让你为他做过什么事吗？"

林东城脸上露出羞愤之色："如果他对我委以重任，让我去办一些难办的事，难度再高我也不会有意见。但他似乎纯粹就是为了羞辱我，总是让我去干一些底层的工作，要么是在街头摆摊擦半天鞋，要么是去水泥厂干一天苦力，最近的差事就是给他当司机，把那个女孩送到别墅供他蹂躏。我林某好歹也算个人物，想不到居然要受这种羞辱！"

秦天心中一动，突然有一个发现：这位黑暗王爵似乎有个鲜明的特点，喜欢从一个人的反面去整治他。凌丹以贞操博取婚姻，他偏偏要让她失去清白；林东城用尊严换取地位，他偏偏要践踏他的尊严。这个神秘的家伙，为什么要这么做？

秦天心里已经有了打算，他要利用林东城不甘受辱的心理，动员他站在自己这边，去对付黑暗王爵，于是说道："你有没有想过，这只不过是个开始，只要你活着，就始终是他的精神奴隶，永远不可能有尊严！"

林东城哀叹道："我当然想过，可我有什么办法？谁让他盯上了我呢？算我倒了八辈子霉！"

秦天冷冷道："林总，请不要让我小看你，你好歹是位成功人士，应对过各种各样的挑战，面对过形形色色的对手，何至于这样畏敌如虎？"

林东城连连摆手："他跟别人不一样，我对付过的都是人，他、他……"

秦天用嘲讽的语气说道："你难道真的把他当成神了？"

"我不知道，我真的不知道。"林东城一脸懊丧，眼神里全是茫然，"我实在是想不通，如果他不是神，怎么可能看透一个人内心的秘密,了解他脑子里的想法?"

秦天沉吟道:"这个问题我暂时也解释不了,不过我有一个好办法,也许可以找到答案。"

林东城怔了一下,追问什么办法,秦天一字字道:"把他抓捕起来,让他接受审讯!"

林东城大惊失色,直接跳了起来,只听"哗啦"一声,桌上的茶碗都被摔碎了,他连话都说不利索了:"你、你说什么?抓、抓捕黑暗王爵?"

"没错!"秦天盯着他说道,"这需要你的密切配合,你不是能联系到他吗?想办法骗他出来见面,让我们实施诱捕计划!"

秦天的话把林东城吓坏了,他拼命地摇着头说道:"不行、不行!我可不敢!"

秦天正色道:"你害怕什么?怕丢掉性命吗?可是把自己活成一个奴隶,这就是你想要的结果吗?你不计代价地走到今天的位置上,就是为了被人当作玩物踩在脚下?如果你是一个有血性的男人,就跟着我一起干,如果你愿意给人当一辈子奴隶,就当我什么都没说过!"

林东城显然受到了很大的震动,好半天说不出一句话来,良久才缓缓说道:"给我一点时间好吗?我需要考虑考虑!"

"好!"秦天拍拍他的肩膀,用殷切的语气说道,"我相信,你不会让我失望的。"

可惜林东城的决定,还是让秦天失望了。再见到林东城之后,秦天一眼便看出了他的变化。短短两天时间没见,他整个人都失去了精气神儿,两眼空空洞洞的,像一个没有了魂魄的人。他有气无力地对秦天说:"对不起了秦警官,我不能配合你的工作,这是我最后一次和你见面,以后你别来找我了。"

秦天敏感地追问道："是不是发生了什么事？告诉我。"

林东城一屁股坐下来，用手揪着自己的头发，居然硬生生揪下来几绺，他的声音中充满了深深的恐惧："希望你听了不要害怕……"

# 10

## 至深恐惧

接着,林东城开始了自己的讲述。就在上次与秦天见面后开车回去的路上,林东城思绪起伏,秦天最后说的那段话,像一个燃烧的火种,让他体内的血渐渐热起来,然而,当他想到那个可怕的黑暗王爵时,仿佛有一股冰水注入体内,让他的血液从冷却到凝结。这种冰火交织的感觉,让他的身体一会热一会冷,像是在发高烧。

怎么办?是该听从内心的召唤,帮助那位警察对付黑暗王爵,还是该听任恐惧压倒意念,向那个神秘的黑暗王者俯首称臣?两种声音在林东城的脑海中吵得不可开交,让他心烦意乱,方向盘一下没把稳,差点把车撞到树上。

林东城把车停在路边,想抽支烟定定神,缓解一下焦躁的情绪。他掏出一支烟叼到嘴上，又取出打火机，打着火后去点烟。就在这时，奇怪的事情发生了，火焰还没有接触到香烟，突然"噗"的一声灭了。

林东城微微一愣：这是怎么回事？车窗玻璃虽然开着，但车厢里根本没有风，火苗好端端怎么熄灭了？感觉是被吹灭的一样！

林东城把车窗玻璃摇上来，重新点燃打火机，把火苗凑过去，在他目不转睛的注视下，火苗猛地扭了一下，再一次莫名其妙地熄灭了。

林东城心里有点发毛，但他还是壮着胆子，又试了一次。他按着打火机后，用左手遮在火苗前面，小心翼翼地伸向烟卷，但火苗还是悄无声息地熄灭了。林东城分明感觉有一股气流撞在了他的左手掌心上，像是有人冲着火苗吹了一口气。

林东城顿时有种毛骨悚然的感觉，他开着车一路狂奔，来到公司，从车上下来后，才长出了一口气。他一边擦着冷汗，一边安慰自己：也许那只是自己的错觉，兴许只是那只打火机坏了。

林东城草草吃了几口午饭，来到自己的办公室，想睡个午觉，歇上一会儿。之后公司还有个很重要的会议，现在这种状态可不行。

两个小时之后，手机闹铃响起，将林东城唤醒，他翻身坐起来的同时，一条薄毛毯掉落到地上。林东城愣了一下，一脸愕然的表情。他记得很清楚，自己睡觉前根本就没有盖毛毯。这条毛毯是天凉之后才使用的，一直整整齐齐地叠放在墙角的柜子里。

难道是下属进来后，担心自己着凉，帮自己盖上毛毯的？可是不可能啊，下属一定会先敲门，绝不可能擅自进来。再说自己在午休时，一向是把办公室反锁的，难道今天心神不宁忘记了？林东城快步走到门前，检查了一下门锁的状态，只觉得一股凉气贯穿全身，他没有忘记反锁门，也就是说，根本不可能有人进来。

眼看开会时间到了,林东城收回思绪,关好办公室的门,快步向会议室走去,在走廊上迎面过来一位员工,有礼貌地向他打招呼:"林总好。"

林东城微微点头,两人又走近一些,那位员工的眼睛突然瞪圆了,嘴巴张成了O型,死死地盯着林东城的脸,仿佛这位老总的脸上突然长出一朵花来。

林东城来不及细想了,他已经走到了会议室门口。长条会议桌两边坐满了人,居中的位置空着,那是林东城的固定席位。他目不斜视地走进会场,表情严肃地坐下,用威严的目光巡视左右。

林东城很快发现有点不对劲,会场上的每一个人都像是撞了邪,露出千奇百怪的表情:惊诧、困惑、尴尬、坏笑,有人掩盖什么似的低下头,有人想说什么又犹豫着咽了回去。

林东城情知不妙,但只能故作镇定,把该讲的话讲完、该布置的工作布置完,这才疾步走出了会场。林东城来到洗手间,对着镜子一照,不由得又羞又怒,在他的额头正中间,赫然有一枚红色的椭圆形印章,凑近细看,那竟然是一枚生猪检疫章,印章上面有八个字:检疫

合格，定点屠宰。

林东城整张脸都充了血，还真像是生猪肉皮的颜色。想到自己刚才就顶着这样一个玩意发号施令，他就有种无地自容的感觉。

林东城挥拳击出，玻璃四分五裂，镜子里的那张脸，也瞬间碎成了网状。

晚上，林东城做了一个噩梦，在梦里他见到了黑暗王爵，他坐在一把高高的椅子上，像一位君临一切的威严王者。他戴着一张面具，眸子凛然生威，一字一句地问道："林东城，你知罪吗？"

林东城跪在地上，吓得体如筛糠，几乎语不成调，颤声道："我、我、我……"

黑暗王爵从椅子上站起来，朝着他一步步走过来，一边走一边阴森森地说道："你好大的胆子，竟然想跟警察串通起来对付我！你有没有想过这样做的后果？"

林东城又急又怕，又不知该如何辩解，一下子就醒了，他大汗淋漓地从床上坐起来，用手捂住怦怦乱跳的胸口，拼命安慰自己：还好，只是一个梦、一个噩梦……"

突然，林东城真真切切地听到了一个声音，在黑暗的房间里幽幽然地回响着："我在问你话，你为什么不回答？"

林东城吓得一下跳起来，一脸惊恐地循声望去，他这才发现，他临睡前放在桌子上的手机，屏幕竟然是亮着的，上面影影绰绰有一张脸。

林东城战战兢兢地拿起手机，原来微信的视频通话功能不知什么时候打开并且接通了，屏幕上是黑暗王爵僵尸般的面孔和鬼魅一样的眼神，和刚才噩梦中的他，从姿势到眼神，都一模一样！他逼视着林东城，阴森森地说道："你哑巴了吗？为什么不回答我？"

噩梦和现实在那一瞬间对接了,林东城也分不清是否身在梦中,他只知道自己的反应跟刚才那个噩梦中一样,他扑通一声,跪倒在地上,体如筛糠,语不成调:"我、我、我……"

黑暗王爵突然笑了,声音带着几分沙哑:"没出息,怎么吓成这样?我有那么可怕吗?不用怕,在我眼里,你们这些人,都是我的孩子。抽烟对身体不好,所以在车上我三番两次吹灭了你的打火机。睡午觉容易着凉,所以我给你盖上了毯子,我做的难道还不够吗?"

林东城拼命摇头,声音颤抖:"不、不、不是……"

黑暗王爵收起笑声,幽幽地说道:"不听话的孩子,是必须惩戒的,我只想告诉你,想跟我对着干的人,他们的下场就是屠宰场。你还有什么想跟我说的吗?还要不要跟那个警察联手了?"

林东城连连磕头,磕得头都破了,鲜血顺着额头流下来,染红了他毫无血色的脸,看上去人不人鬼不鬼。他颤声说道:"我不敢,我本来就不敢,我没答应那个警察!"

黑暗王爵冷冷道:"你不是要考虑考虑吗?现在考虑清楚了没有?"

林东城不敢作声,只是磕头如捣蒜。

黑暗王爵淡淡说道:"桌上有一封信,你看到了吗?"

林东城侧脸看去,桌子上果然有一个信封,他记得很清楚,在他睡觉之前,桌子上还空空如也,除了神鬼,谁能把这个信封,送进门窗反锁的房间?只听黑暗王爵说道:"你把这封信,交给那个叫秦天的警察,信里有他的秘密。切记,不许偷看,警告的话用不着我说了吧?"

林东城连声说道:"您放心,打死我也不敢偷看,我一定完好无损地把这封信交到他手里。"

林东城讲完自己的遭遇后，从公文包里取出那封信，塞到秦天手里，一刻也没停留，开着车匆匆离去了，似乎生怕秦天再劝他去对付黑暗王爵。

　　秦天拿着那个薄薄的信封，心跳突然有些莫名的加速。在他的内心最深处，的确藏着一个秘密，没有第二个人知道的秘密。难道黑暗王爵真的有一双洞察一切的眼睛？能够了解自己的这个秘密？

　　不可能！绝不可能！

　　秦天撕开那个信封，取出一张信纸，那上面只有寥寥几行打印的字。但就是这短短几行字，让秦天的心脏似乎一下停止了跳动。

　　绝不可能发生的事，就这样实实在在地发生了。

## 11 / 雨夜命案

那封信的开头,是这样写的:你以为,亲手制造了一起冤案,把它当作秘密掩盖起来,就能逃脱末日的审判吗?你以为,收养了冤死者的孩子,对待他好一点,就能减轻你的罪恶吗?你错了!

信纸上的字迹跳个不停,那是秦天的双手在微微颤抖。一个在枪弹和利刃面前都不曾变色的警察,居然会因为一张薄薄的信而情绪失控,说出去有谁会相信?

记忆的闸门缓缓开启,一个英气勃勃的警员站在门里,他有着坚毅的表情和明朗的气质,眼神纯净得不带一点杂质,整个人都散发出一种阳光般的气息……秦天呆呆地注视着那个年轻人:那、那不是十年前的自己吗?

十年前的秦天刚满三十岁,他来到刑警队已经有六年了,正处在一个不上不下的尴尬位置，上面有资历更深的元老压着，下面有初生牛犊般的年轻警员顶着，经常受夹板气。

在队里，和秦天年纪相仿境况相似的，还有两位警员，一个是性格傲气的韦石，一个是潇洒不羁的乔杉，而秦天相对而言，则显得老成持重。三人在刑侦工作中，也是各有特点，韦石思维缜密，乔杉思路清奇，而秦天兼及了两人的优点，虑事不乏周密，又能出奇制胜，三人作为搭档，联袂破了不少案子，被警队的人戏称为三剑客。

三剑客虽然在工作中建立了深厚的感情，但也存在着相互竞争的一面，尤其是韦石和乔杉，似乎五行犯冲，针尖对麦芒，谁也不服谁，好在有稳重老成的秦天从中调和，两个人矛盾才没有激化，加上秦天在侦破工作中也常常棋高一着，渐渐地成了三剑客中的带头人。

一夜大雨过后，满城都是泥泞，刑警队接到派出所转过来的案子，称在一条巷子里发现一具女尸。三剑客带着技侦人员赶到案发现场时，现场已经拉起了警戒线。通过现场勘查，确认受害者系被人扼颈致死，生前曾遭受暴力强奸，从死者体内提取物中检测到了精斑。由于暴雨洗刷掉了作案者留下的足迹和指纹，给破案工作带来了一定的难度。

在受害者身上和案发现场，没有找到任何可以追溯其身份的物品，看来凶手为了阻碍警方查案，带走了死者的随身物品。不过这一点倒难不倒经验丰富的三剑客，他们很快根据现场情况作出了判断。死者身上穿着职业套装，显然是在下班途中遇害，她在晚上步行回家，证明公司离家不远。经过一番商议之后，三剑客分头行动，韦石留下来处理现场，乔杉拿着受害者的照片去附近走访，秦天则顺着案发现场的来路往回探查，看能不能找到有价值的线索。

秦天走到巷口后，又往前走了一截，前面出现了一条丁字路口。秦天对这个路段并不陌生，他知道，往前直走通向一处商业区，往左拐通向本地的棚户区。他不假思索地往前走去，他可以肯定，受害者既然是下班回家，就不可能是从棚户区那边过来的。

秦天在这条路上走了大概一刻钟，走到了车水马龙的主干马路上，并没有发现什么很明显的线索，但他注意到，在刚才那条路段的两个路口和中间地带，安装着摄像探头，这个发现让他精神为之一振。

秦天找到相关的路政部门，出示证件后调取查看了监控录像，他把时间调到昨天晚上，目不转睛地盯着回放画面，当他看到受害者脚步轻快地从屏幕上经过时，不由从心底发出一声叹息，年轻的女孩怎么可能想到，她是在一步步地走向鬼门关。

突然，秦天的眼睛一下睁大了，在女孩走过半分钟之后，画面上出现了一个鬼鬼祟祟的身影，他藏头缩脑地跟在女孩身后，不时借助墙角和树木遮掩着身形。

秦天查看了这个路段

的所有监控录像，发现那个可疑的男人全程跟在受害者身后，直到一前一后走出了这个路段，也走出了摄像头的监控范围。

通过前面的丁字路口，再往下走，就是受害者被奸杀的那条小巷了，秦天心里已经有了底，虽然不能确定这个人就是凶手，但他显然具有重大作案嫌疑。

秦天把这段监控录像截取下来，回到警队，等了一会，韦石和乔杉也先后回来了。乔杉已经查出了受害者的身份，并且去过了她工作的公司，女孩有个很别致的名字，叫楚辞，今年二十八岁，是一家广告公司的员工。

秦天在电脑上播放了那段监控录像，当那个鬼头鬼脑的家伙出现在屏幕上时，乔杉突然发出一声低呼："是他？"

秦天和韦石同时看向他，秦天问道："你认识这个人？"

乔杉说道："在受害者楚辞的公司，我确认她的身份后，她的很多同事都叹惋不已，其中就有这个男人。而且我注意到，他的表情和眼神，似乎是最难过的，当时我就怀疑他和受害者有什么特殊的关系，现在看来，不过是欲盖弥彰罢了！"

韦石沉吟道："依我看，咱们不要打草惊蛇，先锁定这个人，暗中进行调查！"

三剑客来到那家公司，首先通过人事部门，查到了那个可疑男子的信息，得知这个人叫贺炜，和受害者楚辞同在策划部。于是三剑客找到策划部，向经理邹凯询问情况。这位邹经理四十出头，看上去精明强干，他沉吟了一下说道："贺炜是半年前来到公司的，虽然有点油嘴滑舌，干起工作来还是不含糊的，就是有一点好色，喜欢往女同事堆里凑，可话又说回来，谁还没点毛病呢？"

秦天打断他："他跟受害者楚辞关系怎么样？"

邹经理说道："他追过楚辞，闹得动静挺大的，全公司几乎没人不知道。说实话,这个人不太有自知之明,楚辞虽然心气太高,挑来挑去,把自己挑成了剩女,但就算成了齐天大剩,也不可能看得上他啊!三十多岁的大男人,要什么没什么,老婆出车祸死了,带着个十岁大的男孩,这种条件,离过婚的女人都不见得能看得上他,何况是楚辞这种有几分姿色的美女!"

说到这儿,邹经理顿了一下,露出似笑非笑的表情:"上个月,楚辞还把他送的鲜花和巧克力扔进了垃圾筒,指着他鼻子,羞辱了他一通。他成了霜打的茄子,蔫巴了好长时间,公司里的人都在暗地里笑他,癞蛤蟆想吃天鹅肉!"

三剑客对视一眼,心里越发有底了,秦天问邹凯:"根据你平时的观察,贺炜被拒绝和羞辱后,有没有怀恨的意思?有没有不轨的意图?"

邹经理愣了一下,失声道:"你们怀疑他……这、这怎么可能?他哪有那个胆子?"

秦天说道:"警方会根据具体情况作出判断,你只需要回答我们的问题就可以了。"

邹经理说道:"他被拒绝之后,确实在私下骂过楚辞,说迟早有一天会让她后悔,还有人把这些话反映给了我,不过我感觉这都是找回面子的话,恐怕当不得真!"

三剑客又把贺炜的另一些同事分别找来询问,跟邹经理表达的内容相差无几。到了这一步,真相已经呼之欲出了,结合那段监控录像,三剑客几乎可以确认,贺炜就是凶手。

根据邹经理提供的贺炜住址,三剑客搜查了贺炜位于棚户区的家,又在四周查找了一遍,在一处略显松软的土地下面,他们刨出了一个女式背包,包里放着受害人的一些私人物品,包括一张工作证件,还有一部已经砸烂的手机。

下一步就是实施抓捕计划了,由于棚户区人多眼杂,三剑客担心走漏风声,于是身着便装,躲在贺炜邻居家中,观察着贺炜家的动静。

天黑透的时候,贺炜家传来动静,不一会儿亮起了灯,显然是贺炜回来了。秦天让韦石和乔杉一个守住门口,一个守在窗外,防止嫌犯逃走。他深吸一口气,飞脚踹开门。

从嫌犯作案时的残忍手法来看,这个家伙恐怕也是个穷凶极恶之徒,因此秦天丝毫不敢掉以轻心,一个鱼跃将贺炜扑倒,把他死死压在地上,伸手去掏手铐。

就在这时,突然有一个身影,扑到秦天后背上,秦天大吃一惊,只觉得一阵钻心剧痛,他"咝"地倒吸一口冷气。

## 12 铁证如山

秦天虽惊不乱,胳膊肘狠狠地往后猛击,只听"啊"的一声痛呼,那个人摔倒在地。秦天生怕对方再次发起袭击,他先迅速把贺炜铐住,再跳起身往后看去,双手护胸,摆出防御的姿势。

这时候那个人也已经从地上爬了起来,狠狠地瞪视着秦天。看清对方的模样后,秦天慢慢把手放了下来,脸上露出一丝苦笑。那是一个十岁左右的小男孩,黑黑瘦瘦的样子,目光中充满敌意,冲着秦天凶巴巴地嚷道:"不准欺负我爸爸!"

秦天解开衣服查看,只见肩头上留下一个深深的牙印,血不断地从伤口涌出来,可见这小子用了多大力气。秦天知道,自己那记肘击力度不小,那种疼痛足以让人在地上躺半天,但这小子能忍着痛,一骨碌就爬了起来,看来是个硬骨头。

外面的韦石和乔杉听到动静后冲进来，把地上的贺炜拉起来，牢牢按住他的双臂。那个小男孩见状更急了，挺着脖子大喊道："你们是谁？快放开我爸爸！"

秦天很温和地对小男孩说："我们是警察，有些事需要找你爸爸谈一谈，你如果不想看到这场面，可以先回避一下。"

男孩没理秦天，他跑到父亲跟前，想解开他腕子上的手铐，但怎么可能解得开？他急得都快哭了，冲着三剑客吼道："我让你们放开我爸，你们听到没有！"

秦天示意韦石和乔杉先押送嫌犯离开，他打算留下来做一下男孩的思想工作，不料男孩眼看父亲要被带走，急得眼都要红了，扑上去就要拼命。秦天一个箭步上前，半搂半抱地把他控制住，男孩又叫又喊，又踢又打，可是以他那点力气，能管什么用？情急之下，男孩低下头，在秦天手背上又狠狠地咬了一口，疼得秦天嘴巴都咧了一下。

秦天还是第一次遇到这种事儿，白白吃了两次亏，一点儿辙都没有，他总不能跟一个孩子较真吧？秦天过去关上门，瞪了男孩一眼，说道："你小子属狗？动不动就咬人！"

男孩呆呆地站在那儿，像是一下失去了所有的力气，凶巴巴的表情渐渐消失了，取而代之的是深深的绝望和无助，他的眼睛里盈满了泪水，看着秦天问道："我爸爸到底怎么了？你们为什么要抓他？"

如果说刚才秦天对男孩还有几分怨气，现在这仅存的怨气也彻底烟消云散了，他尽量把声音放柔和，说道："你爸爸涉嫌一起重大刑事案件，结果恐怕会不太好。"

男孩吓呆了，声音发抖地问："他、他会死吗？"

秦天不忍心说出实情，又不愿意去骗这个孩子，他沉默了很久，把双手放在男孩肩上,看着他的眼睛说道:"你是个勇敢的孩子,我只能对你说,人生中难免有很多风雨,是我们注定躲不过去的。"

男孩虽然听得似懂非懂,却分明从秦天的话意里,嗅到了一丝不祥的味道,他不顾一切地大喊起来:"不可能,我爸爸是好人,你们肯定冤枉他了!"

秦天加重了语气,一字一句地说道:"孩子,这一点你可以放心,叔叔向你保证,只要你爸爸没有犯罪,肯定不会有事儿。我们不会放过一个坏人,也不会冤枉一个好人!"

很可惜,秦天的诚意没能换来男孩的信任,他愤怒地攥紧拳头,声嘶力竭地冲着秦天大喊:"我不信!你们是坏警察、是坏警察!"

秦天微微叹了口气,也许是自己把事情想得太简单了,他毕竟只是一个十岁左右的孩子,是非观远没有那么成熟,自己在亲手导致了他们父子骨肉分离之后,用几句空话就想让他在短短的时间内接受自己?这怎么可能?

秦天知道,这是个单亲家庭,孩子的母亲已经去世了,把他一个人留在家,秦天肯定不放心。他问那个男孩:"你还有什么亲人吗?我把你送过去,或者通知对方过来!"

男孩冷冷说道:"这个世界上,我只有我爸一个亲人,现在连他都被你们带走了,你满意了吧?"

男孩那种超出年龄的冷漠背后,分明透出一种无尽的凄凉,让秦天鼻子有些发酸,一时之间颇为踌躇,怎么安排这个孩子,还真是一件令他头疼的事。

秦天来到这片棚户区的辖区派出所,找到一位相熟的民警,说明情况后,拜托这位民警帮忙,平时照管一下那个男孩。他还留下了一笔钱,作为男孩近期的花销。当然,这只是权宜之计,将来不管是把男孩送到福利院,还是帮他找到一个收养家庭,都需要做出妥善安排，但这显然不是说解决就能解决的事。

警方提取了嫌犯贺炜的 DNA，和凶手留在受害者体内的精斑进行了比对，结果证实两者 DNA 完全一致。这个证据是决定性的，这起性质恶劣的奸杀案，至此水落石出，一切尘埃落定。

让三剑客意外的是，在铁证如山的情况下，贺炜却死不认罪，连声喊冤，那模样不像是在装腔作势，倒像是真的蒙受了不白之冤。

秦天用笔记本电脑把那段监控录像播放了一遍，他目光炯炯地逼视着贺炜，问道："这是案发当晚的监控，既然没有不轨之心，大晚上的，你鬼鬼祟祟跟在受害者身后，意欲何为？"

贺炜呆了一阵子，"唉"的一声叹，说道："可能是我上辈子欠了这个女人的吧，她那么对待我，我还是放不下她。我担心她走夜路不安全，所以在暗中保护她，可要是被她看到了，还不知道会怎么嘲笑我，于是我只能偷偷摸摸地跟着她，结果就是你们看到的这样子。"

听了这番颠倒黑白的狡辩,三剑客反应各不相同,韦石双眉竖起,眼神中怒意勃发;乔杉冷哂一声,用讥诮的口吻说道:"原来我们抓错人了,想抓犯罪分子,抓了个多情种子,是不是应该给你道个歉?给全天下的有情人道个歉?"

韦石不易察觉地扫了乔杉一眼,目光中似乎有一丝隐隐的不满。他一直有点看不惯乔杉这种嬉笑怒骂的作派,在他看来那是一种痞气,不像个警察应有的样子。同样地,生性不羁的乔杉也对他不太感冒,本能地不喜欢他那种端着的感觉,经常嘲讽他没有领导的帽子,却有领导的架子。但他们两个要是因为执行任务分开一段时间,却都会记挂着对方,毫不夸张地说,如果对方遇到了危险,他们可以为对方挡子弹。有个词叫欢喜冤家,大概形容的就是这种关系。

相比之下,还是秦天保持着绝对的冷静,他不动声色地问贺炜:"按照你的说法,你应该把她安全护送到家才对,为什么止步于那条巷子了?难道那条巷子比前面的路更安全?"

贺炜苦着脸说:"我倒是想继续护送她,可那条巷子空荡荡的,连棵树都没有,躲都没处躲,她很容易就会发现我,我还怎么跟啊?唉,要是知道她那晚会出事,哪怕被她骂死,我也不会离开啊!"

秦天又问:"你送完他应该原路返回,为什么没再在监控里出现?"

贺炜说道:"我家在棚户区,在丁字路口右拐就行了。"

"你倒是撇得一干二净,真以为拒不承认,就能掩盖你的罪行吗?"秦天话锋一变,语气陡然凌厉起来,"从你家屋后挖出死者的遗物,这又是怎么回事?解释一下吧!"

贺炜一下子慌了,一迭连声地嚷道:"有人给我栽赃,肯定是有人给我栽赃!"

秦天"啪"地一拍桌子，站起身厉声质问道："查到你盯梢是误会，从你那找出遗物是栽赃，那么通过DNA检测，证实现场的精斑是你所留，这又该作何解释？"

贺炜整个人都呆住了，一脸无法置信的表情，他突然如梦方醒一般，指着审讯桌后的三名警察，气急败坏地嚷道："我明白了，你们找不到真凶，就想拿我顶包！你们、你们怎么能这样？我冤枉、冤枉啊！"

没想到这家伙会倒咬一口，秦天不想再奉陪下去，收拾纸笔往外走。乔杉冲贺炜跷了下大拇指，对他的演技表示佩服后，也起身离开了。他们以为身后的韦石也会跟着离开，哪知韦石目送两人走远后，用力关上了审讯室的门。

韦石一脸肃杀之色，朝着贺炜一步步走过去，贺炜本能地往后缩着，眼神中充满惊惧，颤声问道："你、你要干么？"

# 13 奇峰突转

一个小时之后，韦石找到秦天，把一份留有贺炜手印的认罪口供递给他，轻描淡写地说了三个字："他招了！"

秦天愣了一下，眉头皱起来，盯着韦石问道："你对他刑讯逼供了？"

韦石淡淡说道："这种人，不见棺材不掉泪，不用点手段是不行的！"

秦天一时间陷入了沉默，也许不知道该说什么好。这世界有阳光就有黑暗，有正面就有反面，像刑讯逼供这种事，早年间在警界司空见惯，对那些死硬的犯罪分子，经常要用刑讯手段撬开他的嘴巴。但在如今这个法制昌明的时代，刑讯逼供这种行为早已被严令禁止，很少有警察愿意以身试法，没想到韦石这么莽撞，居然不惜铤而走险。

当然，秦天知道，以韦石的经验和手段，他有很多种办法，能做到刑讯时不留痕迹，从外表看不出任何异常，但是就算你能瞒过所有人，也不等于这件事没有发生过。

韦石这个人什么都好，工作起来命都能不要，但他身上也有着致命的缺陷，就是做事有些急功近利，有时甚至会不择手段。秦天虽然能看清他身上的问题，但并没有试图规劝过。想让一个成年人改变，是不明智的想法，何况谁没有毛病？他自己没有吗？容易感情用事是他最大的问题，但他何尝能改变这种性格？

韦石看出了秦天对他的做法不太满意，他盯着秦天问道："你认为贺炜被冤枉的可能性存在吗？"

秦天不假思索地说："基本上不存在！"

"这不就结了！"韦石很干脆地说，"难道他死不认罪，我们就陪他干耗着？他耗得起，我们耗不起！我们还有很多正事要干！哪有时间陪他玩这种保命的游戏？"

秦天没再说什么，抛开是非对错不谈，有一点他不得不承认，就韦石杀伐果断的性格而言，显然比他更适合当一名铁血警察。

不久之后，贺炜被押赴刑场执行枪决，这个案子也彻底画上了句号，但秦天没有忘掉那个孤苦无依的男孩，他托人找关系，把这个叫小默的孩子送进福利院，这才松了一口气。

这天，秦天正在执行任务，突然接到福利院院长打来的电话，院长告诉他，小默跟福利院里一个男孩打了一架，把对方的鼻子都打破了，院长批评了他几句，没想到小默竟然不告而别，到现在还不知去了哪里。院长问秦天小默有没有找他，可能她以为，小默是秦天送来的，两个人应该有联系，可她哪里知道，小默在这世上最恨的人，也许就是这个让他和父亲骨肉分离的警察。

天擦黑的时候，秦天忙完了手头工作，打电话给院长，得知小默还没回来，有点不放心了，小默在这世上举目无亲，他能去哪儿呢？秦天突然想到：他会不会回到过去那个家了？于是秦天来到那片棚户区，找到小默家，门锁早就坏掉了，门轻轻一推就开了。

秦天走进屋内，房间里只有蒙着灰尘的家具，电器已经一样都没有了，看来这个家遭遇变故之后，又被窃贼光顾了。秦天并没有马上离开，他想多等一会儿，看小默会不会回来，那个孩子已经无家可归，这里是他唯一的栖身之所了。

秦天百无聊赖地在房间里踱步，不知不觉走进了小默的房间，一进门是张单人床，墙角放着一张书桌，桌面还有一些废弃的纸笔，显然这是小默以前写作业的地方。

秦天翻了翻那些纸张，上面的字迹瘦瘦的硬硬的，透着一股倔劲，一如那个男孩的性格。他放下那些纸，信手拉开了书桌的抽屉，一个厚厚的笔记本，瞬间吸引了他的视线。

这是一个日记本，记录着一个孩子的日常经历和他的隐秘心事，秦天翻开了其中一页，读着上面的内容。

"2007年3月23日，晴。

我想妈妈了，想得厉害，偷偷跑到她坟上去哭，回来的时候天已经黑了，爸爸找不到我，急坏了，狠狠地在我身上打了两巴掌，我听到他发出'哎哟'一声，原来是挂在我衣服上的苍耳扎到了他的手。爸爸举着手呆在那儿，他肯定猜出我去哪儿了。

晚上，爸爸偷偷摸我的头，我听到他在叹气，他以为我睡着了，其实我没睡着。爸爸看上去大大咧咧的，但我知道他心里也藏着很多事儿。

夜里，我又梦到了妈妈。"

在这页纸上，有一个字的墨迹晕染开来，像是被水浸泡过。秦天仿佛看见那个男孩正一脸伤感地在日记本上写着，突然间眼里盈满了泪水，他赶紧伸手去擦，可惜已经来不及了，泪水滴落下来，滴在日记本上，瞬间绽放开一朵蓝色的小小的花……

秦天微微叹息一声，缓缓翻开了下一页……

"2007年5月17日，晴。

爸爸最近像是变了一个人，胡子也不刮了，头发也不理了，连衣服都懒得洗了，一天到晚没精打采的。

前段时间可不是这样的，他每天都要刮胡子，每天都要照镜子，我还看见他偷偷往身上喷香水。

我知道是怎么回事，肯定是他看上哪个阿姨了，人家看不上他。

唉，都怪我这个拖油瓶。"

秦天缓缓摇了摇头，心里有种难言的滋味儿。孩子通过他充满童真的眼睛，看到了贺炜从追求楚辞到被无情拒绝的过程，但可怜的孩子怎么可能想到，这种遭遇触发了他父亲内心的恶念，促使他走上了一条犯罪的不归路，也导致他们父子从此骨肉分离、生死殊途！

秦天继续翻看着这本日记，当他读到其中一页的内容时，表情突然越来越凝重，脱口而出，说了两个字："不对！"

"2007年6月8日，阴。

这么晚了，爸爸还没回来，难道他忘了今天是我的生日吗？我写着作业，怎么都写不到心里去。

挂钟敲响了九声，我气得把笔摔到地上。看来他真的忘了。我在乎的不是那个生日蛋糕，不是的！

就在这时候，爸爸推开门进来了，手里拎着蛋糕，气喘吁吁的，满头都是汗！

爸爸怎么会忘了我的生日？是我太不懂事了！"

秦天把那页日记读了三遍，每读一遍都会说一声"不对"。六月八日，那是个记忆深刻的日子，楚辞就是在那天晚上被奸杀的。问题来了，一个父亲，会在儿子生日的当晚，去实施一起奸杀案？会在强奸杀人之后，再若无其事地去给儿子过生日？这种行为完全不符合情理，可能性太小了！

当然，可能性小不等于不可能，作为一名经常和反人性的罪犯们斗智斗勇的警察，秦天对这一点了然于胸，但即便从技术的角度分析，这个案子也因此出现了致命的漏洞。秦天记得很清楚，贺炜从监控前经过时，视频上有时间显示，是八点三十五分，如果他是九点钟到家的，他根本就没有作案时间。

为了验证这一点，秦天回到那片监控路段，看了看手表，晚上七点十分。他沿着丁字路口右拐后，脚步不停地走到小默家门口，抬腕再看手表，正好七点半。

秦天皱眉思忖着，从时间上看，他比贺炜少用了五分钟，这五分钟用来实施强奸杀人，肯定是远远不够的，可是就算贺炜比他走得慢一点，也不至于比他多用五分钟啊？从小默在日记中的描述来看，贺炜进门时气喘吁吁满头是汗，走路速度应该不慢，这丢失的五分钟哪儿去了？

秦天回忆着小默那段日记中的每一句话，突然间心中一动：对啊，蛋糕！自己怎么把生日蛋糕给忘了？贺炜在监控中双手是空着的，回到家时拎着生日蛋糕，那用掉的五分钟，显然是去拿生日蛋糕了。

在离小默家不远的地方，秦天找到了那家蛋糕店，之所以能确定是这家店，是因为这一带处于棚户区，商业不发达，附近并没有第二家蛋糕店。

在这家蛋糕店里，秦天确定了两件事。第一件事是贺炜确实在这家店里订过蛋糕，因为生日蛋糕是需要提前一天预订的，在厚厚的本子上，按日期记录着每一位顾客的名字和电话号码。店员帮秦天查找了很久，才找出了贺炜的名字，时间是六月七日，后面标注着已取。第二件事是蛋糕店的关门时间，是在晚上九点，也难怪贺炜会赶得那么急，他差一点就错过了取蛋糕的时间。不过这也证明了最重要的一点，贺炜确实没有作案时间。

从蛋糕店出来，秦天脚步沉重，一个让他无法正视的可怕事实，摆在了他面前：他很可能查办了一起冤案，制造了一个冤魂！

秦天突然又想到了一个疑点，通往棚户区的道路一侧，是一片缓坡，下面有一条几近干涸的河流，河道里全是淤泥，如果把死者的遗物顺道埋在泥里，很难被发现，贺炜为什么那么蠢，放着绝佳的藏物之地不用，非要把遗物埋在自家屋后？

秦天真想狠狠捶自己一拳：为什么非要等到大错铸成、一切都已无法挽回时，才能发现这些问题？现在想来，也许正是DNA比对结果，产生了严重的误导作用，让自己对贺炜强奸杀人的结论深信不疑，这才导致一贯严谨的作风出现了松懈，忽视了那些细

节上的漏洞。

但这至关重要的一点,秦天到现在都想不通:为什么?如果贺炜不是凶手,他的精斑为什么会出现在受害者体内?

秦天正苦苦思索,暗影中突然闪出一个人来,拦住他的去路,把他吓了一跳,定睛一看,是个半老徐娘,脸上涂着厚厚的脂粉,声音腻得像开了变声器:"大哥,你这来来回回,都走了几遍了?是不是想找乐子,找不到地方啊。跟我来吧,保证让你满意!"

原来是个暗娼!秦天摆摆手,绕过她往前走。如果是韦石遇到这种事,肯定会把她扭送到派出所,尽管抓嫖这种事,并不在刑警的工作范围之内,但他这个人眼里决不揉沙子。如果换了乔杉,他会拿对方开开涮,然后大笑着扬长而去。秦天的反应又是另外一种,在他看来,她们不过是挣扎在黑暗中的一群人,虽然有可厌可憎的一面,但背后也有着不为人知的无奈和辛酸。也许这不是一个警察该有的想法,但这也是没办法的事,这世上有统一的制服,但永远不会有统一的思想。

秦天刚走出没几步,脑子里突然猛地一闪,蓦地转过身,定定地盯视着那个暗娼,口中喃喃自语:"是这样、原来是这样……"

## 14 惊天奇冤

那个女人以为秦天改变主意了，笑嘻嘻地过来拖他胳膊，拖了几下却没拖动。

月光之下，秦天形如雕塑，脸色铁青，把那个女人吓得不轻，骂了一声"神经病"，重新隐入黑暗中。

秦天在月光下站了很久，他把这个案子彻底推翻，从头到尾梳理了一遍。他现在明白了，自己遇到了一个极其可怕的对手，他精心设计了一出好戏，把贺炜当替罪羊推出去，让三剑客不知不觉钻入套中。

这个人是谁？秦天不知道，但有一点他能判断出来，这个人应该是贺炜和楚辞的同事，因为只有知道贺炜在暗中保护晚归的楚辞，才能由此制定出栽赃计划。

正是基于这个判断,秦天不能再去那家公司调查,以免打草惊蛇。他找到楚辞的父母,询问了几句后发现,楚辞跟父母显然是有代沟的,很少对他们说公司的事。于是秦天向楚辞的父母打听,她女儿有没有特别知心的朋友,楚辞的父母告诉他,女儿有一个闺密,叫柳眉,两人从小一起长大,情同姐妹,无话不谈。

楚辞的父母有点懵,他们不明白,凶手早已伏法,这位警察还在调查什么。面对他们的疑问,秦天只能搪塞几句后离开。他找到那个叫柳眉的女孩,开门见山地问道:"楚辞有没有跟你说过,在公司曾经和哪位男士产生过纠葛?"

"有啊!"柳眉不假思索地说道,"有个男人曾经骚扰过她,被她狠狠打了一耳光!"

秦天追问:"是后来被判处死刑的贺炜吗?"

柳眉摇头:"不是他,是另外一个男人,他把楚辞叫到办公室,把她搂到怀里,楚辞又叫又喊,打了他一耳光,那个人才放了他。"

秦天觉得心跳有些加速,他深吸了一口气,问道:"你说的那个人是谁?"

柳眉答道:"策划部经理邹凯!"

秦天一怔:"是他?"

秦天藏身暗处,看着邹凯把车停好后,步行走进公司大门。他走到那辆车前,以最快的速度,把邹凯留在车把手上的指纹提取了下来。

秦天把邹凯的指纹和另一份指纹进行了比对鉴定,确定两份指纹属同一人所有,这让他陷入了久久的沉默。

这另一份指纹是从那只女式背包上提取下来的。背包是受害者的遗物,从贺炜的屋后挖出。背包上除了受害者的指纹,还有另一个男人的指纹,但当时经过鉴定之后发现,这份指纹并不是作案者贺炜的。

可惜这个问题并没有引起三剑客的重视,因为作案时要避免在物品上留下指纹,并不是什么难事,戴双手套就可以了。至于背包上那个男人的指纹,也不难解释,在拥挤的公交和电梯上,背包被人用手蹭到,是再正常不过的事。

证据链已经相对完整,DNA 鉴定结果更是如板上钉钉,一切都顺风顺水,谁还会多想呢?

然而,正是这种惯性思维,导致了一起冤案的诞生,让一个风华正茂的中年人,含冤带愤离开了这个世界,让一个孤苦无依的孩子,永远失去了爱他的父亲!

秦天缓缓闭上眼睛,脸上的肌肉不停痉挛着,也许他流不出眼泪,但他的心在滴血,一滴又一滴,似乎永无停止。

三天之后，秦天来到邹凯的办公室，反手关上门，面色冷峻地注视着他，邹凯的表情也渐渐冷下来，目光中透出一丝阴沉。也许这就是聪明人的特点，能迅速判断出眼前的局势，也无意去做一些无谓的伪装。

秦天冷冷说道："我必须承认，你是我从警以来，遇到的最厉害的对手。我不想跟你兜圈子，你应该知道我的来意。"

邹凯淡淡回应："我不明白你在说什么。"

秦天说道："要不要我推断一下你的整个作案过程？有不对的地方请纠正。"

在秦天讲述的过程中，邹凯始终表情从容，他盯着桌上那盆绿植，不时用剪刀修剪一下枝叶，等秦天讲完后，他轻轻击掌，缓缓说道："精彩！想不到秦警官破案有两下子，讲故事也是个好手。您不去写推理小说，可惜了！"

秦天双眉扬起，如利剑出鞘："你以为你不认账，我就拿你没办法了吗？实话告诉你，我已经通过指纹对比，将你锁定为真凶，只要继续追查下去，一定能掌握足够证据，将你绳之以法！"

邹凯上下打量着他，嘴角露出一丝若有若无的笑意："秦警官，有一点我很好奇，既然你认定我是真凶，为什么不等到集齐证据，直接将我抓捕归案，偏偏要做打草惊蛇的事，我有了心理准备，对你好像不是什么好事。"

秦天沉默了一下，说道："从某种程度上说，你算是个天才，只是没用到正道上。我希望给你留一条退路，让你去投案自首。"

邹凯脸上的笑意更深了："你不是在给我留退路，是在给自己留退路吧？让我来猜猜你的心思，如果这个冤案由你揭开，导致你的上级和同事遭到处分，他们肯定会怪罪你，如果我去自首，和你就没有任何关系了，对吗？"

秦天脸上微微一红，从心底发出一声叹息，这个家伙果然厉害，一眼就看透了自己的心事。但与其说他担心韦石和乔杉怪罪，倒不如说害怕伤害了那份让他极为珍视的友情。

邹凯给秦天倒了一杯茶，不紧不慢地说道："秦警官，事到如今，我们不妨开诚布公，恕我直言，那不是什么好办法，就算我去投案自首，也不能改变一件事：你们这几个办案警察，只怕会前程尽毁。我倒是有一个两全其美的好办法。你要不要听一听？"

秦天微微点头，邹凯缓缓说道："让这件事成为永远的秘密，你只当什么都没有发生过！"

秦天突然仰面大笑："好、好、好！果然是个好办法，你保住了小命，我保全了前程，还真的是两全其美！"

邹凯也笑了，他站起身来，伸出手去，说道："秦警官，你果然是个聪明人，识时务者为俊杰……"

不料秦天收起笑容，猛地一拍桌子，厉声说道："很可惜，你看走眼了，我偏偏是个不识时务的人！如果答应了你的条件，我还配当一名警察吗？你我两全其美了，被你奸杀的楚辞呢？被你害死的贺炜呢？他们就活该冤沉海底死不瞑目？"

猝不及防之下，邹凯呆若木鸡，秦天冷冷地盯视着他，眼神中透出凛然正气，一字字说道："摆在你面前的，只有两条路，要么投案自首，争取宽大处理；要么顽抗到底，等着我来抓你。告辞了！"

秦天起身离开，邹凯呆坐在那里，许久一动不动，不知在想什么。

邹凯目视前方，汽车疾驰如箭。他的脑子里翻江倒海，没有片刻宁静，那个警察对他作案过程的推断，几乎是分毫不差，但他的心路历程，就不为人所知了。

邹凯是个相当自负的人，他总觉得自己的脑子里充满天才的构想，每一样构想都足以惊世骇俗，可惜他在现实中却郁郁不得志，年过四十才当上了一个小小的部门经理，而且由于自命不凡，恃才傲物，不太会处理人际关系，跟同僚之间相处得很差，他自认为高明无比的那些策划方案，也始终得不到领导的重视。邹凯能感觉到，他现在的位子，风雨飘摇，朝不保夕。

事业上不顺遂，婚姻也不顺心，前妻是个充满市侩气息的女人，只关心他兜里有多少钞票，才不管他脑子里有什么构想。她从邹凯身上得不到想要的东西，最终义无反顾地弃他而去。情绪消沉的邹凯整天怨天尤人，心里总是揣着一腔郁愤之气。

那个叫楚辞的女孩，人和名字一样美，她一来到策划部，就吸引了邹凯的目光，让他惊喜不已的是，楚辞对他似乎也很有好感，表情和语气都充满了崇拜之意。邹凯像是在黑暗中摸索良久的人，突然看到了耀眼的晨光。野百合也有春天，他也会有知音。

当邹凯鼓足勇气把楚辞搂到怀里时，却遭到了激烈的反抗，一记狠狠的耳光，把他彻底掴醒了。楚辞眼中那种深深的厌恶和轻视，才是她对他真实的态度，以往的逢迎，不过是对上司的讨好罢了。

这世上最痛苦的事，并不是永远看不到光明，而是复明后的盲人，重新回归黑暗。邹凯的心里长出了仇恨的牙齿，牙齿发出狰狞的摩擦之声，他发誓要报复这个女人，要把她压在身下，狠狠地蹂躏。

但邹凯很清楚，贸然下手肯定不行，那样风险未免太大，警方很容易就能将他纳入视线。怎样才能既达到目的，又逃过恢恢法网呢？和警方斗法的想法一旦产生，就让他浑身发热，像一个庸碌半生的人，突然找准了目标。

对那些失手被抓的犯罪者，邹凯一直投以蔑视的目光，在他看来，这些家伙都是笨蛋，没有足够的犯罪智商，就不要以身试法。他坚信一点，如果换了自己，一定能策划出一起完美犯罪，把警方带到沟里。

现在，机会来了。

当邹凯发现贺炜在暗中跟踪保护晚归的楚辞，并注意到那一带有监控之后，一个嫁祸于人的计划悄然成形。要实施这个计划，最关键的一点，就是搞到贺炜的精液，于是邹凯在那片棚户区附近找到一名失足妇女，出重金让她引诱贺炜。贺炜单身多年，哪禁得起这种勾引。在一个月隐星沉的夜晚，邹凯顺利地得到了他想到的东西。

六月八日晚上，邹凯藏身在那条丁字路口的一处灌木丛后，看着楚辞走入那条小巷，又看着贺炜悄然而去。他站起身，手里拿着一块板砖，蹑手蹑脚走进小巷，追上了楚辞，举起那块石块，把她砸昏了过去。

小巷围墙有一处坍塌的破洞，邹凯把楚辞拖到洞后，戴着套对她实施了惨无人道的强奸。他喘了半天气，平复了一下情绪，拉开衣兜拉链，取出一个包装得严严实实的盒子，盒子里有一个打着结的保险套，里面存放着贺炜的精液。

最后一个步骤完成了，邹凯抬头看着阴沉欲雨的天空，嘴角露出一丝得意的笑容。这个日子是他精心挑选的，他事先看过天气预报，今夜将有一场倾盆大雨，将洗刷掉他一切的犯罪痕迹。

邹凯俯视着地下的楚辞，她紧紧地闭着眼，死死地咬着牙，即便是在失去知觉的状态下，她的表情中仍然透着一股倔强之气。邹凯知道，这个烈性的女人绝不会为了保全名声，忍辱含垢吞下苦果。她肯定会去报案！有监控作为线索，有精斑作为证据，那个悲催的家伙，注定要替自己背上黑锅。

就在邹凯满腔得意之际，意外的情况发生了，楚辞身体动了一下，蓦地睁开了眼睛!

## 15 艰难抉择

随着楚辞睁开眼睛,两人在咫尺之间形成对视,一个衣不遮体,眼神茫然;一个浑身尘土,表情惊慌。

这种情况是邹凯万万没想到的,他在用板砖砸向楚辞时,没敢用全力,生怕把她砸死,但力度也不算小,唯恐砸不昏。按照他的预计,楚辞至少应该昏过去数小时,那场大雨一下,很可能把她浇醒。他怎么也没想到,楚辞醒得这么快!

当楚辞意识到发生了什么事时,眼神中一下子灌满了悲愤,尽管是在暗夜之中,她还是认出了邹凯。她发出一声尖厉的咆哮,挣扎着要爬起来跟邹凯拼命。

邹凯慌了,彻底慌了,他猛地扑过去,掐住了楚辞的脖颈。楚辞又踢又咬,却无济于事,邹凯双手用力,再用力……一切都结束了,世界一片沉寂。

邹凯拿起地下的女式背包,一路潜行来到贺炜家屋后,把背包埋到土里。离开贺炜家之后,他突然意识到,由于埋包嫁祸是计划外的一步,他没有做好充足准备,忘了戴手套,以致背包上留了自己的指纹,他只能暗自祈祷,但愿这个纰漏不会影响全局。

邹凯一边回忆着过往的一切,一边开着车驶上了盘山公路。那曲曲折折的道路,正如他弯弯绕绕的人生,始终没有通畅的时候。就拿这次来说,靠着一次完美犯罪,本来已经达到了瞒天过海的目的,没想到最终功亏一篑,被那个刚正不阿的警察识破了。

那个警察给他出了一道二选一的题目,要么投案自首,要么等着被抓。可惜这两个选项,都不是他愿意接受的。

"不!"邹凯眼神冷冽地盯着前面,仿佛在跟那个警察对话,"我偏偏要把这个题目,做出第三个选项!"

邹凯把方向盘向右猛地一打,汽车一下子脱离了盘山道路,向着前面的山谷冲去,邹凯发出了一声呐喊:"让我也来给你出一

道题吧！"

开着灯的汽车化作一颗暗夜流星，势不可当地坠入了山谷。

得知邹凯的死讯后，秦天沉默了很久，这个犯罪天才用死亡给予了他答复，并反客为主，给他也出了一道选择题，这是一道天大的难题。

这道题目同样有两个选项，第一个选项就是公布真凶，还冤死者以清白。这起冤案是秦天亲手制造的，帮贺炜昭雪沉冤，恢复名誉，他责无旁贷，义不容辞！

然而，想要帮贺炜翻案，并不是那么简单的事，那是一起性质严重、酿出人命的错案，如果把这个盖子揭开，自己将会被追究责任，韦石乔杉也难辞其咎，连正处在升迁关口的队长，也会受到拖累，自己在队里势必将从前途无量的骨干，变成四面树敌的罪人。

其实从确定邹凯是真凶时，秦天已经面临这个困境。邹凯目光毒辣，一眼看出症结所在，这才会提出那个要求，但秦天毫不犹豫地拒绝了，他是一个警察，如果为了一己私念，选择放过真凶，那与渎职何异？

但是现在，形势已经产生变化，天平两端的砝码，又不一样了。真凶邹凯已经死了，仅仅为了帮一个冤死者洗雪冤情，付出那么大的代价，这么做还值得吗？

第二个选项，摆在了他面前：就让那个秘密，成为永远的秘密，埋葬在他的内心深处，直到他离开这个世界的那一天。

然而，即使你能瞒过所有的人，你能瞒过自己的心吗？你可以当做什么都没有发生过，但你还会是从前那个坦坦荡荡的警察吗？不，当你做出这种选择时，有一种东西就永远地改变了。

冥冥中似乎传来冷笑之声，那分明是邹凯的声音。秦天曾经正义凛然地怒斥对方,现在邹凯要狠狠戳破这正义的面孔,那个可怕的男人,在绝境中驱车一跃,把自己的敌人也逼入了绝境。

秦天纠结良久,仍然难以做出抉择,他踏着夜色,不知不觉间,来到刑警队那座小楼前。望着熟悉的一草一木,他的心里百感交集,也许这里将很快变成他生命的荆棘之地,再也没有他的容身之处。

小楼笼罩在黑暗中,只有一扇窗户后,隐隐透出灯光,那是韦石的办公室。这个出身贫寒的男人,有一颗勃勃的野心,自律到近乎自虐,似乎永远不知道什么叫懈怠,什么叫休息。

如果那起冤案的盖子被掀开,受到最致命打击的显然就是韦石了,因为贺炜是他屈打成招的。一个被冤枉的人为什么会认下杀人的罪名?这无疑会是上级机关深查的重点,自己能帮韦石去打掩护作伪证吗?显然不能!如果自己能够对组织撒那种谎,又何必把那起冤案翻过来?

这样一来,韦石要面对的命运,就不止是前程尽毁了,恐怕还会受到法律的制裁。性格刚烈的韦石能承受这种打击吗?秦天想一想就觉得不寒而栗。

秦天又想到了乔杉。在三剑客之中,乔杉是性格最开朗的,但在刑警队这种地方,却数他待得最憋闷。警界是最讲纪律的地方,但他偏偏是个最不愿受约束的人,就像把一只野生动物关进笼子,它怎么能找到真正的快乐?乔杉早就有过离开警队的想法,犹豫着没下定决心,是因为热爱这份工作,喜欢跟犯罪分子斗智斗勇,但如果一纸处分下来,很可能会成为压倒骆驼的最后一根稻草。

秦天一直觉得,在他们三人中,乔杉的天分是最高的,未来不可限量,如果就这样弃职而去,实在是太可惜了!

秦天步履沉重地离开那座小楼,那一刻他终于做出了艰难的抉择。他知道,在他和邹凯的较量中,虽然对手葬身深谷,自己完好无恙，但真正的胜利者，是他，而不是自己。

秦天顶风冒雪，找遍了这个城市的每一个角落，才在一个桥洞里找到了冻得瑟瑟发抖的小默，他心疼地抱住男孩，发出一声感叹："我终于找到你了。"

小默认出秦天之后，猛地把他推开，用仇恨的目光瞪视着他，喊道："你这个坏警察，离我远一点！"

秦天默默咀嚼着"坏警察"这三个字，缓缓低下头去，没错，这是他应该承受的！过了一会儿，他抬起头问道："小默，你为什么要跟别的孩子打架？"

小默恨恨地说道："他骂我爸是强奸杀人犯。我爸不是强奸杀人犯，不是！都是你害的！"

秦天的心像是被针扎了一下，疼得全身都一阵痉挛，他缓缓站起身，注视着一片苍茫的雪野，沉默了很久才对小默说："好，我们不去福利院了，跟我回家，好吗？"

小默狠狠吐了一口吐沫，瞪视着秦天，咬牙切齿地说道："你做梦，我就是死在外面，也不会去你家！"

小默怒冲冲地往前疾奔，他又冷又饿，再加情绪过于激愤，刚走出没多远，便一头栽倒在雪地上，晕了过去。

秦天脱下衣服，盖在小默身上，把他横抱在臂弯里，朝着家的方向走去。

小默发起了高烧，烧了整整三天三夜，秦天衣不解带地照顾着他，把熬好的鸡汤一勺勺喂给他。小默彻底清醒过来的时候，秦天却趴在床边沉沉地睡着了。

小默冷冷地盯视着那张略显憔悴的面孔，他眼中的仇恨在渐渐消融，但眼神深处的冰雪依然凝固不动。

秦天有一位女朋友，是他的警校同学，在另一座城市当警察，两人感情很好，已经到了谈婚论嫁的地步，女友正在托关系找门路，准备调到秦天所在的城市。秦天坐火车赶过去，女友见到他后惊喜异常，张罗着要给他做饭，秦天摆摆手说道："我这次来，有件事要跟你说。"

看到秦天一脸凝重，女友的表情也认真起来，问道："什么事？"

秦天一字一顿："我收养了一个十岁的孩子。"

女友吃了一惊："这么大的事儿，你怎么不跟我商量商量？好端端的，为什么要收养孩子？还是一个这么大的孩子？"

秦天沉默了一下，说道："他的父亲被判处了死刑，一切都是我导致的，他在这个世上已没有亲人了，我有责任把他当作自己的孩子。"

女友好言相劝："秦天，我知道，你善良、心软，我当初喜欢上你，也是因为这个。但凡事都有个度，你是一名警察，你惩治罪犯何错之有？你能收养每一个罪犯的孩子吗？"

秦天无言以对，女友的话固然句句在理，可他内心的苦楚和无奈，她又怎么能知道？

女友柔声说道："我们马上就要结婚了，我们会有自己的孩子……"

"我已经决定了。"秦天打断她，"我不会要小孩了，小默将会是我唯一的孩子！"

女友忍无可忍，含着泪质问道："你觉得这对我公平吗？"

秦天叹道："对不起，我知道，这对你不公平，所以……"他语气艰涩地说出了那句话，"我们分手吧……"

女友远去的背影消失了，秦天缓缓闭上了眼睛。不知站了有多久，仿佛有一个世纪，耳旁有风声呼呼响着，也许那就是时光流逝的声音。

十年的时间过去了,小默从一个少年长成了青年,不变的是孤僻的性格。在收养之初,秦天就为小默办理了转学手续,希望他能融入新的环境,告别罪犯孩子的身份。可惜小默始终没能走出过去的阴影。

这对养父子的关系也僵持依旧,尽管秦天对待小默视若亲生,甚至还多了迁就和顺从,但小默就像一块焐不热的石头,对养父始终冷若冰霜。秦天对小默的态度让很多人觉得奇怪,他们当然不知道,那不仅是父亲对养子的爱,更多的是一种负罪感和偿还心理。

相比生活中的无波无澜,刑警队就变动不小了。由于秦天工作勤勉,为人踏实,在这一任队长升职之后,组织上计划提拔秦天担任刑警队长,但秦天拒绝了,他觉得自己不配。

组织上让秦天推荐人选,秦天考虑了一番,推荐了韦石。论资历论能力,乔杉和韦石不相上下,但与性格略显轻佻的乔杉相比,稳重内敛的韦石显然更适合这个职务。

让秦天始料未及的是,乔杉已经习惯了跟韦石相处时的互怼模式,一时间很难接受下属的角色。在一次执行任务时,两人意见产生分歧,韦石拍桌训斥,不料乔杉一怒之下,竟然拂袖而去。后来韦石主动退让,去乔杉租住之处道歉,却发现已经人去房空。

三剑客自此解体,过去种种,风去云散。

秦天抚今追昔,恍惚中已有隔世之感,只有那个秘密,像扎在他心里的一根刺,让他时不时隐隐作痛。

但秦天做梦也没想到,这根刺现在竟然被人拔了出来,化作一把寒光闪闪的利器,向他迎面刺来!

当这个秘密被黑暗王爵掌握,更严峻的一道选择题摆在了秦天面前,这一次,他该怎么做?

# 16 逃犯现身

那封信的结尾,是这样写的:你现在应该相信了吧?有一双眼睛,能看清所有的秘密;有一种墨迹,能记下所有的罪恶!记着,离我远一点,不要再追查下去,要不然,你做过的这一切,都会暴露在阳光下……

秦天放下这封信,突然发现四周的光线变暗了,仿佛暮色一下子就降临了。他有些怔忡地抬头望去,原来是天变阴了,刚才还是晴空万里,蓦地便乌云密布。秦天突然莫名地打了寒噤,他似乎看见那阴云后面,藏着一双冷酷如电的眼睛。

在此之前,秦天一直是通过凌丹和林东城的转述,了解到黑暗王爵的神秘和可怕,现在他真真切切地体会到了。难道黑暗王爵真的是神不是人?要不然他怎么会知道自己深藏十年的秘密?

不，就算他不是人，也不会是神，而是藏在黑暗之中作恶的魔鬼！他为什么要阻止自己追查下去，难道魔鬼也会害怕来自人间的律法？

秦天原本以为，十年前的那场抉择，是残酷到极点的精神自戕，是他生命中无法承受之重。但他现在才发现，更可怕更残酷的一道选择题，竟然在十年后等着他，只不过出题的人从跃入深渊的邹凯，变成了藏在黑暗里的鬼魅。

这道题的选项还是只有两个，但无论选了哪一个，都会付出让他难以承受的代价。如果答应了黑暗王爵的条件，他最后的底线将彻底失守，他作为警察的尊严将荡然无存——这也许只是沦陷的开始，最终的结果，也许会跟林东城一样，被黑暗王爵用秘密挟制，成为他的奴隶，永远匍匐在他的脚下。

第二个选项，就是不顾黑暗王爵的威胁，继续追查下去，但那样一来，冤案的秘密必将大白于天下，除了要面对跟当年一样强大的现实阻力和内心阻碍，还多了一重让他更加难以面对的局面——当小默知道了这一切，他会是什么反应？秦天想都不敢往下想。

小默对他有多重要，只有秦天自己清楚，为了不让小默受一点点伤害，他可以毫不犹豫地付出生命。可是，如果让小默知道了那个秘密，他受到的恐怕将是致命的伤害！

小默一开始对秦天的恨，只是因为他抓走了自己的父亲，他虽然发出过父亲不是坏人的呐喊，但那也只是出于一个孩子对父亲无条件的信任罢了。随着年龄渐长，对事物的理解加深，小默已经无奈地接受了父亲是强奸杀人犯这一事实，也明白养父身为警察，抓捕罪犯是其职责所在。他早就不恨秦天了，只是由于迈不过心里那道坎，对养父始终亲热不起来罢了。

秦天知道,小默表面上对他不冷不热,也从来没有叫过一声爸,但在内心深处,已经认可了他这个养父。那次,秦天在跟犯罪分子搏斗时受了伤,住了一段时间医院,领导同事朋友都来探视过了,连素不相识的群众都来送花看望,唯独看不到他最想见的那个人。

秦天想刮一下胡子,他拿起床头的那面圆镜,突然间发现,从镜子里映射出的窗户上,探出了小默瘦瘦的脸,表情看上去还是犟犟的,但眼神里却流露出关切之色,偷偷地往病房里窥视着。那张脸很快便消失了,但秦天心头的暖意,却久久不曾散去。

秦天感动之余,对他和养子的关系,也有了更多的信心:是啊,人都是有血有肉的,十年来朝夕共处相依为命,怎么可能没有感情呢?

然而,越是这样,当小默得知真相后,将越是无法承受那种打击。秦天以前对他的好,都会被他视作欺骗;他对养父仅有的那点爱,都会成为仇恨的助推剂。

也许,当真相公布的那一刻,秦天最爱的那个人,将成为最恨他的人!

一切都是咎由自取!结局再残酷,秦天也能接受,但让他最担心的是,以小默近乎自闭的性格,他能够承受这种精神的撕裂吗?

要么放弃一个警察的底线,把灵魂交给黑暗中的魔鬼;要么割舍比生命更重要的东西,让至爱亲情化为刻骨仇恨。这是一道二选一的题目吗?不!这是能把一个人撕裂成两半的精神酷刑!

从答应凌丹帮她讨还公道的那一刻起,秦天已经做好了跟黑暗王爵斗到底的准备,对这个可怕的对手,他不敢有半点轻视之心,但他还是没能想到,这个魔鬼只是在黑暗中挥了挥手,就把他抛入了炼狱的烈火之中。

短短几天时间,秦天便憔悴了很多,韦石似乎有所察觉,问他是不是遇到了什么难题,秦天根本没法回答,只能搪塞过去。

又到了晚上,秦天藏身在一处灌木丛后,眼睛一眨不眨地盯着远处的道路。视线尽头有一座高楼,不久之前,那个叫凌丹的女孩,就是在这座高楼上纵身一跃,结束了年轻的生命。

秦天在这里蹲点设伏,已经有一段时间了,这条路是通往逃犯伍龙的情妇米妮家的必经之道。伍龙在这座城市孑然一身,入狱前一直跟米妮同居,警方判断伍龙越狱回来很可能私会米妮,因此在这里设下了埋伏,可惜秦天在这里已经熬了半个多月了,眼睛都熬红了,连伍龙的影子都没见到。

天快亮的时候,接替秦天值守白天的警察赶到了,这位警察名叫高绪,还很年轻,精神抖擞。看到秦天一脸疲惫,高绪关心地说道:"秦哥,要不咱俩换一下班,让我值几个晚上吧,你年纪大了,这样熬下去,怕身体吃不消。"

秦天摆摆手,说道:"晚上更容易被逃犯钻了空子,有时候就是一眨眼的事。你第一次蹲点,经验不足,年轻人又容易犯困,还是我来吧。"

秦天心中烦闷,信步往前走,走了不知多久,他登上一座山头,站在山头上往远处望,天空灰蒙蒙的一片,透着一种压抑的气息,正如他此刻的心情。

过了一会儿,那灰蒙蒙的天际之下,隐隐透出一丝亮光,光芒越来越耀眼,似乎有一种力量,要挣破乌云的束缚,横空出世了。乌云分明不甘失败,翻涌着遮拦着,以一种汹汹然的气势,要把那亮光吞噬,可惜只是蚍蜉撼树自不量力,亮光幻化成万道金箭,把云海炸裂成碎片,一轮红日破空而出,满世界都是斑斓的霞光。

伴着初生的太阳,光明来到了人间,秦天的心里也一片亮堂,他眼角突然有些湿润。

那一刻，如同醍醐灌顶，秦天终于作出了抉择：没错，和黑暗王爵作对，他会付出惨重代价，但壮士断腕的他，将脱胎换骨迎来新生，成为一个堂堂正正的人，俯仰无愧地活在这世上。也许，他没办法让韦石不怪罪他，也没办法让小默不仇恨他，但他至少还有机会，用自己的余生去努力，把失去的友情和亲情找回来。

可如果向黑暗王爵屈下膝盖，他将永远无法再站起来，保住了那个秘密又有什么用？他失去的是整个灵魂。他将不再是顶着国徽的警察，而是披着警服的傀儡！

秦天大步向山下走去，再也没有了来时的无奈和彷徨。是的，他已经错过一次，不能一错再错；他已经负罪十年，不能再负罪一生。他绝不会再重蹈覆辙，让私念战胜公义，放过那个在黑暗中作恶的魔鬼！

回去的路上，秦天已经想好了，既然选择了那条路，就必须对小默坦白一切，如果等到黑暗王爵把这个秘密告诉小默，他势必会陷入更大的被动。

然而，秦天想的是挺好，但当他真正面对小默时，嘴巴却像是焊死了一样，一个字也说不出口，他甚至无法正视小默的眼睛，目光游移不定地在他身上逡巡。

小默头发乱蓬蓬的，像顶着一个鸡窝，不知有多久没洗过了，眼角堆积着眼屎，眼睛里布满血丝，那都是彻夜玩电脑的结果。他揉了揉眼角，有些不耐烦地说："到底有什么事？没事找回屋了。"

秦天又沉默了一会儿，这才语气艰涩地说道："小默，上个月，你刚过了生日，二十岁，是个大小伙子了，我有些话想对你说，希望你不管听到了什么，都能冷静面对，好吗？"

秦天的表情和语气，让小默有些惊疑不定，他没有吭声，只是看着养父。

秦天深吸一口气，说道："记得我当初向你保证，只要你爸爸没犯罪，就一定不会有事。我还说过，我们不会放过一个坏人，也不会冤枉一个好人……"说到这儿，仿佛有一种巨大的力量压在秦天的头颅之上，压得他深深地低下头去，他的语气中充满羞愧："对不起小默，我没能做到！"

秦天看不到小默的表情，但能够看到他的身体在猛烈发抖，他想把孩子拥在怀里，对他加以抚慰，但他没有那个勇气，他只能继续往下说着："你说的没错，你爸爸是个好人，他没有强奸，更没有杀人，是我们冤枉了他，是我们害死了他……"

秦天突然感觉一阵剧痛袭来，是小默用力抓紧了他的肩膀，二十岁的小默，已经跟养父一样高了。他的双手在不停颤抖，让秦天的肩膀也疼痛不已，但比起他心中的伤痛，这一点点疼痛又算得了什么？小默瞪视着他，一字字地问道："到底是怎么回事？告诉我、告诉我！"

秦天坦白了一切，没有丝毫隐瞒，包括当初内心的挣扎和这些年的负罪，包括黑暗王爵的要挟和这一次的决定。在他讲述的过程中，小默一直瞪着眼咬着牙，眼角都要瞪裂了，牙齿都要咬碎了，

那表情着实有几分可怖。他突然双手捶胸,仰面发出一声悲号:"爸,你死得好冤、好惨!"

秦天伸手抓住小默的胳膊,说道:"你冷静一点,先听我说……"小默猛地甩开他,不住后退着,用充血的眼神瞪视着他,吼道:"你离我远一点,我不想看到你!"

秦天颤声说道:"孩子,我不想解释什么,我只想让你知道,我是爱你的,和你的亲生父亲一样,是爱你的!"

"住口!"小默歇斯底里地大喊着,把嗓子都喊破了,以致声音里带出几丝嘶哑,"你骗了我这么多年,还嫌不够吗?你谁都不爱,只爱你自己!你把人害死,再用他的儿子当赎罪工具,你作完了恶,还想把自己打扮成一个好警察!是不是?"

"不是!"秦天无力地辩解着,"小默,你听我说……"

还没等秦天再往下说,愤怒的小默已经摔门而去,那"砰"的一声巨响,把秦天的心都震裂了。

一天一夜过去了,小默还没回来,秦天并不怎么担心,小默毕竟已经二十岁了,安全方面不会有什么问题,现在见面对他们并没有什么好处,小默需要足够的时间冷静下来。

可惜这种想法很快就打破了,秦天接到一个电话,电话里传来一阵狂笑:"姓秦的,你不是在找我吗?我来了!你儿子就在我身边,他的小命现在就捏在我手里!你有什么感想?"

秦天大惊失色:"你是谁?"

那人陡地收住笑声,每一个字都像从齿缝里挤出来:"你的老对手!我豁出性命不要,为的就是找你清账!"

秦天失声叫道:"伍龙?你是伍龙?"

## 17 绝壁危岩

"没错,是我。"电话那头冷冷说道,"没想到吧?你没抓到我,你儿子反倒落到了我手里。风水轮流转啊!"

秦天又惊又怒,又有几分不解,在警方严密布控之下,伍龙想自保都不容易,怎么还能主动出击?他根本没见过小默,怎么知道他和自己的关系?难道伍龙一直藏身在他家附近,窥视着他们父子的一举一动?可是这怎么可能?他担心伍龙的报复,时刻绷着那根弦,根本不会容忍这种情况发生,他是一名奋战在生死线上的刑警,如果连这点反侦查能力都没有,早就不知道死过多少回了!

伍龙似乎猜到了他的心思,嘿嘿一阵怪笑后说道:"很奇怪我怎么做到的是吧?是你的一位朋友帮忙,他托我向你问好。"

秦天的拳头握紧了，缓缓吐出四个字："黑暗王爵？"

"没错，就是他。"提到黑暗王爵，一向胆大包天凶悍无比的伍龙，声音里竟然透出一丝惧意，"这家伙根本不是人！我的手机是路上偷来的，他打过来电话，竟然知道我是谁，我这辈子干过什么事，他比我老娘还清楚，不管我躲到哪儿，哪怕是山洞里，也逃不过他的眼睛，世上怎么会有这种怪物？你们警察要有他一半本事，我早就被逮回笼子里了！"

可能是因为一路逃亡东躲西藏，没有什么说话的机会，把伍龙憋坏了，他竟然有些絮絮叨叨，语气越来越亢奋："我吓坏了，以为他是冲着我来的，没想到你才是他的敌人，他是来帮我对付你的，哈哈，看来这次连老天爷都帮着我！"

秦天把拳头握得"咯咯"响，内心却充满了一种无力感。他从警将近二十年，什么样的罪犯没对付过？可是像黑暗王爵这么可怕的对手，完全超出了他的想象。他刚刚做出抉择，还没来得及有任何行动，黑暗王爵已经洞知一切，向他的软肋发出致命一击。

电话里传来一声痛楚的呻吟，分明是小默的声音，秦天一听就急了，对着电话连声呼唤，那边没有任何回应，却传过来伍龙冷冷的声音："警官大人，你能小点声吗？把我耳朵都震聋了。"

秦天沉声问道："你把小默怎么样了？"

伍龙干笑一声："没怎么样，一开始我跟他要你手机号，没想到这小子骨头挺硬的，闭着嘴不肯说。没办法，我只好用了一点小手段。"

秦天又心疼又愤怒，冲着电话大喊："我警告你，你敢伤害小默，我绝不会放过你！"

"哟哟哟，可把我吓死了。"秦天越愤怒，伍龙越得意，"我这会就去喝点酒压压惊，顺便把小崽子的手砍下来，烤一烤，只当是下酒菜！"

秦天深吸一口气，迫使自己冷静下来。处理这种事，他本来是最有经验的，但涉及到小默，头脑一发热，整个人都乱套了。他缓和了一下语气，对着电话那边说道："冤有头，债有主，你如果是个男人，就冲着我来，别跟一个孩子过不去！"

"少来这一套！"伍龙恶狠狠地说道，"父债子还，谁让他是你的儿子？"

秦天说道："你要找的是我，想杀的也是我，我愿意一命换一命，换回我儿子，你看怎么样？"

伍龙回道："一言为定，你如果敢耍什么花样，带着你的警察同事来抓我，我一定会让你儿子死得很惨！"

秦天思之再三，决定孤身赴险，他按着伍龙通过手机不断发来的指令，辗转多处后来到郊外，前面是一片荒地，视野极其开阔，连一棵树都没有。秦天暗自寻思，这家伙也真是狡猾，在这种一览无余的地带，自己身后如果跟着同伴，他藏身在远处，居高临下看去，一眼就能发现。

穿过那片荒地，道路变得崎岖，再往前走就是一片连绵不断的山峰，在一处陡峭的山壁前，伍龙的电话又打了过来，声音中透出一股阴冷的气息："你总算来了……"

秦天迅速观察四周，却没有发现任何可疑的迹象。敌人在暗处，自己在明处，危险不言而喻，但秦天也不是第一次经历这种险境了，他像一根绷紧的弓弦，瞬间进入临战状态。在他的靴子里面，藏着一把枪，那是他的杀手锏，有这把利器加持，他相信自己能控制局面，救出小默的同时，把逃犯抓捕归案！

一片死寂之中，手机里又传来声音："你看到那片山壁了吗？"

秦天抬头看去，只见那山壁又高又陡，整体呈灰褐色，像一面生锈的铜镜,看上去滑溜溜的。秦天收回目光,不解地问道:"看到了,怎么了?"

伍龙阴森森地说道:"我把那小崽子捆住放到了山顶,割开了他的手腕,他的血正在流,你听,滴答、滴答……像钟表的指针在走动,最多不过十分钟,一切都结束了……"

秦天脸色一下变了,又惊又怒地问道:"你想干什么?"

伍龙"嘿嘿"一笑:"你不是想救回你儿子吗?我现在就给你一个机会,你顺着那面山壁爬上去,如果运气不差,还来得及给他止血施救。记住,你时间有限,据我的估计,超过十分钟,他的血就流得差不多了,你只能去给他收尸了!"

秦天听得心惊胆战,他重新打量着那片山壁,一下便明白了伍龙的险恶用心。从如此险峻的山壁攀缘而上,几乎是九死一生。他连手指都不用动一下,就能让自己粉身碎骨,实现报仇的目的。这一招太毒辣了!

秦天迅速打量着四周环境,发现山壁旁边还是连绵不断的山壁,从附近借路而上显然也不可行。只听伍龙得意的声音继续从手机里传来:"别看了,没用的,除了从山壁上去,只能绕到山后,那里的路不难走,我就是从那上去的,可惜想绕过去至少要半个小时,到时候你只能跟阎王爷要人了!"

秦天怒不可遏,仰天大吼一声:"你出来,跟我决一死战!别像个缩头乌龟一样,只会用一些鬼蜮伎俩!"

秦天知道,自己的一举一动都在伍龙窥视之下,他显然就藏身在附近的一处山头上。他真恨不得把这个可恶的家伙揪出来,将他碎尸万段。

手机里传来狂笑之声:"黑暗王爵啊,我这辈子没服过人,现在对你是心服口服了,还是你教我的办法厉害,面都不用露,就能把这小子逼疯了!"

又是黑暗王爵!秦天目眦欲裂,切齿问道:"他还说什么了?"

"他还让我对你说,就算你爬上去了,也可能见不到你儿子,一切都是骗局。你可以上,也可以不上,就看你敢不敢赌了!"

秦天深吸一口气,他知道自己赌不起。因为赌注是小默的命,那是他无法承受的代价,至于自己的命,只能豁出去了!

靠着当警察练出的身手,秦天开始顺着山壁往上攀爬,每一步都凶险无比,每一寸都生死攸关,短短的几十米距离,仿佛连接着阴阳两界,一把抓实就会留在人间,一脚踏虚就会坠入地狱。他的心跳时快时慢,血液忽热忽冷,涔涔汗水顺着额头流下来,流进了他的眼睛,整个岩壁都像泡进了水中,成了模糊的颤抖的倒影……

手指嵌入岩缝,指尖已经出血,秦天却丝毫不觉得疼痛,他的右脚在山壁上游动,寻找着支点,终于找到一块岩石,慢慢地把脚踏实,把身体的重心放稳……突然,岩石脱离山体,秦天一

脚蹬空，身体悬在半空，两腿盲目地蹬着，支撑身体重量的，只剩下岩缝里的手指……

秦天大脑一片空白，脑子里只有一个念头：完了！身体似乎越来越重，手指开始滑出岩缝……何必再作徒劳的抵抗呢？只要顺其自然，一切很快会结束……不行！秦天突然发出一声低吼，小默的面孔蓦地出现在脑海中，让他浑身一震，像打了一支强心剂，拼尽全力一个引体向上，脚掌重新找到支点……

秦天终于跃上山顶，他顾不得擦一下汗，便环顾四周，大喊一声："小默！"

山顶上的景象，让秦天顿时呆住了。

## 18 疾车烈焰

山上除了灰黄的土地，就是嶙峋的岩石，哪有半个人影？

上当了！秦天气得狠狠跺脚，这时候电话又打了过来，接通之后，传来伍龙狂野的笑声："行啊，有两下子，居然真的爬上去了，不过我提醒过你了，愿赌服输！"

秦天恨恨地问道："我儿子呢？你到底把他弄到哪去了？"

电话里沉寂了片刻，声音突然低沉下去，像在念着一个可怕的咒语："你面向西方，往远处看。"

秦天极目远望，在山野之间，有两条长长的铁轨，在阳光下闪闪发光。除此之外，就什么都没有了。只听伍龙在电话里说道："山顶上有一架望远镜，它会让你有神奇的发现。你看我准备得有多周到，哦，不！一切都是黑暗王爵的功劳！"

在一块岩石后面，果然放着一架望远镜，秦天举起望远镜，朝着铁轨的方向望去，这下他看清了，铁轨上放着一只麻袋，麻袋在一拱一拱地动着，里面分明装着什么活物。

秦天的心迅速沉了下去，伍龙接下来的话印证了他的预感："你亲爱的儿子就装在麻袋里，一刻钟之后，将会有一列火车准时通过，如果你能及时赶到，那是最好不过了；如果来不及，那也没关系，你还是可以把儿子带走，不过只能带走一包残渣碎肉了！"

秦天只觉得全身血液都冲上头顶，他整个人都被恐惧和愤怒攫住，怒喝一声："卑鄙！"

伍龙得意地笑道："你还是省省力气吧，我已经听到火车鸣笛的声音了！"说完，他挂了电话。

果然，远远传来一声汽笛的长鸣，虽然听起来还很遥远，但火车很快会隆隆而至，将铁轨上的一切障碍物都碾压成齑粉。

如果沿着山壁攀缘而下，难度比往上攀爬更高，消耗的时间也会更多，恐怕根本来不及救人。怎么办？秦天站在崖边，往下

看去，略一思忖，咬了咬牙，突然纵身一跃，凌空往下扑去……

秦天当然不是自寻死路，但完全算得上以命相搏，他看到离山壁不远，有一棵郁郁葱葱的大树，在半空中伸出不少枝杈，如果能抓住其中一根枝杈，就能缓冲下降之势，如果没能够到，那就只能一命呜呼了。

好在这次赌博，秦天成功了，他抓住了一根胳膊粗的枝杈，只听"咔嚓"一声，枝杈从中间断裂，秦天结结实实摔到地上，手里还攥着断掉的半截树枝。尽管从这个高度摔落不至于丢掉性命，但秦天还是疼得四肢欲裂，差点昏厥过去。

秦天的动作没有片刻停滞，他强忍剧痛一跃而起，像一只受伤的猎豹，以一种不可思议的速度，朝着铁轨的方向疾奔而去。耳边风声呼呼作响，两侧景物一掠而过，他不知道自己跑得有多快，但一定是有生以来最快的速度。

汽笛声直冲云霄，带着凄厉的音色，撕裂了郊野的静谧，在秦天听来，那分明是一种催魂的声音。

心急如焚之下，秦天脚下一绊，扑通摔倒在地，但他就像一个弹簧，半秒都没用就跃身而起，发疯般往前狂奔，速度竟然又快了几分。

秦天越跑越快，几乎要凌空而起，火车越来越近，声音震耳欲聋。他离铁轨越来越近，五十米、三十米、二十米；火车也离那个麻袋越来越近，五百米、三百米、二百米……

所有努力似乎都是徒劳的，一切都来不及了……秦天奔到铁路边上时，火车已经势不可挡地冲过来，再往前冲，也许救不了小默，只会父子一同葬身于滚滚车轮之下。小默似乎也意识到了末日来临，在麻袋里疯狂地扭动着……

秦天从胸腔深处发出一声嘶吼，那吼声竟然穿透了火车行驶的隆隆之声,那一刻他仿佛化身超人,纵身一跃扑到铁轨上,搂住那只麻袋就地一滚,在生死交错之间滚到了铁轨外面,火车几乎是擦着秦天的身体呼啸而过……

秦天顾不上管自己,三下五除二,解开捆住袋口的绳子,一边解着绳子一边大声说道:"小默,你不用怕,我来了……"

秦天一下子呆住了,只见从解开的袋口处,拱出一只毛茸茸的狗头,它的嘴巴被胶带绑得结结实实,眼神里全是惊恐。

秦天苦笑一声,一屁股瘫坐到地上,他像是被抽去了筋骨,身上软软的,一点力气都没有了。

秦天放走那只狗,拨通了伍龙的电话,还没等他说话,那边已经传来畅快的笑声:"好一个神勇无比的警官,竟然真的救下了你的狗儿子,佩服啊佩服!"

秦天气得肺都要炸了,却又无可奈何。很显然,自己的一举一动,都被对方用望远镜尽收眼底,他就像一个木偶,被伍龙玩弄于股掌之间,不,更准确地说,真正操纵这一切的,是那个藏身在黑暗中的魔鬼。

伍龙在电话里下达了新的指令:"想救回你儿子,就一直往南边走,当然,和前两次一样,听不听由你……"

秦天想都没想,便默默地朝着南边走下去,小默的安危重于一切,哪怕伍龙戏弄了他一百次,第一百零一次,他也只能跟着对方的指挥棒转,还是那句话,他赌不起。

南边是一座废弃的矿区,秦天赶过去时,看见火光冲天浓烟滚滚,着火的是一幢三层的仓库,火势已经失控,烈焰肆意狂舞。

伍龙的声音有几分暗哑,像是来自地狱的召唤,他对秦天说:"你儿子被我关在了那座仓库里,如果你不去救他,他很快就会葬身火海……去吧,不要让自己后悔……"

秦天对着手机"喂"了数声，却发现那边已经挂断了电话。

秦天又往前走了几步，他已经能感觉到火焰的炙热。怎么办？他犹豫了，进入这座火宅，只怕九死一生，如果小默不在里面，自己岂不是白白送了任命？伍龙已经骗了自己两次，这一次会不会是故伎重施？

可是，如果自己不进去，同样有可能上了恶当，也许，前两次假戏真做，只是在故弄玄虚，为的就是制造一幕人间惨剧，把他拖入精神的炼狱。是的，如果小默真在里面，自己没去救他，导致他被活活烧死，他这辈子都不会原谅自己，想想都觉得可怕！

就在秦天进退两难之际，从那座燃烧的仓库里，传出哭喊呼救之声，正是小默的声音。秦天触电般惊跳起来，一头扎进火场。

秦天很快知道自己又上当了，当他在烈火浓烟中冲开一条路，循着呼救声找到二楼时，才发现那里空无一人，地上放着一台录音机，小默的声音就是从那里传出来的。

秦天想再逃出去时，发现已经来不及了，烈焰封住了门窗，浓烟遮蔽了视线。秦天左冲右突，火焰点着了他的衣服，浓烟呛得他连连咳嗽。

一根被烧断的房梁，以摧枯拉朽之势，带着腾腾的烟焰，朝着秦天砸将过来……

## 19 致命突袭

千钧一发之际,秦天就地翻滚,一路滚到墙角,这才躲过一劫,那根着火的梁木轰然坠地,整个楼板都为之震颤。

秦天借着这翻滚之势,压灭了衣服上的火苗。关键时刻,身为一名警察的应急处理能力帮了他,让他在生死关头还能保持头脑的清醒。他脱下衣服,往上面撒了一泡尿,然后用湿衣服捂住口鼻,弯着腰快速穿过滚滚浓烟,躲到了一处火势较小的地方。

就这样,秦天和烈火展开了一场追逐与逃亡的致命游戏,哪里火焰小一些,他先躲到哪里,可惜一切似乎都是徒劳的,烈焰如同潮水,一浪高过一浪,以势不可挡之势,疯狂地吞噬着这座仓库的每一寸空间。

就在秦天几乎绝望之际,外面传来消防车尖利的警报声……

秦天事后才知道，自己这次能得救，有多么侥幸。那片矿区废弃已久，平时罕有人至，附近也没有居民区，在那种地方出现火灾，消防人员很难及时获悉火情，好在秦天福大命大，附近正好有人，消防人员接到了火警电话，这才能及时赶到现场。

从火场被救出的秦天，俨然从黄种人变成了黑种人，全身上下都是烟熏火燎的痕迹，好在除了皮肤灼伤，其他并无大碍。他向消防人员要过来一瓶水，把口鼻洗涮了一下，然后大口大口喝着水。突然，他的动作停住了，水瓶一下掉到地上，盯着前面，大叫一声："小默！"

从远处跑过来一个人影，正是小默，他上气不接下气，明显已经跑不动了，连脚步都有些踉跄，却不敢停下来，完全是一副逃命的架势。

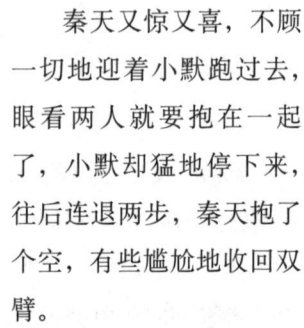

秦天又惊又喜，不顾一切地迎着小默跑过去，眼看两人就要抱在一起了，小默却猛地停下来，往后连退两步，秦天抱了个空，有些尴尬地收回双臂。

但秦天还是激动不已，他上前把双手放到小默肩上，连声音都控制不住地有些发抖："小默，你没事了！这就好、这就好！"

秦天几乎要喜极而

泣，小默却仍然面无表情，他像躲避瘟疫一样，肩膀猛地一甩，挣开秦天的双手，用充满憎恨的眼神，冷冷地瞪视着他。

有位消防队员看不下去了，他刚才问过秦天被困火场的原因，看到小默的态度后，着实为秦天抱不平，他伸手一指秦天，没好气地对小默说："看看你爸为了救你，都成啥样了！差一点把命丢了，就换来你这副态度？"

小默呆了一下，他看着黑炭一般的养父，表情似乎有所松动，眼神却冰冷如故。

秦天不愿看到小默受窘，他岔开话题问道："你不是被伍龙劫持了吗？是他放了你，还是你自己逃出来的？"

通过小默干巴巴的讲述，秦天了解了整件事情的经过。他离家出走后，刚走到一个偏僻地带，便被伍龙用一把尖刀绑架挟持来到郊外，被迫录下呼救之声。待到和秦天联系上之后，伍龙把小默藏进一人高的草丛，起身离开。很显然，他要去山顶、铁轨、仓库等处设置机关，带着小默并不方便。

小默被绑住了手脚，塞住了嘴巴，伍龙显然没料到，在这种情况下，小默竟然能逃走。他低估了小默身上那种拗劲。他像一条虫子一样，趴伏在地上，一寸一寸地挪，挪出几百米，又在一块石头上，一点一点地磨，磨断了手腕上的绳子，最终成功自救，逃出生天。

看着小默磨得鲜血淋漓的手腕，秦天心疼得要命，但小默那种拒他于千里之外的冷漠，又让他的疼惜之情没办法表达出来，于是这种情绪转化成了对伍龙的一腔怒火。

既然小默已经安全脱身，秦天就不用再投鼠忌器了，他给韦石打去电话，简单地说明了一下情况，让他赶紧通知上面调集警力，对这一带展开包抄搜捕。

打完电话后，秦天把小默托付给消防员，纵身往远处奔去。消防员们咋舌不已，这位警察身上又是摔伤又是烧伤，竟然还能去追捕逃犯。

根据秦天的判断，既然伍龙全程在附近用望远镜窥视自己，他现在应该没有机会逃远。但秦天登上一处高地极目远望，却没有发现伍龙的踪迹，难道他发现形势不对，找地方藏匿了起来？那样更好，等警方人马赶到，就可以瓮中捉鳖了。

不一会儿，秦天的视线内出现了第一批身着警服的身影，秦天知道，这是辖区内的派出所干警，因为距离最近，因此第一时间赶到。

大批武警随后赶到，在外围布控后，展开密集搜索，闪烁的警灯、杂沓的脚步、奔跃的警犬，彻底打破了这一带的宁静。

按说在这种搜捕力度之下，伍龙纵有三头六臂，也很难不露出形迹，但说来也奇怪，几百名警察搜查到天黑，连伍龙的影子都没找到。

这时，有人拍了一下秦天的肩膀，回头一看，正是韦石，他对秦天说："我们到那边说话。"

两人并肩站立，遥望着沉沉夜色，韦石面色凝重，说道："老秦，这实在不像是你的做事风格，小默被伍龙绑架挟持，你担心着急，我能理解，但无论如何也不应该凭一时冲动擅自行事啊，任何时候都不能忘了你是一名警察。"

秦天沉默片刻，叹了口气说："我不是一时冲动，再给我一次选择的机会，我还是会这么做。如果小默是我的亲生儿子，我肯定会第一时间通知你，再大的风险我也愿意承受，但他不是。伍龙是冲着我来的，我没权利让小默替我冒险，我怕九泉之下的贺炜不答应！"

听到贺炜这个名字，韦石也陷入了沉默，天已经黑透了，秦天看不清韦石的表情，但能够感觉到他有很重的心事。

很久以来，秦天一直有一种感觉，他怀疑韦石早就看破了那个秘密，参透了那起冤案。秦天拒绝升职的行为及这些年的负罪心态，还有他收养贺炜儿子并过于迁就的做法，都足以让洞察能力出众的韦石看出端倪，只要引起了他的疑心，以韦石的能力，调查出真相，就是顺理成章的事了。

如果韦石真的洞悉了这个秘密，他会怎么做呢？秦天知道，他会像守卫生命线一样，不惜一切代价守护这个秘密，更准确地说，他是在守护自己的前程命运。

也正因为这样，秦天考虑再三，最终没把黑暗王爵用那个秘密要挟他的事告诉韦石，虽然那个秘密已经很难再瞒住，但秦天还没有做好足够的心理准备，秘密一旦揭开，他和韦石的关系，将面临严峻考验，现在的当务之急是抓捕伍龙，而不是节外生枝。

秦天回到家推开门，只见小默正站在窗边，呆呆地望着外面出神，看见秦天回来，小默起身回到自己房间，重重地关上门。

秦天有些无奈地叹了口气，换了衣服进了书房，刚坐了一会儿，手机便响了，一个得意扬扬的声音传过来："怎么样？今天的游戏刺激吗？"

是伍龙！没想到这家伙在逃脱搜捕之余，还敢明目张胆地挑衅自己。秦天扬眉怒喝道："你不要人猖狂，多行不义必自毙，你已经离落网不远了！"

伍龙的笑声里，满是轻蔑之意："有黑暗王爵帮我，你们这帮废物，能抓到我？做梦去吧！"

黑暗王爵，又是黑暗王爵！现在听到这四个字，秦天感觉脑仁都疼，只听伍龙语气森然地说道："我这次提着脑袋来找你，本来是为了要你的命，不过我现在改变主意了。我看出来了，杀了那个小崽子，比要了你的命剜了你的心还难受，这一次算他命大，下一次就没那么好运了。你等着给他收尸吧，再见！"

秦天一夜都没睡安稳，伍龙的话让他不寒而栗，如果人身安全受到威胁的是他自己，他会一笑置之，但涉及小默就不行了，那是他真正的软肋。

第二天，秦天找到韦石，紧急商量对策，既然伍龙发出了那种威胁，就不能等闲视之。最终队里做出了两个决定，第一是在公安系统内寻求帮助，找到了一位和小默身材相貌颇为相似的年轻警员，经过一番专业化妆后，让他假扮小默，呆在秦天家里，充当诱饵，诱捕伍龙；第二是让小默借住在一位单身警察家里，由这位警察负责小默的安全。

这位警察名叫董亮，比小默大不了几岁，刚分到刑警队不久，优点是身手不错，缺点是经验不足。按照队长的交代，他需要24小时保护小默，让小默时刻不离视线，但几天下来风平浪静，他就有点失去耐心了。在他看来，这种安排有点草木皆兵了，那个逃犯又不是神仙，怎么可能知道小默躲在他家，用得着这么紧张兮兮吗？

这时，恰好女友给董亮打来电话，让他陪自己去逛街。董亮在家憋得慌，又不想惹女友不高兴，心思就有点活动了，跟小默商量："我出去一趟行不？很快就回来，咱可得把话说到前头，都是大老爷们，不许告我黑状！"

小默玩游戏正玩得起劲，头也不抬地说道："快去吧，爱去多久去多久。"

董亮下了楼，走出一段路，眼皮跳了几下，莫名有些不安，就这么一走了之，是不是太不负责了？可是如果原路返回，似乎也有点神经过敏的意思。

　　董亮想了想，掏出手机给小默打过去，想再交代几句，小默接起电话后，有些不耐烦地嗯嗯啊啊。

　　突然，从手机那边传来"砰"的一声，似乎是什么落到了地上，紧接着是小默充满惊恐的叫声："伍、伍龙？你、你别过来！"

　　董亮只觉得大脑"嗡"的一声，像是脑袋里有一群蜜蜂炸了窝。

## 20 不归之路

董亮的手机里,传过来一声狞笑:"小子,你的死期到了!"接着是"啪"的一声响,也许是伍龙抢过小默的手机摔到了地上,董亮的手机再也没有任何声音传来。

董亮以一种冲刺的速度往家里狂奔,惹来了无数惊异的目光,他什么都不管了,只恨爹娘少生两条腿。想到秦天千叮咛万嘱咐的样子,他恨不得狠狠抽自己几个耳光。他一边发疯般跑着,一边不停地喊着:"小默,你千万别出事啊!"

董亮住在一幢老式单元楼里,他一口气奔上三楼,听到激烈的打斗声从自家传来,他急忙掏出钥匙去开门,却发现房门被反锁了,这下他真急眼了,用身体接连猛撞房门,但不锈钢的防盗门,哪有那么容易撞开?

一声惨呼之后,房里一片死寂,那正是小默的声音。董亮快疯了,他发出一声大吼,使尽全身力气,狠狠向房门撞去……

房门突然开了,董亮用力过猛,收不住脚,一个踉跄,扑倒在地上,房间里一片狼藉,满地都是碎片,董亮的手掌按在一块碎瓷片上,疼得他倒吸冷气,鲜血很快流了出来。

但董亮顾不上受伤的手掌,一跃起身回头看去,这才发现,给他开门的是小默,他用手捂住胸口,鲜血透过指缝流出来。董亮赶紧扶住他问道:"你怎么样?"

小默用手一指窗户:"我没事,你不用管我,快去追伍龙,他应该逃不远!"

两扇窗户大大地敞开着,董亮奔到窗前探头看去,只见一个壮硕的背影,正飞快地隐没在街巷之中。董亮眼见情势紧迫,从楼梯去追肯定来不及了,索性心一横,攀上窗户往下跳去。三楼到地面的距离,说起来也不算低,好在下面是一片草坪地,董亮跳下去之后,脚崴了一下,还没等站稳,便忍着疼痛往前追去。可惜的是,他跑了好几条街巷,再没看到伍龙的半点影子。

董亮只好马上回家,把小默送到医院,顺便把自己手掌上的伤口包扎了一下。路上，小默告诉了他刚才的情况，董亮刚离开，伍龙便越窗而入，将房门反锁后，手持匕首要伤小默性命。让他没想到的是，兔子急了也咬人，小默情急之下，拿起董亮练武用的三节棍，和伍龙展开了激烈的搏斗。小默虽然有点文弱，但毕竟是个大小伙子，又仗着武器上的优势，伍龙一时之间还真是拿他没办法，硬是挨到了董亮跑回来。最终伍龙悍性大发，在董亮的撞门声中，猛刺了小默一刀，然后跳窗逃走。

这一刀离小默的心脏只差了几厘米，差一点就要了他的小命。秦天赶到医院后，心疼得差点掉眼泪，他不便责怪董亮，韦石就不客气了，狠狠地批评了董亮一顿。董亮低着头，大气都不敢出。

韦石沉着脸说道："你是不是嘴上没把门的，到处乱说，走漏了消息？要不然伍龙怎么会知道小默藏在这儿？"

董亮又是摇头，又是摆手，连声说道："没有没有，我敢保证没有，这是纪律，我哪敢违反？我跟女朋友都没有说！"

韦石眉头深锁，轻声自语："这就有点奇怪了，难道这个家伙，有第三只眼不成？"

秦天欲言又止，默然不语，他仿佛真的看到了一只眼睛，那眼眸比最深的夜色都深，像传说中的宇宙黑洞，可以吞噬所有的光明。不，那当然不是逃犯伍龙的眼睛，而是黑暗王爵的眼睛。

警方根据现有情况分析，认定伍龙藏匿在市区某个地方，否则他不具备追踪行凶的条件，可是警方组织大量警力对市区进行了细致排查，却连伍龙的一点踪迹都找不到，这就奇怪了。

办公室里，韦石用手指关节轻叩桌面，沉吟半晌后对秦天说："伍龙能隐藏得这么好，肯定是有人提供协助，一般人不会甘愿冒这个风险，依我的判断，这个人很可能是他入狱前的情妇米妮。"

秦天说道："我也是这么看的，虽然在蹲点设伏的过程中，没有发现伍龙和米妮接触,但不排除两人有某种联系,毕竟我们只是在盯着米妮的家,对她的行踪并没有全面掌握。"

韦石点头:"通常遇到这种情况,我们应该对疑似包庇者晓以利害,施加压力,做通对方的思想工作,敦促其供出逃犯藏身之地,只不过……"

秦天追问:"只不过什么?"

韦石苦笑:"你不了解米妮这个女人,那是个真正的刺头。三年前,你去外地追捕伍龙,我去见过米妮一面,想从她那里打开突破口,哪知这个女人撒泼打滚,硬是指控我对她进行性骚扰,还去了局里几次,闹着嚷着要上告。那阵子我头都大了三圈。"

秦天皱了皱眉:"这是妨碍执行公务啊,还涉嫌诬告,怎么能任着她胡来啊!"

韦石摆了摆手:"这世上的事,有时候靠说理是说不通的,据说这个女人以前受过什么刺激,好像还住过几天精神病院,不过我看她一点问题没有,不疯装疯、不傻装傻罢了。"

秦天沉吟道:"不管怎么说,我们应该再去试一试,尝试了未必成功,不尝试一定失败。有些人看上去很顽固,但真正坚硬的只是一层外壳罢了,也许这层外壳,只是用来保护自己的!"

秦天主动提出建议:"把这个任务交给我吧!"

下班时间到了,两人并肩往外走,韦石说道:"朋友送了我两瓶窖藏好酒,走,去我那儿喝几杯,正好你弟妹出差了,我一个人也挺闷的!"

在韦石家,秦天有点喝醉了,他最近心理压力很大,酒精让他找到了宣泄的渠道。韦石喝得也不少,拍着茶几口齿不清地说道:"好久没这么痛快过了,可惜啊,要是乔杉在就好了,那小子要喝上头了,节日才叫多呢!"

酒醉的秦天也不由一阵感慨，这么多年过去了，也不知乔杉怎么样了，也许在有生之年，三剑客再也没办法重新聚首，畅饮一回了。

两天后的上午，晨露刚刚散去，秦天从那条蹲守了一个月的路上，向米妮家走去。

如果秦天知道等待他的是什么，他一定会吓得停下脚步，再也不敢往前走一步。

他将走上一条不归路，从此再也无法回头。

## 21 坠入陷阱

找到米妮家后,秦天开始敲门,敲了一会儿没反应,又加大力度敲了几下,房间里传来一个慵懒中透着不耐烦的女人声音:"谁啊?大清早的敲什么敲,还让不让人睡个安生觉了?"

秦天瞄了一眼手表,已经是上午九点半了,一般人很少这个点儿还在睡觉,这让秦天下意识地想到了米妮的职业,她在一家夜场当陪酒女郎,昼夜颠倒可能已经成了一种习惯。

防盗门开了一条缝,露出一张女人的脸。秦天看过米妮的资料,知道她今年不过三十出头,不过那张卸妆之后的脸,看上去比实际年龄要老很多,容颜中透出一股被沧桑岁月摧残过的憔悴,眉梢眼角带着一种沉积已久的郁愤气息。

米妮用一种警惕的眼神上下打量着秦天,问道:"你是谁?我不认识你!"

为了避免刺激米妮的情绪,秦天并没有穿警服,但他还是需要表明身份,当下掏出警官证,语气和善地说道:"我是警察,需要向你了解一些情况。"

米妮没去看那张警官证,也没有把门打开,她冷着脸说道:"我又没犯法,找我干嘛?"

秦天碰了一鼻子灰,却不急不恼,微笑着说道:"可以让我进去说话吗?把人挡在门外,不是待客之道吧!"

米妮没办法,只好把防盗门打开,让秦天进来,不过从重重的关门声中,可以看出她不欢迎的态度。

秦天坐下来的同时,打量着房间里的一切,不大的一居室,装修和布置很简陋,只有很简单的几样家具,应该是出租房。

米妮把一杯白开水放到秦天面前,不冷不热地说道:"没茶叶,将就点。"

秦天摆摆手,说道:"不用,我不渴。"

米妮抱着胳膊,斜睨着秦天,耸了耸肩膀说道:"你一不喝水,二不上厕所,跑我这儿来干什么?哦,对了,莫非是找我陪酒的?那你来错时间也找错地方了,你应该晚上去夜场找我。"

秦天有些尴尬,清了清嗓子说道:"我这次来,是为了伍龙的事!"

"伍龙?"米妮表情夸张地"咦"了一声,一副大惊小怪的腔调,"他不是在坐牢吗?能有什么事?难道是有立功表现,减刑出狱了?那你们应该通知他的家属啊,找我这个姘头干吗?"

韦石说得没错,这女人真不是一盏省油的灯。秦天不想再任由她胡搅蛮缠,他直截了当地说道:"伍龙越狱潜逃了,根据警方的判断,他现在就藏匿在市区某个地方,而且肯定有人从中协助,你明白我的意思吗？"

"不明白！"米妮很干脆地说，"我这个人脑子不太好使，你最好别跟我打哑谜！"

"好，那我们就打开天窗说亮话！"秦天站起身，盯着米妮说道，"我们排查了伍龙的所有社会关系，嫌疑最大的就是你，现在你应该知道我的来意了吧？"

"你们怀疑我？"米妮眼睛瞪得滚圆，一副又委屈又气愤的模样，仿佛瞬间化身为蒙受奇冤的窦娥，就差仰天悲呼了，"我已经整整三年没见过他了，你们凭什么怀疑我？"

秦天正色说道："合理怀疑是警方办案的基础，如果你没有窝藏包庇逃犯，大可不必担心。但我必须提醒你，不要抱有任何侥幸心理，窝藏包庇罪犯，会受到法律的严惩，到时候再后悔就晚了！"

米妮侧过脸对着墙壁，似乎根本不想听。秦天顿了一顿，继续往下说："每个人都有做错事的时候，关键在于能否及时回头。如果你真的身陷其中，现在唯一的自救之道，就是协助警方，立功赎罪，供出伍龙的下落。"

米妮连眼皮都垂下来，长长的假睫毛投下一片阴影，她是借此表达对秦天的不屑，还是在掩盖内心的不安呢？秦天趁热打铁，抛出了杀手锏："我知道，你有一个七岁的女儿，一直跟着你母亲，你愿意让她成为一个罪犯的孩子，让她在成长的关键时刻失去母亲的陪伴吗？"

米妮像是被什么尖锐的东西狠狠戳了一下，身体一阵颤抖，她紧紧咬着嘴唇，似乎在强忍着什么，可惜最终还是没忍住，两行泪水默默地流了下来。

秦天用鼓励和期待的目光看着米妮，可惜他最后还是失望了，米妮擦了擦眼睛,语气冰冷地说道:"我没见过他,他也没联系过我,我想窝藏包庇他,也没那个机会。你还有别的事吗?"

米妮摆出一副逐客的架势,秦天只好无奈地起身告辞,他把自己的名片放到茶几上,说道:"也许你需要时间考虑一下,想通了给我打电话!"

秦天走到门边,刚打开房门,突然听到身后传来一声厉喝:"等一等!"

秦天闻声回头,不由为之一愣,米妮像是突然变了个人,表情中透出一种凌厉的凶狠。如果说她刚才的眼神中结满冰霜,那么现在她的眼眸中就全是火焰,仇恨的火焰。她手里拿着那张名片,瞪视着秦天问道:"你就是那个姓秦的警察?三年前,就是你追了好几个省,亲手把伍龙抓到牢里的?"

看到秦天点头承认,米妮眼中的火焰几乎要喷射出来,她歇斯底里地冲着秦天嚷道:"如果不是你,他早就远走高飞了,我们早就在一起了!他答应过我,逃出边境后,会想办法接我出去。就因为你,毁了我们两个!我恨你!"

秦天啼笑皆非:"你钻进牛角尖了,这怎么能怪我呢?我是一名警察,惩治犯罪、抓捕逃犯是我的职责,他坐牢的原因是触犯了法律!"

"法律?"米妮状若疯狂,大声叫道,"少拿这两个字唬我,我在黑暗中活了这么多年,什么不公平的事没有见过?你敢说所有坏人你们都有胆量去碰?包括那些位高权重的坏人?你敢说你们从没抓过一个好人?没制造过一起冤案?"

这番话仿佛一记重拳,击打在秦天头颅上,一下击散了他的七魂六魄,他呆呆地站在那里,连眼神中都透出几分虚弱。

米妮的情绪彻底失控了,她猛地扑到秦天身上,对他又咬又抓，处于失神状态的秦天猝不及防，被她在脸上挠了好几个血道子，手腕上还被狠狠咬了一口。

面对一个近乎疯狂的女人，即便秦天是个训练有素的警察，制服她也花了一番力气。他把米妮牢牢按在沙发上，大声说道："你冷静一点，冲动解决不了任何问题！"

米妮也累垮了，她不再反抗，呼哧呼哧喘着气，秦天松开她，说道："如果你不想跟我打交道，也可以联系我的同事，你一定要考虑清楚，这世上没有后悔药！"

秦天起身离开，一路上情绪沮丧，局面居然会演变成这样，这是他怎么也没想到的。

秦天又走出一段路，突然接到一个陌生电话，接通后竟然传出米妮的声音，听上去她已经彻底冷静下来："不好意思，我刚才太冲动了，希望你不要怪我，我压抑了太多年了……"

说到这儿，那边陷入了沉默，似乎米妮想说什么，又犹豫着下不了决心。秦天心中一动，赶紧问道："你是不是有话想对我说？是关于伍龙的吗？"

一阵更久的沉默之后，米妮发出一声长长的叹息："你这会儿就过来吧！"

秦天精神大振，掉头原路返回，看来经过一开始的狂躁情绪之后，米妮的头脑彻底清醒了，也许她不想承担坐牢的后果，也许她害怕和女儿骨肉分离，她终于在短短的时间内想通了。

十分钟之后，秦天回到了米妮家，防盗门虚掩着，他推门走进去，刚踏入客厅，他就猛地往后退了一步，脸色一下子变了。

只见米妮躺在地上，腹部插着一把匕首，她已经一动不动了，但从她体内源源不断流出的鲜血，却像一条条红色的蛇，在地上蜿蜒着前进……

秦天毕竟不是常人，他见多了命案现场。他迅速冷静下来，趋前几步，避开那些"血蛇"，观察着米妮的情况。他首先要确认米妮是否还活着，同时要避免破坏现场。

就在这时，楼道里传来纷乱的脚步声，秦天听到声音，刚刚回过身，便被两双有力的手按住双臂，"咔嚓"一声过后，秦天只觉得双腕一阵勒痛，一种钢铁的冰冷瞬间透过双手，传遍他的全身。

秦天低头看看腕上闪着冷光的手铐，又抬头看看围住自己的警察冷峻无比的表情，一颗心瞬间掉入了无底深渊。

秦天知道，自己掉入了陷阱，一个可怕的陷阱。

## 22 有口难辩

秦天尽量保持着平静，对那几位警察说："你们不要误会，人不是我杀的，我也是警察。"

秦天最后那五个字让几位警察都愣了一下，面面相觑，秦天见状说道："我衣兜里有证件，你们可以看一下。"

警察们查看了秦天的证件，表情缓和了一些，那位带队的警察说道："暂时还不能给你打开手铐，相信你能理解。"

秦天点头："我明白！"

这些警察是接到 110 指令赶过来的辖区派出所民警，是没有权力和条件处理命案的，他们保护好现场后，向公安局刑警队汇报了情况。半个小时后，韦石带队匆匆赶到，他看了秦天一眼，并没有多说一句话，便开始带领技侦人员对现场进行勘查。随着勘查工作的逐步深入，他的表情也越来越严峻。

秦天坐在刑警队审讯室里，心里有种说不出的滋味。他对这里太熟悉了，但这次充当的角色，却是完全陌生的，从警察变成了犯罪嫌疑人，从审讯者变成了被审讯者，这种心理落差，谁能受得了？

在被一路押送进来的过程中，秦天遇到了不少同事，从他们的目光中，秦天看到了各种各样的内容：震惊、疑惑、不解、茫然……虽然碍于纪律，大家都不便直接向秦天询问，但他们的表情中分明都流露出关切，这无疑是秦天平时为人的最好证明。

趁着审讯室没人，秦天把今天遭遇过的一切。又在脑子里过了一遍，却仍然有种迷雾重重的感觉，是谁精心给自己挖下了这个陷阱？他怎么知道自己会去米妮家找她？难道这个人有未卜先知的本事？秦天突然莫名地打了个寒噤，一双黑色的眼睛出现在他的脑海中。

这时候，审讯室的门开了，韦石迈步走进来，他并没有坐到审讯桌后面，而是径直走到秦天面前，两人相对而立，注视着对方。在队长的位置上坐久了，韦石早就修炼得喜怒不形于色，但此刻，他脸上的肌肉都在微微颤抖，语气中透出一种痛心疾首的味道："老秦，你、你太冲动了，你做出这种事，让我怎么救你？"

秦天呆了一下，无法置信地喊道："连你也相信我会杀人？"

韦石沉声道："我倒希望是假的，但事实俱在，铁证如山，我不信行吗？"

秦天问道："什么事实？什么铁证？"

韦石说道："首先你是在命案现场被抓的；其次，经过勘查后可以确认，现场只有两个人的脚印，一个是被害者米妮的，一个是你的，你不是凶手，难道凶手是插着翅膀进来的？能脚不沾地把人杀掉？"

秦天愣住了，过了好半天才说："会不会是用机关杀人？比如人躲在门外，用弓弦或机簧把匕首弹射进室内，把人杀死？"

韦石气极反笑："这是发生在现实中的凶杀案，不是推理小说里的内容，何况就算这种杀人方式有可行性，在这个案子里也可以排除。米妮不是背部被刺，而是腹部中刀，一击致命。她既不瞎又不傻，这么近的距离，有人向她发射匕首，她会发现不了？会站着不动，给凶手当活靶子？你觉得可能吗？"

秦天沉默了，他不得不承认，韦石的话有道理。可是他实在想不出来，除了这种方式，凶手能有什么办法，可以不留足迹地杀人嫁祸。

秦天和韦石并肩作战多年，对彼此一直有种无条件的信任，现在连韦石都掉入了这个骗局，不再相信自己，自己处境之危险，也就可想而知。不行，必须扳回这种局面！秦天盯着韦石问道："我们相交多年，我很想知道，你对我的看法。"

韦石不假思索地说道："你比我大两岁，我一直把你当成兄长，有时候甚至把你当榜样，你是我见过的最尽职尽责的警察！"

秦天缓缓说道："谢谢，尽职尽责不敢说，但我一直坚守着职业底线。你认为这样一个警察，会知法犯法，干出杀人害命的勾当吗？"

韦石斩钉截铁地说："不会！"

秦天点了点头："我去找米妮，只是出于工作的需要，跟她完全没有私仇，你认为我有杀人的动机吗？"

韦石毫不犹豫地说："没有！"

秦天终于说出了心里话："那你为什么不能对我有一点信心？"

韦石突然沉默了，良久才缓缓说道："如果你单单是一名警察，我相信你绝不会做出这种事，但你还有一个身份，正是这个身份，让一切都变得有可能。"他面色凝重，缓缓说出了那两个字："父亲！"

秦天表情一滞，韦石摇头一叹："对你而言，能压倒警察这个角色的，只有父亲这个身份了。你太爱小默了，爱得近乎偏执，你不能容忍他受到一点伤害，可是他的生命现在受到了来自伍龙的严重威胁，偏偏这个逃犯神出鬼没，咱们又抓不到他。你去做米妮的工作，其实带着双重身份——警察和父亲。很显然，警察这个角色没能发挥作用，米妮根本不吃那一套。这时候，你以父亲的身份登场了，用锋利的匕首威胁米妮，逼她交代伍龙的下落。在那一刻，你不再是一个牢记使命的警察，只是一个爱子心切的父亲……"

秦天越往下听，越觉得浑身发冷，仿佛这些事真的是他做的。假如真有那么一天，警察和父亲的身份产生冲突，要违反法律，才能保护小默，他会不会拔出锋利的匕首呢？秦天想都不想往下想。

韦石继续说道："换了一般女人，面对白刃相加，恐怕早就吓软了，可惜米妮这个女人偏偏不一般，也许她的血液里真的有疯子的基因，她非但没被吓住，反倒对你又抓又咬。就这样，你的脸上和胳膊上，留下了被她抓咬的伤痕；她的指甲缝和口腔里，留下了你的皮肤纤维组织。这起凶杀案，也因此留下了铁证……"

秦天打断他，冷冷地说道："接下来的过程，是不是该我主动交代了？激烈的厮打让我彻底失去了理智，我把那柄用来威胁她的匕首狠狠插入了她的小腹……"

韦石发出一声长叹："你终于承认了！"

秦天气得双手发抖，手铐冷冷作响，他大喊一声："我承认什么了？韦石，你好好想一想，如果是我用匕首刺死米妮的，匕首柄上肯定会有我的指纹！我问你，有吗？"

"有啊！"韦石想也没想地说，"匕首柄上有你的指纹，而且是只有你一个人的指纹！"

极度惊骇之下，秦天差点跳起来，他失声叫道："什么？"

## 23 无罪可认

对秦天的这种反应,韦石也有些奇怪,他说:"这种关键性的证据,我们怎么可能忽略呢?我们现场提取了匕首柄上的指纹,也采集了你的指纹,经过比对鉴定,可以确定为同一人,这一点是没有任何疑义的。"

秦天脑子一片空白,口中喃喃自语:"这怎么可能,怎么可能?"他拼命回忆着,在最近这段时间,有没有在某种情况下,手持过一把匕首,给人留下了栽赃陷害的机会,想来想去,可以确定,这种可能并不存在。

现在秦天终于明白了为什么韦石不相信自己,换了他来办这个案子,面对这些凿凿铁证,也绝不会有任何怀疑。

秦天仿佛掉入了一个深不见底的冰窟,从肌肉到血液,甚至每一个细胞，都彻底冻结了。在深入骨髓的寒冷中，他看清了一个可怕的事实：这世上除了他自己以外，没有一个人会相信他不是凶手。谁说真的假不了，假的真不了？谁说的？

韦石坐到了审讯桌后，他眼中的感情色彩渐渐消失了，取而代之的是一名刑警队长的冷静和威严，好在他的称呼还没有变："老秦，你还有什么想说的吗？"

秦天说道："我知道，我现在说什么，都不会有人信，但我是不会认罪的，因为我没杀人，我是被陷害的，我无罪可认！"

"陷害？"韦石把这个词重复了一遍，眉头微皱，思索着。

秦天说道："我怀疑在米妮的房间里，还藏着一个人，他听到了我和米妮的所有对话，在米妮改变主意给我打了电话之后，他杀掉了米妮，既达到了杀人灭口的目的，避免她交代出伍龙的行踪；又能给我栽赃嫁祸，让我永世不得翻身！"

韦石说道："这是个什么样的人呢？他要有未卜先知的本事，能预知到你会去米妮家；他要有脚不沾地的本领，能不留足迹地行凶杀人；他还要有盗取指纹的特异功能，把你的指纹留在匕首柄上，同时在杀人时不留下自己的指纹。老秦，你觉得世上有这样的人吗？"

秦天陷入了彻底的沉默，虽然他从一开始就怀疑挖下陷阱的，是那个似乎无所不能的黑暗王爵，但这个想法怎么跟韦石说呢？说出去他又怎么会信呢？涉及到黑暗王爵的那些荒诞离奇的情节，比起自己这次的遭遇，更加匪夷所思！

秦天心里还有一些疑惑，他问韦石："那些警察第一时间赶到，似乎是有备而来，你不觉得奇怪吗？"

韦石说道："他们是接到报警电话赶到的，报警者是对面楼上的一个中年人，当时正在阳台浇花，看到米妮家有人在激烈厮打，赶紧拨打了110，正好辖区派出所离米妮家很近，所以他们来得很及时。"

秦天说道："我手机的通话记录里，有米妮打给我的电话，我正是接到这个电话之后返回她家，也由此蒙上了不白之冤，你认为这条通话记录有价值吗？"

韦石很认真地想了一会儿，还是无奈地摇了摇头："这条通话记录，最多只能证明她给你打过电话，其他什么都证明不了。比如完全有可能是这种情况，你第一次去找她时，她正好不在家，你把名片留在门上，她回来看到后，打电话让你去，之后就发生了命案。"

审讯室里再次陷入沉寂，秦天苦笑一声说道："还真是世事多变，谁能够想到，我们两个人，竟然有机会分别扮演这种角色！"

韦石也深有感触，语气中带着感伤："是啊，谁能想得到呢？我这个人没什么朋友，你是我最看重的知己兄弟，如果你遇到了危险，我可以舍掉性命去救你，可是这次我真的帮不了你！"

韦石的话让秦天为之感动，过了一会儿才开口说道："我有一件事求你，你一定要答应我！"

韦石慨然应允："你放心，只要我能做到，只要不触犯法律，我会尽我的全力！"

秦天一字一顿道："我把小默交给你了，你一定要保护他的安全。"

韦石走到秦天面前，无视他腕上锃亮的手铐，紧紧握住他的双手，说道："没用的话我不想多说，就一句话，小默以后就是我的儿子，我绝不允许他受到任何伤害！"

秦天缓缓闭上眼，他怕眼泪会流下来。

刑警队羁押室内，秦天躺在那张硌人的硬木床上，呆呆地瞪视着黑暗中的天花板。夜长得像是没有尽头，天仿佛永远亮不起来了。秦天只觉得胸中憋闷，闷得他喘不过气，他真想像个疯子一样，不管不顾地大喊大叫几声，但他知道，哪怕把嗓子喊破，也没有半点用处。

直到这时候，秦天才真正体会到贺炜当初蒙受奇冤时的恐惧和无奈、悲愤与绝望。很多事情，只有身临其境，才会有刻骨感受。秦天现在才明白，相比贺炜承受过的一切，他这些年自以为沉重不堪的负罪感，算得了什么？他当初的那种选择，又是何等的可恨！

现在秦天没有任何怀疑了，设置这个陷阱的一定是黑暗王爵，这是他惯用的手法，他要让自己这个曾经制造冤狱的人，去体会那种蒙冤获罪的感觉！不知为什么，这一次秦天对黑暗王爵完全恨不起来，他觉得这是自己应受的惩罚、应得的报应！

清晨，秦天呆呆站在铁窗前，凝望着被栅栏分割成条形的天空。外面传来上班的军号声，带着催人奋进的激昂。平时这时候，秦天已经伴着军号的节奏，迈着有力的步伐走进单位，换上了他心爱的警服。

可惜从此以后，他再也没有穿上警服的机会了，他从一名光荣的人民警察，变成了一个可耻的杀人重犯。是的，他知道自己是无罪的，是被陷害的，但那有什么意义吗？当全世界都认定你是罪犯，你不是罪犯也是罪犯了！

作为一名精通法律的警察，秦天很清楚自己接下来面对的是什么。尽管他不会认罪，但在证据链完整的情况下，没有认罪口供，并不会影响他被提起公诉，定罪判刑，成为法律认定的罪犯。这是他无法接受的耻辱！

不接受又能怎么样？黑暗王爵的手段太过高明，连韦石都被彻底蒙蔽，他还能指望谁？如果自己没被关进来，也许还有反败为胜的一线机会，可惜自己已经深陷囹圄，失去自由……

"逃出去！"这三个字猛地蹿进秦天的脑海，把他自己都吓了一跳，他拼命地想扑灭这个念头，脑子里有一个声音大声响着："不行、不行，绝对不行！"然而，这个想法一旦产生，就如同星火燎原，在他的脑子里不受控制地生长蔓延开来，让他的整个身体都变得灼热起来。

"为什么不行？"秦天在羁押室走来走去，有两个声音在他的脑海里激烈地争吵着，其中一个声音后来居上，压倒了前一个声音："凭什么说不行？难道应该坐以待毙，刻着罪犯的耻辱印记离开这个世界？"

又一道残忍的选择题摆在了秦天面前，没错，逃出去才有机会，才有可能查出真相，然而，让一个把遵纪守法当作人生铁律的警察去越狱当逃犯，无异于让一个视清白如生命的贞洁烈女主动投身窑子去当娼妓，实在是太难了。

如今的秦天，虽然罪责难逃，百口莫辩，但他胸中坦然，问心无愧，也许黑暗王爵能让他蒙冤而死，但没有任何人能让他俯首认罪。然而，如果他迈出了越狱逃亡这一步，他自己都不得不在内心承认，他是一名逃犯了！

就在秦天灼热的头脑渐渐冷却下来时，一张倔强的面孔出现在脑海中，他突然想到了小默，就因为亲生父亲被判成强奸杀人犯，他把这个沉重的包袱背了整整十年，难道要让他的养父也成为杀人犯，让他背负上加倍沉重的包袱，背上一辈子吗？两任父亲都沦为杀人犯，世人会怎么看待他这个儿子？他这辈子还能抬起头吗？

秦天慢慢握紧了拳头，动摇的意志变成坚定的决心：为了小默，他也要逃出去，还自己一个清白！

## 24 铤而走险

秦天知道，他只是迈过了心理上这一关，想逃出去并不是件容易的事。他来到刑警队这些年，还没有一个犯罪嫌疑人能逃出去的。

但秦天显然具备其他人所没有的优势，除了对刑警队的周遭环境和羁押方式极为熟悉，还有一个最关键的因素是，看押他的警察是他过去的同事，对他的看管和防范中难免有不到位的地方，这些都为他提供了可乘之机。

秦天很清楚，这个案子在侦查阶段结束后，就会进入审查起诉和审判阶段，等进了看守所和监狱，他就很难有机会逃脱了，他必须抓紧时间。

下午一点半的时候，秦天提出要去厕所大解，当时看押他的警察是高绪和董亮,两位警察都很年轻,以前跟秦天相处得都不错,向秦天学习请教过不少业务上的东西。一夜之间,秦天从警察变成了罪犯,同事变成了看押他的人,这种关系的变化,让彼此都有些尴尬。

秦天戴着手铐走在前面,高绪和董亮紧随其后,厕所离羁押室几步之遥,拐过一个弯就到了。高绪守在门口,董亮跟着秦天走进厕所,打开隔间的门,取出钥匙打开了秦天右手的铐环。这是刑警队通用的做法,嫌疑人要解大手时,警察会打开一只手的铐环,锁在隔间内的钢铁水管上,然后警察退出,去外面等待。

秦天的呼吸变得急促起来,他等的就是这一刻!

董亮把铐环扣到水管上时,身体侧对着秦天,这么一来,嫌疑人脱离了他的视线,而他的身体却处在嫌疑人的攻击范围内。对于一名警察而言,这是不可原谅的错误,如果是面对其他嫌疑人,董亮绝不至于如此轻率大意。

秦天在心里默念一句:"兄弟,对不住了!"他手掌立起,闪电般切在董亮的后颈上,董亮哼都没哼一声就晕了过去,秦天顺势把他扶住,慢慢放在地上,如果发出倒地之声,就有可能惊动外面的高绪。

看着不省人事的董亮,秦天心里满是愧疚,以董亮的身手,自己和他正面交锋,未必能占到便宜,他之所以能一招制敌,只有一个原因:董亮的内心深处并没有把秦天当作犯罪嫌疑人,而是仍然将他当成了那个亦帅亦友的前辈。

秦天知道,现在不是自责的时候,他捡起掉在地上的钥匙,打开了另一只铐环,剥下董亮的警服,飞快地穿到自己身上,然后把手铐塞在腰间,又游目四顾,找到一块破布,放到口袋里。

秦天低着头向门口走去,高绪背对厕所门站着,听到脚步声,他下意识地转过身。

秦天抬起手揉揉眼睛,借着这个动作,用手掌遮住了大半张脸。

由于秦天穿着警服,厕所里光线也不太好,高绪果然上了当,把秦天当成了董亮。

秦天又往前走了几步,他一边调整着呼吸,一边做好了出手的准备。

这时候两人已经近在咫尺,高绪一下认出了秦天,脸色唰地变了,惊喝一声:"你不是……"

秦天哪容他作出反应?他纵身一跃扑过来,出招如疾风闪电,高绪失了先机,只有招架之功,没有还手之力,被秦天一脚踹倒,牢牢按住地上,拖行几步后,秦天掏出手铐把他铐到一根管子上。

高绪又惊又怒,扯着嗓子大喊:"来人……"一块破布塞到他嘴里,把那个"啊"字堵了回去。他狠狠地瞪视着秦天,眼神中除了悲愤,还有一种深深的失望。

秦天无法正视这种目光,他侧过脸低声说道:"对不住了兄弟,我没有别的路走。"

高绪怒目而视,一脸鄙夷之色。秦天缓缓道:"如果你认为我越狱逃亡是因为贪生怕死,那就错了,我不是那样的人!"

高绪恨恨地翻了个白眼,显然不相信他的话。秦天说道:"你还记不记得,我曾经抢下你手中的定时炸弹,跑到荒僻地带引爆,如果我是贪生怕死的人,会这么做吗?"

高绪陷入了沉思,也许他想起了秦天舍身卫护他的往事,神情渐渐缓和下来,但他的眼神中却流露出更多的疑惑,看样子,如果能出声询问,他早就向秦天提问了。

秦天缓缓说道:"我是被冤枉的,我没有杀人。我不愿意当逃犯,那对我来说比死都难受,可是我不能蒙着杀人犯的污名,不明不白地离开这个世界……"他沉缓的声音里,透着无尽的凄凉:"可是,没有人相信我,没有,一个都没有……"

突然,秦天看到,高绪先是摇了摇头,又重重地点了点头,他目光一片澄明,不再有丝毫的敌意,只有发自心底的信任。

秦天猛地转过身去,一刹那,他热泪盈眶!

现在是下午一点四十分,刑警大队的楼里一片寂静,上班时间还没到,值班人员在房间,这是秦天精心挑选的时间段。他借助着各种障碍物遮掩身形,一路潜行,走出了这座三层小楼。

走出刑警队的小楼,就置身于公安局的大院里了,在这里反倒不能显得鬼鬼祟祟,否则很容易引起怀疑。秦天低头看着地面,大步流星地往前走。院子里人很少,偶尔有人经过,也没有特别注意秦天,一个身穿警服的人,置身于这种地方,实在是再寻常不过了,况且公安局里有很多下属部门机构,认识秦天这个普通刑警的只是极少数。

穿过那道大门,前面就是马路,马上就要自由了!秦天深吸一口气,脚步不停地往前走去。

就在这时候,秦天从眼角余光里看到了一个熟悉的身影,正迎面向他走来。

秦天的心跳一下停止了,那人赫然是韦石!

## 25 暗度陈仓

有句话叫"冤家路窄,狭路相逢",秦天和韦石不是冤家仇人,是至交好友,但他现在最不愿意遇到的,就是韦石。可惜命运弄人,躲都躲不开。

秦天骑虎难下,只能硬着头皮,保持着正常的步伐节奏,同时把头垂得更低,他现在只能寄希望于韦石没注意到他,但这种可能性实在是太小了。

奇迹出现了,韦石看上去似乎心事重重,眉头皱得很紧,和秦天擦肩而过,也没有多看他一眼。

秦天走出了公安局大门,全身都被冷汗湿透了,他快步走上车水马龙的大街,连头都没敢回一下。他的脑子里翻江倒海,一直在想一个问题:韦石到底是没发现自己,还是有意放自己一马呢？韦石素来以不讲情面著称，以他一贯的行事作风，很难想象他能干出这种徇私渎职的事；但义气深重的他，会不会在感情的驱使下，违背一次自己的本性呢？也不能排除这个可能。人本来就是矛盾的产物，常常要面对一个分裂的自我。

秦天顾不上想这些了，现在的当务之急，就是顺利出逃。他知道，用不了多久，警方就会发现他已经越狱脱逃，将在最短的时间内对他展开抓捕，他必须在更短的时间内制定对策，才能逃出警方布下的天罗地网。

秦天的内心突然泛起一阵苦涩，那是一种比黄连更苦的味道。当了半辈子警察，抓了无数的逃犯，也积攒了丰富的经验，他何尝能想到，有朝一日，他竟会以逃犯的身份，利用这些经验跟警察斗智斗力。这世上的事，谁能说得清？

秦天抬头搜寻一番，找到一个摄像头，他站在摄像头下，叫停了一辆出租车。的哥是个性格外向的小伙子，一副咋咋呼呼的劲头，看到身着警服的秦天，他眼睛都亮了，热情地招呼道："嘿，警官，欢迎你坐我的车！"

秦天一边系上安全带一边说道："我要去追捕一名逃犯，开警车去太扎眼，所以征用一下你的车，希望得到你的帮助。"

的哥对秦天的话没有任何怀疑，这条路就在公安局对面，谁敢在这儿冒充警察？他很干脆地一口答应："没问题，这是我的荣幸。您是不知道，我最敬佩的职业就是警察，打小就想当一名警察！"

秦天沉默了一下，说道："开车吧，上高速！"

半个小时之后，秦天频频回首，通过车窗玻璃往后看去，表情严肃地说了一句："有人开车跟踪我们。"

的哥一下紧张起来，他盯着后视镜，问道："我咋看不出来？"

秦天说道:"这些人很专业,而且不止一两辆车,他们使用了交替跟踪的方式,普通人看不出来很正常。"

为了避免的哥生疑,秦天尽量把谎撒圆:"那个逃犯不是等闲人物,既有雄厚的经济实力,又有黑道背景,别看他已经落马潜逃了,能调动的力量还是不小。我们这次根据内线消息,得知他藏身在邻市,这才兵分几路去抓捕他,没想到他的人跟得这么紧。"

的哥信以为真,一惊一乍地问道:"那怎么办?"

秦天说道:"我想出一个调虎离山的办法,咱们在车上把衣服换一下,你穿着警服开车往前走,不要停,我穿上你的衣服下车,穿过高速公路旁的树林和村庄,再翻过一座山,就能到邻近那座城市,这样我就甩掉了他们。"

秦天担心的哥不敢答应,故意使上了激将法:"你放心,那些人不会公然跟警方对着干,就算发现上了当,也不敢拿你怎么样,你不用害怕……"

的哥果然上了当,把胸脯拍得"咣咣"响:"警官,你别小看人,我会怕那些家伙?不瞒您说,我也是练家子,他们敢跟我炸刺,就别怪我收拾他们!"

的哥把车靠边停下,两人在车上换好衣服。的哥美滋滋的,挺着胸脯洋洋自得:"没想到,我这辈子还有机会穿一次警服!"

出租车驶上高速公路,的哥看了一眼后视镜,有些纳闷地问道:"好像没人跟踪啊。"

秦天信口诌道:"高速上他们不敢跟得太紧,在车上用望远镜盯着呢,你看不到他们,他们能看到你。"

的哥"哦"了一声,貌似内行地说:"那至少要15到20倍数的!"

出租车下坡转弯,秦天对的哥说:"这个角度会让跟踪者的视线暂时受阻,你把车开慢一点,我要下去了!"

的哥瞥了一眼高速路两侧陡峭的坡道,有些担心地问道:"行吗,警官?是不是不太安全?"

"没问题。"秦天拍拍的哥肩膀,带着歉意说了一句,"兄弟,算我欠了你的。"

秦天打开车门飞身下车,沿着坡道一路向下,在这个过程中,他扭脸看了一下,那辆出租车已经开远了。秦天知道,等待这位的哥的只有两种结果,要么被从后面追赶的警察撵上,要么在前面的收费站被交警截停。

一切都在秦天预料之中。警方通过监控发现他乘坐出租车逃逸后,会在第一时间追赶过来,同时在出城道路上严密布控,让他插翅难逃。

那位可怜的的哥一心协助警察,没想到却帮助了逃犯,在被警方拦停之后,他会交代一切,用不了多久,就会有大批警力,沿着自己的逃逸路线展开追捕。

穿过坡道下的那片密林,就会进入一片村庄,穿过这片村庄,再翻过一个山头,就会进入另一片村落,那里已经属于邻市。警方在抓不到自己的情况下,肯定会以为自己已经逃入了那座城市。

可惜,他们错了!

秦天停下脚步,快速原路返回,是的,他根本没打算逃出这座城市,他的行动不过是虚晃一枪,迷惑警方的视线!

一辆运煤车从远至近驶过来,在上坡兼转弯处大幅减慢了车速,与此同时,秦天快速穿越坡道,准备重新进入高速公路。这是他精心选择的地段,汽车在这里需要减速,而且属于无监控路段。

尽管如此,想攀上那辆行驶中的货车,也需要冒极大的风险。秦天掐算好时间,在货车经过的一刹那,奔上高速公路,他提气往上一跃,双手扒住车厢,然后爬上车顶,用刚才捡到兜里的一块锋利石片割破篷布，闪身钻进煤堆。

在卡车隆隆的行驶声中，秦天听到了警车鸣笛而过的声音。他知道，自己成功了，警方绝不会想到，他费尽心思地往外逃，只是为了遮盖他真正的目的——留在这座城市。

秦天相信自己骗过了警方，但并不是说他比警方高明，而是因为警方不认为他是冤枉的，也就找不到他能够逃出去却情愿留下来的动机。

秦天留下来的原因很简单，他必须去追查真相，但只有让警方以为他已经逃出了这座城市，他才能得到一个相对安全的环境。

货车驶入了市郊，秦天掀开篷布，确定四周无人后，从车厢上一跃而下。

秦天还没有站稳，便听到了一声大喝："站住，你被捕了！"

# 26

## 迷雾疑云

这一下把秦天吓得不轻,从头到脚出了一身冷汗。他定睛一看,只见从树后跳出一个男人,裤子都掉到了脚后跟,右手大拇指与食指成枪状,口中"啪啪"地喊着。

秦天愣了一下,细看对方表情,这才明白那是一个精神病,刚才可能是在树后解手,听到动静后跳了出来,差点把自己魂都吓没了。

秦天找了个地方躲了起来,筹划着下一步的行动,但不管怎么筹划,有一个难题始终跳不过去:他手里必须有钱才行,但他既不敢回家去取,又不可能打工去赚,还真不知道该怎么办。难道要用非法的手段去搞钱?这对秦天来说,简直是想都没法去想的事。

秦天突然想起来一件事，半年多之前，他查办一起命案，查出是一位商界大佬雇凶杀人，他拒绝了大佬的重金贿赂，发誓要将对方绳之以法，没想到却结结实实碰了壁。这位大佬手眼通天，他一手打通关节，一手找人顶包，最终成功脱身，让秦天切齿之余，又徒呼奈何。

秦天犹豫再三，下定了决心：这种恶人五毒俱全，手里的每一分钱都不会是干净的，不如把他当作下手的目标。秦天当然知道，对方的钱财干净与否，都不能成为自己偷盗的理由，但盗取这种不义之财，至少会让他内心好受一点。

子夜时分，秦天潜入了这位大佬的别墅。这个夜晚月黑风高，为他的行动提供了便利，尽管别墅里防范周密，让秦天遭遇了不少险情，但凭着他的手段，还是成功地盗出了一笔现金，有多少钱他没去细数，但估计有个四五万块。

卧室里传出如雷的鼾声，一个作恶多端的人竟然睡得这么踏实。再想想自己的处境，秦天心中恨意突起，他强抑住某种冲动，在黑暗中找到纸笔，在一张白纸上写下一行字：多行不义必自毙。然后把它挂在卧室门上。

秦天在夜色中踽踽而行，心里是满满的羞耻感。如果说被陷害怪不了自己，越狱逃亡也是身不由己，那暗夜偷盗又算什么呢？他虽然已经沦为逃犯，但骨子里还保持着一个警察的尊严，他实在无法把身不由己当作说服自己的理由。

秦天猛地甩了一下头，仿佛要竭力摆脱这些困扰自己的思想。是的，他要去做很多事，每一件都困难重重，他要逃过警方的追捕，要查出米妮被杀的真相，要跟那个可怕的黑暗王爵斗法，他不能沉浸在这种自怨自艾的情绪中。

秦天迈开大步往前走去，迎接他的是深不见底的黑暗。

## 26 | 迷雾疑云

秦天花了一个上午的时间，对自己进行了一番乔装改扮。他戴上假发套，粘上假胡须，架上一副金丝边眼镜，再搭配上刚买的高档西服，往商场的镜子前一站，里面俨然是个颇具风度的成功人士，和从前的警察形象判若两人。

秦天走到街上，心里踏实了不少。警方已经发布了对他的通缉令，他现在面临的最大危险就是被人认出来，经过这番乔装打扮，风险显然降低了很多。况且他相信，自己这一招暗度陈仓能够在短期内误导警方，让警方以为他已经逃出这座城市，把警力集中到跨市追捕上，放松对当地的布控和搜捕。

钱和安全的问题解决了，下一步就是寻找线索了。夜幕降临的时候，秦天走进当地最大的一家夜总会，点了一个最贵的包间。女领班殷勤探问："先生，有相熟的小妹吗？要不要给您推荐一位？"

秦天说道："曼宁在吗？我是特地来找她的。"

夜场女从来不用真名陪客，曼宁是米妮当陪酒女时的化名，这些都是秦天当初从米妮的信息资料里获知的，没想到现在派上了用场。

领班略一迟疑,说道:"她有事不能来,您另选一位吧。"

秦天一口回绝:"不行,我只要她,我可以等。"

领班有些纳闷:"先生,为什么非她不可呢?我们这儿,比她年轻漂亮的小妹多的是。"

秦天说道:"上次我喝醉了,她陪我聊了很久,句句说到了我心坎里,我只想再跟她聊一聊。"

领班终于说了实话:"先生,没有这个机会了,她死了……"

秦天装模作样地惊叫起来:"什么?怎么会这样?我上次见她,她还好好的!"

领班说道:"她是被人杀死的,具体情况我也不太清楚,不过先生您放心,她是死在家里的,我们的场子一向很安全。要不要我再给您介绍一位小妹?也许您会跟她更谈得来呢。"

秦天问道:"有没有哪位小姐,平时跟曼宁关系比较好、交往比较深的,麻烦你把她找来。"

领班细长的眉毛皱起来,眼神中有了警觉之色:"先生,我怎么感觉你不像是来玩的!"

秦天一句废话也没说,掏出一沓百元大钞递过去:"帮个忙。"

领班脸上立刻多云转晴,揣起钱,脚步轻快地出去了。片刻之后,一个浓妆艳抹的女人摆着腰肢进来,朝秦天抛了个媚眼,娇里娇气地说了句:"老板,我叫菲菲,请多关照!"

秦天虽然很少涉足欢场,也没有跟菲菲这种女孩打交道的经验,但他当警察这些年,对付过形形色色的人,随机应变的本事还是很强的。他先给了菲菲一笔小费,又灌了她两杯酒,哄得她眉开眼笑,嘴上也没有了把门的。

秦天眼看时机到了,开始切入正题:"曼宁陪过我几次,我们聊得挺投机的,这次一来就听说她被人杀了,到底是怎么回事,你知道吗？"

菲菲漫不经心地说道："米妮……哦，不好意思，我习惯了叫她这个名字。听说她是被一个警察杀掉的，具体为什么我就不清楚了。她这个人吧，性子太拧，看什么都不顺眼，跟客人也没少冲突，有这种下场也不奇怪。唉，这么大一个人突然没了，我这心里还真是空空落落的。人这一辈子吧，实在没什么意思。"

秦天若有所思，说道："据说她是为了保护那个逃犯男友，不肯交代他的下落，激怒了那个警察。"

菲菲的表情一下认真起来，瞪圆了眼睛问道："谁说的？"

秦天问道："怎么了？有什么不对吗？"

菲菲"喊"了一声，不屑地说道："简直是胡说八道，别人不知道，我还不知道吗？她恨不得伍龙这辈子蹲在牢里出不来呢！"

秦天愣了一下，他的心跳骤然加速，盯着菲菲问道："这话怎么说？"

菲菲说道："我跟米妮是同乡，认识有好些年了，对她的情况很了解。老早以前，她喜欢上一个大学生，喜欢得要死要活，为了帮他筹学费，这才下海当了陪酒女，还给他生了一个女儿。哪知道这小白脸没良心，得了便宜还骂她下贱，混得有点起色之后，就把她一脚给踹了。从那以后，她的心就死了，性格也越来越偏激……"

菲菲絮叨了半天，才说到伍龙身上："反正她这辈子吧，就没遇到一个好男人。跟伍龙同居那段时间，米妮没少挨揍，早就想跟他分手了，只不过伍龙是个强盗坏子，拿她女儿威胁她，她才没敢离开他。"

这些话看似平平无奇，但在秦天耳中，却可谓字字惊心。米妮和伍龙的真实关系竟然是这样的！那她当初为了伍龙跟自己产生激烈冲突，显然就是一种精心的表演。她为什么要这么做？难道就为了在自己身上留下抓咬的伤痕？为了给接下来的命案制造一个起因？为了让自己跳进黄河也洗不清？

　　一个极为关键的疑问出现了：她怎么能提前预知自己惨死的结局？

　　秦天回忆着案发现场的情况，一个念头像闪电一样，在他的脑海中划过：难道、难道她是死于自杀？

## 27

## 铁汉柔情

包厢外人声鼎沸,包厢内死寂无声。菲菲早就结束了讲述,一脸困惑地看着秦天。秦天一动不动地呆坐着,像是突然变成了一座静止的雕像,但他的脑子里却像是有一架风车,在不停地旋转着。

其实早在被陷害之初,秦天就怀疑过米妮是自杀,现场只有米妮和他两个人的足迹,警方会根据这一点把他锁定为凶手。但他自己很清楚自己没杀人,那么他自然会去怀疑,米妮是不是在用自杀的方式来陷害他。

但秦天最终还是否定了这种可能,因为他找不到米妮这么做的动机。他抓捕伍龙只是出于一个警察的职责,就算米妮会因为这个恨他,但这种仇恨肯定是有限度的,断不至于用自己的生命作为报复，能将锋利的匕首狠狠插进自己的小腹，那需要多么强烈的恨意？

况且秦天知道，米妮有一个女儿，她深爱着自己的女儿，即便是为了女儿，她也绝不会跟自己以命换命。

如今听了菲菲的讲述，秦天才恍然意识到，被自己否定掉的那种猜测，也许是最接近真相的，米妮这个受害人，很可能同时也是陷害者，也许从自己走进米妮家的那一刻起，陷阱早已挖好，结局已经注定。

但米妮为什么要这么做？秦天还是想不明白。

秦天心里还有一个疑问：既然米妮和伍龙并不是一条心，当初韦石找她，让他供出伍龙下落时，她为什么会跟韦石大闹一场呢？转念又一想，这也不能证明什么。米妮也许并不知道伍龙的下落，但韦石未必会轻易相信，一个作风强硬，一个性子倔强，这两人产生冲突，也是再正常不过的事，倒不见得是米妮在维护伍龙。

这时候，菲菲又凑近了一些，手指捻了一下，嬉皮笑脸地说："老板，你吸这个吗？我可以陪你一起吸，这儿就有现货。"

秦天愣了一下，盯住菲菲问道："你吸毒？"

秦天过于严肃的语气让菲菲有点不高兴了，她撇了撇嘴说道："有什么大惊小怪的，干我们这一行的，有几个不吸？"

秦天还想再说什么，菲菲呵欠连连，起身往外跑："不好意思，失陪一下。"

十几分钟后，菲菲回来了，看上去精神焕发，连眼神都是发亮的，整个人都散发出一种愉悦的气息。秦天看在眼里，却重重叹了口气，明知道自顾不暇，多管闲事没什么好处，但还是没忍住，说道："年纪轻轻的，怎么染上了毒瘾？能戒还是戒了吧，要不然迟早会后悔的！"

菲菲"嗤"的一声笑:"我怎么感觉你不像老板,倒像个老师。拜托,这是夜场,不是课堂!"

秦天说道:"我们活在这世上,并不只是为了自己,不要让父母亲人为我们痛心和失望。"

菲菲突然侧过脸去,声音渐渐低沉下去:"最重要的不是怎么活着,而是怎么活下去。有时候,人需要麻醉一下自己,才能坚持下去。"

秦天沉默了好一会儿,突然想到一个问题:"米妮也吸毒吗?"

"吸啊。"菲菲淡淡说道,"她比我吸的时间还长,已经发展到注射了。不过在我看来,也没太大区别,都是在走夜路,管他有多黑呢。"

秦天默然片刻后问道:"你知道米妮老家在哪儿吗?我想去看看她的母亲和孩子,好歹相识一场,她的一些话,也对我有过触动,这也算是一种缘分吧!"

菲菲扭过脸,看了秦天一眼,厚厚的脂粉遮住了她的表情,却没能遮住她眼神中的那一抹感动,她说:"我劝你还是不要去,免得碰钉子,如果说这世上还有比米妮更倔的人,那就是她妈了。"

秦天不能不去,从菲菲这里,他已经揪出了最重要的一条线索,要想沿着这条线索查下去,就必须对米妮这个女人有更进一步的了解。

米妮的母亲住在乡下,离城郊不远,仅数里之遥。那是一座年久失修的独门独院,秦天敲响院门的时候,心里还真是有几分好奇,他想象不出比米妮更倔的人会是什么样子。

秦天很快就见识到了。一个五十多岁的女人打开院门,上下打量着秦天,她表情肃然,眼神冷漠,语气中带着很深的戒备,问道:"你找谁?"

"你好，我是米妮的朋友……"秦天刚说了半句话，米妮母亲便脸色一变，冷冷地说了一句："她死了，你去阴曹地府找她吧！"

"砰"的一声巨响，门被狠狠关上，秦天吃了个闭门羹，脸上露出无奈的苦笑。再去敲门也是自讨没趣，就这么离开又不甘心，他只好漫无目的地在附近徘徊。

不远处的一棵大树下，有几个小女孩在跳皮筋，玩得兴高采烈，不时发出欢呼，奇怪的是旁边还有一个小女孩，正呆呆地看着女孩们玩耍。这个小女孩六七岁左右的样子，怯怯的表情，大大的眼睛，眼神里充满了羡慕，却不敢往前靠一步。

一个梳着羊角辫的女孩跳得太高了，一下没站稳，连退了几步，踩到了那个小女孩的脚上，小女孩"哎哟"一声叫，怯生生地说了句："姐姐，你踩到我了。"

没想到羊角辫一下变了脸，猛地推了小女孩一把，凶巴巴地嚷道："谁叫你站这儿的？不是早就跟你说过吗，离我们远一点！"

羊角辫一边嚷着一边推搡小女孩，小女孩又委屈又伤心，也有点急眼了，和羊角辫扭打在一起。就在这时，一个三十多岁的女人径直冲过来，一把推倒了小女孩。

小女孩好半天才爬起来，脸上身上全是泥土，她指着羊角辫，带着哭腔说道："阿姨，你不讲理，是她先动手打我的！"

女人正把羊角辫搂在怀里连声抚慰着，表情和语气中都充满慈爱，可她当转过脸来，却瞬间化身为女巫，横眉立目地冲着小女孩吼道："还敢犟嘴！谁让你离我家玲玲这么近的？你真跟你那个死鬼妈一个样，天生就是不值钱的货！"

小女孩哭了，大声喊叫着："不准骂我妈！"

"哟嗬，反了你这个小兔崽子了！"女人恶狠狠地捏住小女孩的脸颊，一边下狠劲一边叫嚣着，"我偏要骂，你妈就是个贱货、贱货！"

秦天看得真切，只觉得全身血液冲上头顶，他三步并作两步过去，握住那女人的手腕用力一扭，疼得她发出一声尖叫。

秦天努力压制住打人的冲动，怒视着那女人说道："对你这种人，我不想废话，我只想说一句，别把你自己的孩子也毁了，她还小！"

不得不承认，这世上有些人就是欺软怕硬，那女人被秦天的气势震住，拖上羊角辫悻悻地走了。

小女孩还在抽抽搭搭地哭着，脸上挂着晶莹的泪珠。秦天心中充满怜惜之情，第一眼看到这个小女孩时，他就已经猜出她是米妮的女儿，她的眉眼和妈妈至少有七分相似，最令秦天感到痛心的是，她那种饱含郁愤的眼神，也像极了她的妈妈。

从这个小女孩的身上，秦天仿佛看到了当年的小默，小默至今也没法走出往事的阴影，但愿悲剧不要再在米妮女儿的身上重演。

秦天蹲下身，和小女孩目光平视，问道："你叫什么名字？"

女孩抽噎了一下说："我叫端端。"

"端端？"秦天默默地咀嚼着这两个字，米妮给女儿取这个名字，是希望她这辈子能做个端端正正的人吗？秦天指着地上的一株小草，轻声细语地对端端说道："你看这些小草，表面看很弱小，但没有谁的生命力比它们更顽强。它们要突破坚硬的土壤，要承受没完没了的踩踏，要经历数不清的风吹雨打，甚至还有野火的焚烧，但它们从来不会自暴自弃，永远不会错过抬起头的机会……"

端端呆呆地看着那些野草，眼神里写满了一种稚嫩的感动。秦天轻声说道："端端，叔叔只想让你知道，不管是大树、鲜花，还是野草，所有的生命都是平等的，阳光和雨露都不会遗忘掉它，

只要我们自己不放弃，未来就一定是美好的！你明白叔叔的意思吗？"

端端眨着眼睛，似懂似懂地听着。秦天不指望她现在就理解这些话的意思，他只盼望能在孩子幼小的心灵里，播下一颗代表着希望的种子。

身后传来沉沉的咳嗽声，秦天站起身回过头，只见米妮母亲站在远处，正面无表情地看着他。

米妮母亲低垂着眼睑，缓缓说出一句话："去屋里坐吧！"

## 28 人性本善

米妮母亲和秦天在堂屋坐下,端端被她打发到了另一个房间,很显然她不想让孩子听到这种谈话。堂屋里光线暗淡,一如米妮母亲的表情,她淡淡说道:"我刚才说的不是气话,没有哪一个母亲,会诅咒自己的女儿。她真的死了,你不可能再见到她了,现在就回去吧!"

秦天说道:"我也是刚刚得到米妮去世的消息,这次来是想看望一下您和端端,看看有什么能帮上忙的。"

米妮母亲有些意外地看着秦天,问道:"你和她到底是什么关系?"

秦天早就想好了说辞:"其实我和米妮也只是萍水相逢,没有太深的交往,但她在我最绝望无助的时候,给过我帮助。那还是在三年前,我事业失败了,妻子也弃我而去,我失去了活下去的信心,只想大醉一场后离开这个世界。米妮陪我喝酒时,看出了我的轻生之意,想尽一切办法开解我,让我放弃了自寻短见的想法。后来我重新创业成功了,也想过要回报她,但还没来得及行动,总以为来日方长,没想到……唉……"

米妮母亲听完,神色缓和了不少:"她从事那种行业,接触的都是不三不四的人,我还以为你也是……刚才我态度不好,你不要见怪。"

秦天取出五千块钱,放到桌上,说道:"这点钱您先拿着,有机会我还会过来,您有什么需要帮忙的地方,一定要告诉我。"

不料米妮母亲坚决不肯要这笔钱,她沉下脸说道:"快把钱收回去,米妮为什么会走上这条路,就是因为想拿不该拿的钱!"

听米妮母亲这么说,秦天只好把钱收起来,两人之间一时无话,堂屋的气氛有些尴尬。端端探头往里看了一眼,又飞快地缩了回去。

秦天说道:"端端这个孩子一看就很懂事,刚才那个女人太过分了,她跟你们有过节吗?"

米妮母亲说道:"她和米妮是从小到大的玩伴,这些年米妮没少帮她,前前后后借给她不少钱。后来米妮有事让她还钱,她就跟米妮彻底翻脸了,整天在村里说她的闲话,没有一刻消停过。"

秦天叹道:"人性的丑陋,往往是没有底线的!"

"别人怎么做,是别人的事。身正不怕影子斜,自己先把名声扔掉不要了,又怎么能怪别人把你踩到脚底下呢?"米妮母亲越说越气,声音也越来越高,"就因为她自甘堕落,我跟她不知生过多少回气,我还对她发过狠话,让她不要回来,我只当没这个女儿,只当她已经死了!"

米妮母亲的声音突然顿住,用手捂住了自己的心口,那个"死"

字像一道黑色的符咒，从她的口中冷冷吐出，又重重地击中了她的心房。她缓缓闭上眼睛，从眼角滴下两颗浊泪，颤声说道："她真的死了……我才知道，只要她能好好活着，我可以什么都不在乎……可惜，她再也活不过来了……"

短短的时间内，米妮母亲情绪激烈地表达着两种截然相反的意思，仿佛她的体内有两个怒目相视的对手在用力拔河，这种内心的矛盾和纠结，让她的情绪近乎崩溃，用双手捂住脸，身体不住颤抖着。

面对这位正直而倔强的母亲，秦天也只能尽量劝慰："米妮已经不在了，过去的事情，您也不必再耿耿于怀，她也有她的无奈和身不由己，这世界上的事本来就不是黑白分明的。"

米妮母亲表情沉痛，嗓音嘶哑："到现在我都想不明白，我好好的一个女儿，怎么就变成了那个样子！你是没见过小时候的米妮，她善良、单纯、有爱心，看见街上的流浪汉，都会把仅有的一点钱给他。我睡不着的时候经常想，人来到这世上到底为的是什么，就是为了把自己从人变成鬼吗？"

秦天沉默着，不知该怎么接话，他突然想到了自己的遭遇，内心有一种感同身受的悲凉。

他的沉默让米妮母亲产生了误会，以为他不相信自己对女儿的描述，于是她起身去卧室取出一本相册，逐页翻开给秦天看。相册里有很多米妮从小到大的照片：骑着旋转木马的米妮、戴着红领巾的米妮、踮起脚尖跳舞的米妮、充满青春朝气的米妮……伴随着相册的翻动，时光仿佛也在快速流逝，米妮渐渐长大了，从可爱的女童变成窈窕少女，不变的是那明媚如阳光的笑容和纯净如泉水的眼神……

米妮母亲的声音变得柔和起来，和刚才语气生硬的她判若两人，那是一个慈爱的母亲，在谈论着自己最爱的女儿，她轻声说道："你看这一张，她笑得多开心，那是因为刚领了一张三好学生的奖状……"

秦天看着那些照片，听着米妮母亲的絮语，房间里充满着一种温情脉脉的气息，但这种气氛很快就消失了，米妮母亲渐渐陷入了沉默，翻动相册的动作也变得滞涩起来。

相册上的米妮从青春少女逐渐变成了成熟女性，她的容貌并没有太大变化，整个人的气质却在发生明显的转变：她的笑容越来越少，像阳光在消逝；眼神越来越暗，像泉水在干涸……

在令人窒息的沉寂中，秦天看到了相册里最后一张照片，那是米妮和母亲女儿的三人合影，也是这本相册里唯一一张全家福。米妮母亲坐在中间，不情不愿地绷着脸。端端拘束地看着镜头，眼神里有挥之不去的忧郁。三人之中只有米妮在微笑，但那笑容却遮不住眼神中死灰般的悲凉和绝望。

秦天若有所思，问米妮母亲："这张照片是什么时候照的？"

米妮母亲叹道："就是在她出事之前啊。她回来住了两天，非要拍张全家福，我对她意见那么大，哪有心情跟她拍？她硬是拖着我拍了一张，照片上我都没给她个好脸色，现在想想肠子都要悔青了。"

秦天心里那根弦，慢慢地绷紧了，问道："她还跟您说了什么？"

米妮母亲神情黯然："她还亲手给我做了一顿饭，莫名其妙地跟我说对不起，说她不是个好女儿，让我为她操心了，说如果有下辈子，她还当我女儿，这次一定当个乖乖女……"

米妮母亲说不下去了，眼里闪烁着泪光。秦天知道，兜了很多圈子，关键时刻到了，他问道："还有吗？"

米妮母亲撩起衣襟，擦拭了一下眼角，说道："还有一件怪事，她竟然给了我留下了一张……"

说到这儿，米妮母亲顿了一下，似乎有些犹豫，不知道该不该往下说。

秦天忍了又忍，还是没忍住，追问道："一张什么？"

## 29 真相显露

秦天没有等到期待中的答案，反倒等来了不想要的结果。米妮母亲眉头微微皱起，眼神中出现了怀疑之色，说道："你好像对这件事很有兴趣？"

秦天暗道不妙，他急于探知究竟，表现得太过明显，反倒让对方起疑。没办法，他只能尽量掩饰，说道："我只是觉得有点奇怪，米妮对自己的死似乎有什么预感似的，这里面会不会有什么蹊跷？"

米妮母亲淡淡说道："警方已经破案了，还能有什么蹊跷？人是万物之灵，预知到自己的命运，也不是什么稀罕事，有时候真的是冥冥之中自有定数。"

她显然不想再继续这个话题，秦天也不便再往下问，那样只会起到适得其反的效果。整场交谈到了最关键的节点,却不得不收住,这让秦天颇有几分无奈。

也许是刚才情绪起伏太大,米妮母亲显得有些疲惫,她靠在椅背上,用手揉着太阳穴,秦天见状,知趣地退了出来。

秦天来到院子里,看见端端蹲在那里,用树枝在地上胡乱地划拉着,孤独的表情让人心疼。看见秦天过来,她扔掉树枝站起身,怯生生地叫了声"叔叔"。

秦天心中一动,从这个小女孩口中,能不能打探出什么呢?他伸手往远处一指,和颜悦色地说道:"那里有一座山,我想去看看,又怕会迷路,你能给我当一回向导吗?"

秦天刚才那番润物无声的话,已经让他赢得了端端的信任和好感,她毫不犹豫地点头:"好!"

两人沿着山路往前走,沿途开满了五颜六色的野花,秦天摘下一朵野花,插在端端的发髻之间。端端有些害羞,微笑着低下头去。

秦天问道:"端端,你平时和妈妈在一起的时间多吗?"

端端摇头:"不多,我妈妈忙着挣钱,没有时间陪我,我一直跟着姥姥,她很久才来看我一次。不过妈妈说了,等她赚够了钱,买到了大房子,就接我去城里上学,再也不跟我分开了……"

说到这儿,端端低下头去,眼圈一下红了,咬着嘴唇说道:"她说话不算数,姥姥说她去了很远很远的地方,不知道什么时候才能再见到她……"

秦天心里一阵酸涩,隔了一会儿问道:"你最后一次见你妈妈,就是拍全家福那次,她跟你说过些什么?"

端端眨巴着眼睛回忆着,她毕竟只是个七岁的孩子,能想起来的只是些零碎的片段,表达得也有点前言不搭后语:"我困了,眼都睁不动了,妈妈还是搂着我,说个没完……她让我以后听姥姥的话,不准淘气……她说我的命会很好,肯定不会跟她一样,她会跟老天爷说好话……她还说她不管去了哪儿,都不会忘了我……"

端端表情有些懊恼:"妈妈还说了好多好多,我都给忘了,我只记得,我睡了一觉醒过来,她还在那儿说着……"

秦天点点头,他对端端说:"叔叔问你一件事,你知道了一定要告诉我,你妈妈有没有给姥姥放下什么东西,比如一张……"

"有啊!"端端不假思索地说,"妈妈让我出去,说有话跟姥姥说,我很好奇,就从门缝往里看,看到妈妈把一张很漂亮的卡片递给姥姥,让姥姥拿着到城里去买房子,剩下的让我上学用。"

秦天感觉心怦怦乱跳,问道:"后来呢?"

"后来姥姥问妈妈那张卡片从哪弄来的,妈妈答不上来,姥姥就把卡片摔到了地上,说她从来不用脏钱。叔叔,什么是脏钱啊?是沾上了脏东西的钱吗?"

面对着女孩纯净的眼神,秦天一时之间不知该怎样回答,他问端端:"那张卡片呢?是妈妈又带回去了吗?"

端端摇摇头,说道:"妈妈临走的时候,把卡片塞到了我衣兜里,让我交给姥姥。后来我就把卡片给姥姥了。"

秦天深吸一口气,尽量平复着心情,眼前的迷雾在渐渐散去,真相已经快遮掩不住了。很显然,端端口中的漂亮卡片,是一张银行卡,能买到一套房子还有盈余,卡里肯定是一笔巨款,以米妮的收入,不可能有这么多钱,那么答案也就显而易见了:有人出重金买通了米妮,把她设计成了陷害自己的工具。

但秦天还是觉得有点不可思议,金钱竟然有这么大的魔力,能买走一条活生生的生命?米妮这么做,虽然给女儿换来了好一些的条件,却让她永远失去了母爱,这样的交易值得吗?

山下传来米妮母亲的呼唤，端端有些着急地说："姥姥在叫我了，我得赶紧回去了。"她一路小跑地往山下走，秦天在她身后叫道："小心点，下坡路，别摔到了。"

秦天话音刚落，端端脚下一绊，跌倒在地。秦天赶紧过去把端端扶起来，发现她的膝盖摔破了，正慢慢沁出血来。秦天赶紧掏出纸巾，想给她擦拭一下，不料端端受惊般往后一跃，连连摆手说道："叔叔，不可以，血里面有毒的，会把病传染给你！"

秦天一愣，盯着端端，问道："谁告诉你的？"

"妈妈跟我说的。她上次切菜时，不知道在想什么，一不小心把手指切破了，流了好多血，我拿起她的手指要往嘴里放，给她吮吸止血，谁知道妈妈一下变了脸，狠狠地打了我一巴掌。那是她第一次打我，我委屈得哭了，妈妈也流泪了，她把我搂在怀里，告诉我，血是有毒的，不能随便碰……"

秦天脑子里电光连闪，所有的碎片一下子都串联起来了：长期吸毒的米妮患上了艾滋病，她害怕病毒通过血液传播给女儿，这才会有那种反应，也正因为命不久长，她才会做出那种选择，和那个黑暗中的魔鬼达成交易。

端端跑远了，秦天目送她瘦瘦小小的背影消失在视线尽头，俯下身从地上捡起了一朵野花，那是从端端的发间掉落的。秦天把这朵野花放入衣兜，这也算是他和这个小女孩一段浅浅缘分的见证吧。他在内心默默地祈祷，希望这个命运坎坷的孤女，从此不再遭受苦难，永远与温暖相伴。

下一步该怎么办？这是秦天迫切需要面对的问题。到目前为止，除了匕首柄上指纹的来历还没有搞清，其余的拼图都凑齐了，但这最后一块拼图，也是困扰他最深的一个难题，让他百思不解，却又追索无门。

不过即便少了这一块拼图，以现有的线索，只要深查下去，也足以证实米妮是死于自杀，证明他是被冤枉的，问题是他只是个被通缉的逃犯，掌握再多的线索也是徒劳。

秦天想来想去，只有一个办法，就是把查出的线索提供给警方，向并肩作战多年的战友韦石寻求帮助。

天黑透之后，秦天潜入韦石居住的小区，站在那扇熟悉的门前，他心情有些复杂，呼吸有些急促，他调整了一下情绪，伸手按响门铃。

片刻之后，脚步声响起，在门口停住，显然是韦石在通过猫眼观察外面。

门开了。

# 30 鬼魅现形

尽管秦天乔装打扮过，从表面上看和过去判若两人，但还是没能骗过韦石的眼睛，他们对彼此的熟悉，是深入到血液里的。

两人默默地对视着，一个在门里，一个在门外；他们的身份已经彻底对立，一个是警察，一个是逃犯。

但韦石就像什么都没有发生过，侧身让秦天进房，跟从前一样，淡淡地说了句："来了，坐吧！"

两人并排坐在沙发上，一人一支烟，狠狠地吸着，房间里很快烟雾缭绕，他们看不清对方的表情，却似乎找到了一种久违的默契。这是他们一贯以来的相处方式，秦天沉默寡言，韦石也不爱说话，两人经常这样闷坐半天，偶尔交谈一两句，但不知有多少陷入困局的案子，就是在这种情况下柳暗花明。

秦天掐灭烟头，语调沉缓地说道："韦石，我今天来，有很重要的事托付给你，那个案子能不能水落石出，我的冤情能不能得以洗雪，就全靠你了！"

烟雾渐渐散去，韦石目光灼灼，盯着秦天不说话，秦天问道："怎么？你还是不相信我是被陷害的？"

"不，我现在信了！如果你真是凶手，既然已经逃出去了，就不会来自投罗网。我还没有那么大的本事，能帮凶手脱罪！"

秦天突然有种想哭的冲动，他用略显沙哑的声音说道："你知道吗韦石，别人不相信我，我可以接受，连你都认定我是凶手，真的让我感到绝望。"

韦石叹道："这可能就是我跟你最大的不同，如果是我被诬陷，你肯定会毫无保留地相信我，可我不行，我一直是个理性大过感性的人，我也不知道这是我的优点还是缺点。"

秦天说道："不能怪你，只能说那个局设计得太高明了，我到现在都没找到最关键的那块拼图。"

"这么说，至少拼图基本完整了。老秦，你查到了什么线索？说出来听听！"

秦天把自己掌握的情况尽数告诉了韦石，又提出了自己的建议："你可以去疾控中心查一下，本市的艾滋病患者都会登记在册，我相信能查到米妮的名字。确定这件事后，再去询问米妮母亲，从那张银行卡查起。米妮出事前跟她有过密切接触的人，也应该列为重点排查对象……"

韦石点头说道："老秦，你放心，我一定会追查到底，还你一个清白。不过，你也需要答应我一件事。"他加重语气，说出四个字："投案自首！"

秦天苦笑一声："我既然找到你门上，就做好了这个准备。你职责所在,我不会让你为难。"

"那好,我们现在就去单位,老秦,记住要保证口风一致,就说你是到我家里,主动向我投案自首的。"韦石取出一副手铐,面带歉意地对秦天说,"该走的过场,还是要走一下,我知道你能理解。"

秦天看着他,突然问了一句话:"韦石,我想知道,那天在公安局门口,你有没有看到我?"

韦石面无表情地说道:"我视力一向很好,不过说来也巧,那天眼睛正好出了一点毛病。"

秦天笑了,他抬起双手,静待手铐加身,但不知为什么,他不愿目睹这一场面,只好侧过脸去,面对着左边的墙壁,他的目光突然被墙壁上的一排孔洞吸引了。

那是四个螺钉钻出的孔洞,呈长方形排列,不知道原来用来钉住什么,现在螺钉不知去向,只剩下四个略显突兀的孔洞。

秦天盯着那四个孔洞,隐隐觉得有点不对劲。他上次来韦石家喝酒时,那片墙壁好像不是空的,在现在留着孔洞的地方,似乎放置着一样东西,是什么呢……

秦天脑子里电光石火般一闪,突然猛地打了个激灵,他想起来了……

那天晚上,在韦石的热情劝酒之下,他喝得酩酊大醉,耳边传来韦石大着舌头的声音:"老秦,你看到那个了吗?"

顺着韦石手指的方向,秦天的目光落到那面墙壁上,墙上的剑架上面,放着一把精致无比的短剑,剑鞘上缠绕着金丝银线,在灯光下熠熠生辉。

韦石过去取下那柄短剑,手托剑鞘走过来,有些得意地对秦天说:"这是我一位朋友送我的,不敢说吹毛利刃,也不差多少,

你拔出来看一看。"

秦天头脑昏昏沉沉,身体晃晃悠悠,醉眼蒙眬地伸出手,握住短剑剑柄,"唰"的一声,拔剑出鞘,秦天只觉得耀眼生光,赶紧又把剑插回去,摆着手说道:"快收回去吧,都喝多了,别割了手。"

秦天当时喝太多了,意识半清醒半模糊,这件微不足道的小事,酒醒后就忘了,在记忆中如风过水无痕,直到这四个突兀的孔洞瞬间激活了那一幕。

这时韦石已经走到秦天面前,将手铐铐向他的手腕,秦天猛地把手缩了回去,由于速度过于迅疾,韦石来不及停手,铐环锁合的同时,发出"咔"的一声脆响。

那声音并不如何响亮,却如同一声惊雷,在房间里炸裂,炸出一片死寂。两人在咫尺间对视着,谁都没有说话。

如果有重新选择的机会,秦天宁愿自己没有发现那些孔洞,可他现在已经发现了,思想便开始不受控制地往下走。他是韦石家的常客,熟悉他家里的一草一木,现在回想起来,韦石从来没有收藏刀剑的爱好,那面墙上也从未安装过剑架。这把短剑他仅仅见过一次,也只拿了一下,接着便在两天之后,掉入了那个陷阱,最让他百口莫辩的,就是凶器上留着他的指纹。这一切都是偶然的吗?那韦石为什么又要急不可待地把剑撤掉,甚至把墙上的剑架都拆卸下来?

秦天重重地呼吸着,他眼睛盯着韦石,手指指着墙壁,一字一句地问道:"那柄剑呢?我想再看一下!"

"抱歉,送给朋友了。"韦石的声音很平静,表情也没有任何变化。

"可不可以给你那位朋友打个电话?让他把剑送过来,让我看一眼,看完后我马上跟你去归案。"

韦石再次陷入沉默,对秦天来说,这是一种可怕的沉默,这种沉默已经说明了一切,他最近经历了那么多事,哪怕身陷囹圄蒙受奇冤,都没有这一刻么绝望。

最后一块拼图到位了,最大的困惑也就破解了:对方把留有他指纹的剑柄用布包起来,把剑柄截短后安到一把匕首上,一个完美的陷害工具就悄然问世了。米妮在用这把匕首自杀时,只要掀起衣服垫住双手,就不会在匕首柄上留下指纹。这么一来,凶器上唯一的指纹就是秦天的!

真相终于浮出了水面,秦天却彻底坠入了深渊,他脸上露出一抹惨笑,说出的每一个字都牵动肺腑,让他痛不可当:"我竟然指望你帮我讨回清白,还有比这更可笑的事吗?我一直把你当至交兄弟,你为什么要这么害我,为什么?"

秦天多么希望韦石能暴跳如雷地坚决否认,哪怕狠狠揍自己一顿,揍得头破血流,他也不会有任何怨言。谁叫他胡乱猜疑自己的兄弟?还有比这更令人愤怒的事吗?

然而,韦石既没有气愤的表示,也没有抗议的意思,他的表情似乎冻结了,又像是戴着一副面具,但他的眼神在渐渐冷下去,瞳孔里仿佛浓缩着最深的夜色。

秦天突然间发现,这个和自己相交多年的男人,竟是如此的陌生,他猛地想到一个人,不由脱口而出:"黑暗王爵?你是黑暗王爵!"

听到秦天说出"黑暗王爵"这四个字,韦石的脸色终于变了。

# 31 人妖颠倒

韦石竟然是黑暗王爵！这突如其来的发现超出了秦天的心理承受范围，他感觉有一把高速旋转的电锯，带着"嗡嗡"之声锯下来，锯开了他的头颅和躯体，撕裂了他的血肉和灵魂。

在一种豁然贯通的感觉里，秦天一下想明白了很多事：怪不得在和黑暗王爵的斗法中，他处处陷于被动，原来他在黑暗中追寻这个魔鬼的踪迹时，这个魔鬼就悄然无声地站在他的身后。

怪不得自己在一开始决定帮凌丹讨回公道、追查黑暗王爵时，韦石曾出言劝阻，原来害死凌丹的元凶，就是他自己！

怪不得黑暗王爵能洞察贺炜一案的秘密，并用来要挟自己。在这个世界上，能窥破那个冤案的，除了他自己，无疑就是韦石了。

怪不得伍龙能瞄准自己的软肋，顺利地绑架挟持小默；怪不得他能逃过警方的密集搜捕，藏匿到踪迹不露；怪不得他能识破警方的计谋，找到董亮家中追杀小默。不是因为这个逃犯有三头六臂，而是因为暗中帮助他的黑暗王爵，披着刑警队长的外衣！

怪不得自己一踏入米妮家，就掉入了一个事先挖好的陷阱；怪不得自己蒙受奇冤，跳进黄河也洗不清；怪不得自己的指纹出现在匕首柄上，他搜肠刮肚也找不到原因。不！不是因为他无能，而是他从来不曾想过，他最信任的那个人，会在背后向他伸出黑手！

可是黑暗王爵不只知道他的秘密，还能洞察那么多人的秘密，这又是怎么回事？

这个问题不能深想，越想越让秦天觉得不寒而栗。韦石在警校学的是犯罪心理学专业，专门研究和挖掘人的心理意识。他具有丰富的刑侦经验，对侦查监听之类极为在行。以他的身份和地位，想找到帮凶爪牙轻而易举。如果韦石利用这些条件在黑暗中兴风作浪，想想都是一件令人恐惧的事！

韦石为什么要这么做？秦天心里很快有了答案。这个野心勃勃的男人，一直觉得自己怀才不遇，偏偏由于性格过于刚硬，在仕途上已经很难再有发展。也许一个小小的刑警队长，已经无法装下他膨胀的野心，他不但要做现实社会的强者，还要做黑暗世界的王者；不但要在白天成为法律的化身，还要在黑夜裁夺他人的生死。他要当上帝还要当魔鬼；他要昼断阳世、夜断阴司！

那么多秘密被他掌控，那么多把柄被他握牢，那么多奴隶被他操纵，黑暗中的他具有何等让人生畏的能量？必须阻止这个正在膨胀壮大的魔鬼，否则还不知道他会做出多么可怕的事！

可是他凭什么去阻止？一个是上了通缉名单的逃犯，一个是代表法律和正义的警察，谁会相信逃犯对警察的指控？原来这个世界非但不是黑白分明的,有时候甚至是人妖颠倒的!

房间里的空气几乎凝滞,仿佛一根火柴就能引爆,在令人窒息的紧张气氛里,秦天突然发出一声叹息,问道:"韦石,你还记得我们第一次见面时的情景吗?"

韦石微微一怔,僵硬的表情松弛了一些,语气中似乎也颇有感触:"怎么会不记得呢?那是我们这批新人到警队报到的第一天,局里以座谈会的形式欢迎我们,局长为了拉近跟大家的距离,逐个询问大家为什么要当警察,我记得第一个被问到的是乔杉,他说自己最喜欢跟高智商的人斗法,这种人集中在犯罪者里,所以他就来了……"

秦天回忆起当时场景,似乎忘了眼前的处境,嘴角露出一丝笑意,说道:"局长哪听过这种话?当时脸就黑了,又不便动怒,只好去问下一个。可能局长的问题触动了你的内心,你带着感情谈到了你小时候的经历。你父亲是个残疾人,母亲精神有点问题,你们一家在村子里受尽了欺凌,偏偏你又性子倔强,从来不肯低头,有一次向一个侮辱你的恶少挥出了拳头,得罪了一个村霸家族,从此你们一家更是处境艰难,活在看不到尽头的黑暗里。那时候你就暗自发誓,要当一名警察,不让亲人再受到任何欺辱!"

这番话显然牵动了韦石的情绪,他默然片刻才接上话:"这些话显然也不是局长想听的,他的脸色更难看了,好在你的讲述改变了有些尴尬的局面,也感动了很多人。你说你父亲就是一位警察,由于这份工作,他常常遇到危险,疏于照顾家庭,和你母亲离了婚,跟你的关系也很紧张。你一点都不喜欢警察这个职业,甚至有几分讨厌,直到有一天,你父亲为了解救幼儿园的孩子,和一名绑匪同归于尽,壮烈牺牲。搂着血泊中的父亲,你才理解了他的伟大和艰辛,理解了警察这份职业的无私与光荣。也就是在那一刻起,你决心要子承父志,去当一名人民警察……"

两人忆及往事,你一言我一语,像老友在谈心,气氛显得很融洽,但秦天和韦石都知道,这只是风暴前的最后一刻平静,决裂前的最后一抹温情。

"一转眼,十七年了,那个决心当一辈子警察的人,成了一个被通缉的逃犯;那个曾经痛恨黑暗的人,成了一个统治黑暗的魔鬼。这世上的事,有谁说得清?"秦天的语气之中,开始露出锋芒,"但有一件事是永远不会改变的,没有人能骗过自己的心,就算全世界都把我当逃犯,我心底仍然坦坦荡荡。也许所有人都会把你当作正义的化身,但你照镜子时一定能从自己的眼神里看到邪恶!"

秦天盯着韦石,一字一句地说道:"韦石,收手吧,黑暗再肆虐,天还是会亮的,到时候你后悔就来不及了。"

韦石淡淡说道:"老秦,你遭人陷害,落到这种境地,难免疑神疑鬼,我不会怪你。你如果真的怀疑我,归案后可以向上面反映,有需要我配合的地方,我绝不会有二话。你看怎么样?"

秦天说道:"这么做有没有用,你比我更清楚。其实有一个最简单的方法,韦石,你看着我的眼睛对我说,你不是黑暗王爵,也没有参与陷害我,我一定会相信你的话。来吧!"

在秦天冷冷的逼视之下,韦石的瞳孔在慢慢地收缩,他最终还是挪开了目光,盯着手中那副手铐说道:"老秦,对不起了,你不愿意主动投案,我只能来硬的了!"

韦石神情一变,脸上煞气毕露,朝着秦天猛扑过来。

与此同时,房间里突然一片黑暗。

## 32 密林鬼影

和黑暗同时到来的,还有砰的一声巨响,有一样东西掉到地上,摔得四分五裂。

掉下来的是吊灯碎片,在韦石扑过来的一刹那,秦天捞起茶几上的烟灰缸,用力砸向天花板上的吊灯。

突然降临的黑暗让韦石猝不及防,他猛地停下了动作,摆出防御的姿态。

秦天在扔出烟灰缸的同时,已经看准了门的位置,在黑暗降临的那一刻,他快步冲向门口,摸到门锁拧开,开门出去后,反手把门关上。

走廊里的声控灯应声而亮,秦天从地上的垃圾袋里翻出一件硬物,朝着声控灯砸去,伴着清脆的碎裂之声,走廊里也陷入了一片黑暗。

秦天知道，黑暗意味着未知的危险，韦石在找到光源照明之前，是不会冒险开门出击的，那样很容易遭到伏击。

秦天把脚步放到最轻，眼睛盯着门的方向，身体慢慢往后倒退，一直退到电梯那里。秦天揿下按钮，随着电梯门的无声开启，他才轻轻呼出一口气。

秦天站在轿厢里，看着红色的数字一路向下，知道自己暂时安全了，电梯升上去再降下来的工夫，足够自己从容遁逃了，韦石已经失去了抓到他的最佳时机。

从一开始，秦天就没打算跟韦石硬碰硬，因为不管结果如何，输家都是自己。韦石制住了他，是警察擒获逃犯，立下大功一件；他制住了韦石，是逃犯报复警察，罪上加罪而已。这注定是一场不公平的较量。

秦天尽量避开摄像头，转乘了三辆出租车，穿大街钻小巷，最后驶上了城郊地带。这么一来，就算韦石想调集警力追捕他，也很难一下子摸清他的去向。

第三辆出租车的司机看样子是个话痨，几次三番跟秦天搭讪，但秦天心事重重，哪有心情跟他闲聊？

秦天很清楚自己目前的危险处境，虽然他识破了韦石的真面目，却拿他一点办法都没有。自己连杀人的罪名都洗刷不清，想扳倒对方无异于天方夜谭。何况他并没有任何直接的证据，能证明韦石是黑暗王爵。

但韦石肯定不会因为他暂时的无能为力而放过他，一个以操控他人秘密为手段的恶魔，怎么可能接受自己的秘密被人掌握？他势必会打着追捕逃犯的幌子暗下毒手，让自己永远不再有开口的机会。

韦石会顾及往日情分，对他手下留情吗？这个想法在脑子里一掠而过，很快被秦天否决掉了。是的，他必须认清一个残酷的事实，那个曾经跟他并肩作战、把酒言欢的韦石已经不存在了，现在的韦石，是一个在黑暗中修炼得冷血无情的魔鬼。

留得青山在，不怕没柴烧。他只有先逃过韦石的魔掌，才有机会搜集证据反败为胜。

这时候，的哥的话打断了他的思绪："老哥，你到底要去哪儿啊？再往前走，旅店都没有了。"

秦天不知该怎么回答，这是他目前面临的最大困境。警方既然已经知道他仍然藏身在这座城市，势必会在接下来的时间展开地毯式搜捕，旅馆肯定在重点排查范围内，住在那里无异于坐以待毙。租一处房子藏匿起来？风险同样不小，难保不被附近的居民察觉到，向摸排走访的民警进行举报。

秦天熟知警方的搜捕排查手段，因此能够本能地避开最危险的区域，但要藏匿到什么地方，他暂时还没想好。

公路开始变成土路，路两旁是枝叶稀疏的槐树，在夜色中像一个个披头散发的人影，静默无声地目送着出租车疾驰而过。的哥的声音有些发虚："老哥，我不能再往前送了，一会儿还得往回走，黑咕隆咚的，瘆得慌。"

秦天说道："你一个大老爷们，怕什么？难道还会怕鬼不成？"

的哥干笑一声："怕鬼有什么丢人的？有谁不怕鬼？！"

秦天啼笑皆非："这世上有鬼吗？"

"怎么没有？"的哥不假思索地说，"我老丈人村子后面的那片山林里，最近就在闹鬼。半年多之前，有个老男人不知受了多大的屈，在那片山林里上了吊。据说从那以后，那片林子里就开始闹鬼。不过也真有那不信邪的，就在十几天前，一个自以为胆大的后生喝了半斤猫尿，跟朋友打赌，深更半夜的跑到那片林子里，也不知他遭遇了什么，反正胆子都吓破了，连滚带爬地逃回来，直接住进了精神病院……"

秦天心中一动，问道："这是咱们当地的事吗？"

"当然是了，我老丈人住石窝村，离这儿也不算远，十多里地。"

秦天点点头没说话，心里已经打定了主意。石窝村后面那片山林，他很久以前去过，那里谷深林密、草木茂盛，很适合作为藏匿之地，最关键的是闹鬼的传言会让附近村民望而却步，从而大幅降低他行迹暴露的风险。至于闹鬼的传言，秦天倒不怎么在乎，黑暗王爵的现形让他越发觉得，这世上最可怕的不是鬼怪，而是人心。

从出租车上下来后，秦天辨清方向，借着依稀月光赶往石窝村。三个小时之后，他来到了那座村庄前，整个村子黑黝黝的一片，只有一两点零星的灯火。秦天藏身暗处，耐心地等候着所有的灯光依次熄灭，这才轻手轻脚地走进这片村庄，除了偶尔响起的一两声狗吠，整个村舍都静寂无声。

穿过夜色笼罩的村庄，一路往高处走，就进入了那片山林。路越来越难走，到后来就没有了路，地上是积了很厚的陈年落叶，脚踩上去发出密语般的声音。秦天刚拨开一根挡路的树枝，突然感觉有人从身后扯住了他的衣服……

秦天惊出一身冷汗，他迅速回头，这才发现，是一丛荆棘挂住了他的衣服。

秦天稳了一下心神，继续往密林深处走，又走了一段路，不知怎么的，他的心里有种强烈的不安，似乎感觉到黑暗之中有一双眼睛，正阴森森地盯着自己。他游目四顾，头皮一阵发麻，他真的看到了一双眼睛，像两个深不见底的黑洞，藏在浓密的枝叶里，冷冷地窥视着他……

秦天纵身往后一跃，靠在一棵大树上面，神情紧张地盯着那双眼睛。眼睛蓦然间消失了，随着扇动翅膀的声音，一只猫头鹰翩然远去。

秦天爆了一句粗口，擦着额上的冷汗，就在他惊魂未定之际，黑暗深处突然传来一阵阵哭声：那是一个男人的哭声，粗喉咙大嗓门的，却哭得抽抽噎噎，像一个女人在悲泣。

秦天只觉得全身的汗毛都竖了起来，心中的惊骇简直无法形容。难道这密林中真的有鬼？他想掉过头去赶紧逃离，可他能逃到哪儿去呢？逃到警方布下的天罗地网中？逃到暗无天日的深牢大狱里？还是逃到韦石黑洞洞的枪口之下？

秦天的胸中突然冒出一股无名之火，这愤怒的火焰甚至盖过了恐惧。他已经被逼到这份儿上了，难道还不够吗？管他是人还是鬼，反正现在烂命一条，还有什么可怕的？

想到这儿，秦天索性迎着哭声走过去，可他走了一段时间后，

那哭声却越来越远，渐渐地渺不可闻了。

秦天坐下来，不停喘息着，他这时候才感觉到累。短短的一夜时间，他经历了太多事，从肉体到精神，都有种不堪重负的感觉。他把衣服铺到地上，躺上去，闭上眼，很快便沉沉地进入了梦乡。

暗夜中的山林，显得那样静谧，但这表面上的宁静里，却隐隐透出一种不安的气息。草丛里突然传来一声响动，也许那是夜行的动物在捕食；树梢的叶子蓦地一阵发抖，也许那是夜风在吹拂……可是，那由远至近的脚步声，又是怎么回事？

伴着轻轻的脚步声，一个幽灵般的黑影出现了，他走到秦天面前，静静地窥视着他……

黑影缓缓抬起手，那是一只正在滴血的手，朝着秦天的脸，一寸寸地逼近……

## 33 生死相搏

秦天猛地一阵惊悸，蓦地睁开眼睛，发现天光已经大亮。他摇了摇有些发沉的脑袋，总觉得有点不太对劲儿，但哪儿不对劲，却又说不上来。

秦天找到一处山涧，想洗一把脸，当他看到自己倒映在溪水中的面孔时，一下子愣住了。溪水中的那张脸糊着血污，看上去跟个活鬼差不多。

秦天把脸洗干净，把清溪当作镜子，仔细观察了一下，确定脸上并没有伤口，那他脸上的血污又是从哪儿来的？莫非真的是鬼魂的杰作？难道他是在对自己发出警告，让自己速速离开这片山林？

秦天的拗劲也上来了，他偏偏要留下来，跟这个不知是人是鬼的家伙斗一斗。

一阵"咕噜噜"的声响，那是肚子在提抗议了，从昨天晚上到现在，秦天还没有吃一口饭。他在山涧里捕了几尾鱼，生火烤熟，伴以野果，一口气吃了个饱。但这种充饥方式，显然不是长久之计，秦天盘算着随后下山一趟，去买一些干粮、腊肉和食盐来。

白天的山野看上去很美，但秦天却无心欣赏，只管躺在树荫下闭目养神。他必须攒足精力，等待着夜晚的来临。身为一名警察，被鲜血涂脸，却浑然不觉，实在够丢人的。虽然主要原因是疲累过度，睡得太死，但秦天还是没法原谅自己。他绝不能容忍这种情况再次发生，哪怕对方真的是鬼，自己毫无反抗之力，也要看个真真切切，死个明明白白。

夜幕很快降临了，黑暗笼罩了山野，所有景物都化作暗影。不知什么时候起风了，树木摇晃如人形，风声中夹杂着各种奇怪的声音。秦天眼睛闭着，耳朵却像雷达一样，捕捉着每一丝细微的响动，他的精神高度紧张，像一根绷紧的弓弦。

整整一个晚上，秦天都没睡着，可他做好了应对的准备，那个恶鬼却连影子都没有再出现，天快亮的时候，秦天撑不住了，眼皮子打了半天架，朦朦胧胧地进入了梦乡。

一阵"沙沙"的声响将秦天从浅睡眠中惊醒，那是脚踩在落叶上的声音。秦天迅速起身躲到树后，朝着声响传来的方向看去。

秦天没看到鬼，他看到了一个人，但他现在宁愿看到鬼，也不愿看到这个人。这个身着警服、面色冷峻的男人此时此刻出现在这里，意味着什么，秦天比谁都清楚。

这么大一片山林，如果秦天想躲起来和韦石玩捉迷藏的游戏，韦石未必能轻易找到他，但秦天不想躲藏了。也许一切的恩怨情仇，都到了该了断的时候；也许这晨雾弥漫的密林，就是最终的决斗之处。

韦石像一只矫健的猎豹，步伐轻捷地踏在落叶之上，目光炯炯地环视四周，他的右手放在腰间，那是手枪所在的位置。秦天暗自思忖，要想获得跟韦石公平决斗的机会，必须先兵行险着！

韦石从那棵树前经过时，秦天捡起一块石头，扔到他正前方的一处灌木丛中，那"嗵"的一声巨响惊动了韦石，几乎是出于一种职业的本能，他迅速拔出手枪，对准那片灌木丛。

秦天从树后一跃而出，扑到韦石右侧，韦石反应也够快，一个急转身，和秦天正面相对，可惜却没能防住秦天接下来的动作，被他飞起一脚，踢中手腕，那把枪脱手飞起，坠入地上厚厚的陈年落叶中，顿时踪迹不见。

秦天和韦石相对而立，沉默地注视着对方，仅仅隔了两个夜晚，这一对曾经的战友、今日的仇敌，便再次见面了。秦天面无表情地说道："我没想到你这么快就能找来。"

韦石说道："多少有点运气的成分，我料到你是乘坐出租车离开的，又知道你当时的装扮，于是让一个的哥里的老大级人物，帮我在他们的职业群里问了一下，找到了那个拉过你的司机，问清了你们的交谈细节，就不难猜出你的藏身之地了。"

秦天说道："你判断出了我的下落，正常的处理方式，应该是调集警力，对我进行围捕，但你却选择了孤身犯险，这证明了一件事……"

秦天和韦石的注意力全都放到了对方身上，谁也没察觉到，有一个鬼鬼祟祟的身影，蹑手蹑脚地走过来，躲在一棵大树后面，偷偷听着他们的交谈。

秦天继续说着："你不想那个秘密，被第三个人知道，你要让那个秘密，被永远埋葬，对吗？"

韦石表情阴郁，冷冷地沉默着。

秦天说道："你根本没打算履行一个警察的职责，把我抓捕归案，因为你知道我会指证你。也许没人会相信我的话，但你还是不放心。你现在真正想做的，是给我扣上拒捕反抗的帽子，让我永远闭上嘴，对吗？"

韦石刚想说什么，秦天已经打断了他："韦石，到了这种地步，你如果还是言不由衷，说一些冠冕堂皇的假话，那就是从来没把我当过朋友！"

韦石长长呼出一口气，声音低沉地说道："对不起，老秦，我从来没想过要害你，但我有我的不得已。"

他终于承认了！秦天惨然一笑："什么都不用说了，我只是没想到，我们会走到这一步！"

韦石说道："我孤身前来的原因，你只说对了一半，我陷害你在先，再聚集警力围捕你，这种事我做不出来。我宁愿跟你来一场公平的对决,把一切都交给老天爷决定。你输了,算是你上辈子欠了我的;我输了,就也用不着再纠结了。"

说到这儿,韦石把目光落到地上,那把手枪被厚厚的落叶掩埋,已经完全找不到一丝痕迹。他缓缓说道:"这把枪我一向随身携带,并不是用来对付你的。我们从来没有交过手,今天也许是唯一一次机会,来吧!"

话说到这份儿上,再说什么都是多余的了,两个人各施拳脚,展开激烈的搏杀,谁也没给对方留情面。两人都受过专业训练,都曾经身经百战,打斗到一起后才发现,双方势均力敌,谁也占不到便宜。秦天瞅准对方破绽,一记肘锤重击韦石肋部,韦石疼得倒吸冷气,他也真够强悍,非但没有后退半步,反倒趁着秦天收势未及,以一种两败俱伤的打法,一记重拳击打到对方脸上。

秦天的眼镜被砸飞了,假发也歪向一边,他索性扔掉假发,把假胡须也撕了下来。

两人同时后退一步,气喘吁吁地瞪视着对方,像两只斗红眼的公牛,随时准备发起下一轮攻击。

树后那个人一直不慌不忙地看着,一副坐山观虎斗的架势,可是当秦天露出真容时,这个人却全身猛地一震,他从树后一跃而出,冲着秦天一声怪叫:"姓秦的,你看看我是谁?"

## 34
## 迷途知返

半路杀出个程咬金,把秦天和韦石吓了一跳,两人同时扭脸看去,只见一个人高马大的壮汉,站在他们面前。那壮汉满脸凶悍之气,脸上有一道长长的刀疤,剃着一个囚犯式的光头,头发已经长出了一大截。秦天一眼便认出了这个人,失声叫出了他的名字:"伍龙?"

伍龙用充血的眼睛瞪视着秦天,咬牙切齿地说道:"早知道是你,老子就不会装鬼吓你了,我会直接让你变成鬼!"

怪不得警方一直没能抓到伍龙,原来不知什么时候,他已经藏到了这里。联想到自己在这片山林里的遭遇,秦天什么都明白了:伍龙为了避免被村民发现,故意装神弄鬼让这里变成一片禁区,自己闯入这片山林后,他用那种诡异的哭声想把自己惊走,又在深夜用鲜血涂红了自己的脸。

伍龙朝着秦天走过来,一边走一边面目狰狞地说道:"冤有头、债有主,我总算等到这一天了!"

本来是秦天和韦石的对决,突然间变成了伍龙和秦天的决斗。伍龙的脚步越走越慢,目光中的杀机却越来越浓,秦天双拳紧握,迎视着对方,摆好了应对的架势。

伍龙突然停下脚步,朝着旁边的韦石阴沉沉地一笑,说道:"既然我们有共同的敌人,为什么不合作一把?"

韦石没有搭话,只是冷冷地看着他。

伍龙似乎已经看透了他的心思,一副成竹在胸的架势,说道:"你们刚才的对话,我全都听到了。想保住你的秘密,只有让他死,而我这次越狱潜逃,为的就是要他的命!"

韦石微微眯缝起眼睛,似乎在认真考虑他的建议。

秦天的心渐渐沉下去,这是他最不想看到的局面。韦石化身为黑暗王爵时,曾经暗中指使伍龙绑架小默,要挟自己,但当时只是在电话中操控对方,很显然伍龙并不清楚他的那一重身份。这两个人会再次联手对付自己吗?

伍龙继续说道:"你们两个的身手半斤八两,你想赢他没那么容易,我也不一定是他的对手,三年前我就是栽在他手里的。可是如果我们联起手来,保准能送他去见阎王!"

韦石脸腮部位的肌肉紧紧绷着,看样子内心在做着激烈的斗争。

"能让你怕成那样,那个秘密,一定关乎你的身家性命。杀了他,你就再也不用担心了。你要下不了手,就把他交给我,你还在犹豫什么?"

韦石咬了咬牙,似乎终于下定了决心,朝着伍龙缓缓伸出手。

伍龙笑了，那是一种得意忘形的笑，他走到韦石面前，握住他的手。

伍龙自以为大功告成，哪承想风云突变。韦石拽着他的手，往怀里一带，另一只手握成拳头，连续猛击他的胸部，同时抬起膝盖，狠狠踹向他的小腹，趁他疼得弯下腰之际，飞起一脚踹到他脸上，把他踹得鼻血喷溅而出，一屁股坐到地上。

伍龙疼得龇牙咧嘴，他伸手擦了一下鼻血，反倒把整张脸都抹红了。他气急败坏地冲着韦石吼道："为什么？你为什么要这么做？"

韦石居高临下地俯视着他，语气中带着逼人的傲气："因为我是警察，让我跟一个逃犯合作，是对我最大的侮辱！"

伍龙不甘心就这么失败，他喘着粗气对韦石说："你以为你这么做会有好下场？你不怕你的秘密被揭了盖子？"

韦石冷冷说道："这是我和他之间的事，用不着一个逃犯操心！你现在该做的是束手就擒，让我把你抓捕归案！"

伍龙被彻底激怒了，他狂吼着跳起来，朝韦石扑过去，可惜韦石刚才那一顿暴击让他受创不轻，想再反败为胜，已经是有心无力，韦石很轻松地躲过他的攻势，一记窝心脚，又把他踹倒在地。韦石正想乘胜追击，突然听到秦天发出一声大喊："小心！"

在韦石和伍龙打斗的过程中，秦天就站在旁边，眼见韦石占尽优势，他就没有上去帮忙。可他突然间看到，仰面倒在地上的伍龙，手按在落叶之中，似乎摸到了什么东西，当他抬起右手时，秦天惊得脸上失色：他手中多了一样黑漆漆的东西，正是韦石的那把手枪。

伍龙脸上凶光毕现，将枪口对准韦石，狠狠扣动了扳机。两人只隔了几米的距离，韦石想再闪避已经来不及了，"砰"的一声枪响,空气都为之震颤,韦石暗叫一声"完了",绝望地闭上眼。

千钧一发之际,秦天奋不顾身,猛地往前一扑,用身体挡住了那颗子弹,一朵狰狞的红花,在他胸前瞬间绽放。为什么要这么做?秦天根本没来得及去想。那完全是出于一种本能,一种根植到血液深处的本能。

秦天强忍钻心剧痛,借着往前跌倒之势,扑到伍龙身上,用身体压住他,拼命去夺他的枪,但受了枪伤的他哪还有力气?他很快被伍龙反压在身下,伍龙把枪口对准秦天的头部,凶神恶煞般喊了一句:"你去死吧!"

死的不是秦天而是伍龙。冲过来的韦石劈手夺过了那把枪,对着伍龙的脑袋连开三枪,把他的脑浆都打了出来。他一脚把伍龙的尸体踢开,蹲下身把秦天抱在怀里,大声问道:"老秦,你怎么样了?"

秦天胸前那朵红花已经蔓延成一片花海,将他整个人都淹没其中,他不停地喘息着,强撑着说道:"不用管我,你没事就好……"

韦石是个流血不流泪的汉子,此刻却不由得眼眶湿润,颤声说道:"老秦,你这又是何苦?我不值得你这么做!"

秦天的脸色越来越苍白,气息越来越微弱,连眼

神都在渐渐涣散,他断断续续地说道:"我可能要不行了,有几句话我必须跟你说……"

"不!"韦石斩钉截铁地说道,"你一定不会死,我们现在就下山,你要保存体力,别再说话了。"

韦石把衣服撕成条,给秦天止血包扎后,背着他往山下疾奔,两条小腿被荆棘划得鲜血淋漓,他却一点都没觉得疼,脊背上突然有一种融融的暖意,透过他的衣服,沁入他的肌肤。韦石知道,秦天的伤口又流血了,那是鲜血的温度。

这种鲜血带来的暖意,让韦石感到既熟悉又陌生,他和秦天曾经无数次并肩携手,同犯罪分子浴血作战,他们体会过对方鲜血的温度,甚至知道对方血液的味道,但从什么时候开始,这份鲜血凝结的友情,开始慢慢淡化?是不是正因为他们关系的疏离,黑暗才能乘隙而入?

秦天用微弱的声音发出一声呼唤:"韦石……"

韦石脚步不停,打断秦天的话头,说道:"有什么话随后再说,现在保存体力最要紧。"

秦天声音细如游丝,却透着一股倔强:"不行,我非说不可,我怕这会儿不说,就再也没有机会了……"

韦石无奈地作出了让步:"好,你说吧,不过要尽量简短一点。"

秦天突然陷入了沉默,韦石以为他昏过去了,没想到过了半天他又开口了,原来他是在积蓄力气,只听他吃力地说道:"韦石,离开那个黑暗世界,别再当什么黑暗王爵了,好吗?就当我求你了……"

韦石迟疑了一下,说出了一句话:"老秦,我想你误会了,我不是黑暗王爵!"

## 35 道高一丈

韦石说完这句话，感觉背上的秦天身体猛地一震，连虚弱无力的声音都变高了一些："你、你不是黑暗王爵？那你……"

韦石叹道："我只是他的一个工具，用来陷害你的工具……"

让韦石这种自视甚高的人承认充当了别人的工具，并不是件容易的事。三剑客之中，他出身最苦，性格也最坚忍，今天所拥有的一切，全是用血和命换来的。他不信邪，不怕鬼，不会对任何阻碍自己的人手下留情。当别人的工具？那简直是个笑话！他不把别人当工具就不错了，那也只是因为警察这份职业对他的限制。

然而，当黑暗王爵翩然降临，一切都不一样了。

韦石一向不太喜欢那些聊天工具，他总觉得当一个人享受了这些工具带来的便利时，同时也会成为它们的俘虏，可惜生活在现代社会的人，想完全不用这些东西，已经是一件不大可能的事了。

这天晚上休息之前，韦石照例打开微信，想查看一下有没有什么重要的留言，他没有看到留言，却看到了一只眼睛。那是一只让人心生惧意的眼睛，像末日审判时神的眼睛，但瞳孔深处隐隐还有一只眼睛，那分明是一种魔鬼的凝视。

"黑暗王爵？"韦石念出这四个字的同时，眉毛如利剑般扬起来。

对方没经过他设置的好友验证，便出现在他的微信上，这一点倒没让韦石觉得有多奇怪，他知道这对高级别的黑客来说不是什么难事。一个能让秦天如临大敌的对手，肯定有着不同寻常的头脑和手段，但有一个问题还是让韦石略感不解：黑暗王爵怎么知道自己微信号的？

韦石并没有等着黑暗王爵先发话，而是直接发起了语音通话，他一贯就是这样，喜欢把主动权牢牢握在自己手里。

那边接起了电话，却静默无声，只有深长的呼吸传过来，韦石试探性地问了一句："黑暗王爵？"

黑暗王爵发出一阵笑声，声音有几分沙哑，他说："你知道我是谁，还敢主动找来，还算是有点胆量，这些年的刑警队长没白当。"

"收起你那一套！"韦石冷冷说道，"睁大眼睛看清楚，你是恶鬼我就是钟馗！我就是专治你这种邪魔外道的！"

"是吗？"黑暗王爵收住笑声，幽幽地说道，"就怕你才是鬼，鬼就藏在你的心里！"

韦石沉声说道："是人是鬼，见一见面不就清楚了，你敢吗？只有鬼才怕见光！"

"我现在就在你身后啊，不信的话，回头看一看。"黑暗王爵低沉的声音似乎带着某种磁性，让人下意识地要相信他的话。

但韦石定力很强，丝毫不为所动，也没有回头张望。他冷笑一声说道："听说你不但无处不在，还无所不知，任何人的秘密都瞒不过你，那么我倒想请教一下了，我有什么秘密？"

黑暗王爵淡淡道："无所不知不敢说，不过你们这些人，不管多么衣冠楚楚，在我眼里都是赤条条的。不信？让我来数一数你身上的伤疤，一、二、三……十、十一、十二、十三，一共十三条……不对，裆部还有一条很小的伤疤，你以为你夹起腿，我就看不到了吗？"

韦石这一惊非同小可，这些年出生入死的经历，给他身上留下了大大小小十四条伤疤，对一名警察来说，这是荣耀的象征、是另一种形式的勋章，但韦石并不愿意拿这些伤疤当作夸耀的资本，对敏感部位的那条伤疤更是羞于提及。正因为这样，清楚他身上伤疤数目的人并不多，知道他裆部那条伤疤的，更是少之又少。黑暗王爵是怎么知道自己这种隐私的？难道他是隐藏在自己身边的一个熟人？

但黑暗王爵接下来的一番话，让韦石打消了这种想法，因为他揭示出的这个秘密，除了韦石自己，没有第二个人知道。

黑暗王爵的语气中，透出一种戏谑的味道："你给顶头上司取个什么外号不好，非要叫他东方不败？你想证明什么？你们那儿是黑木崖，还是自宫才能登上高位？"

黑暗王爵的声音不疾不徐，韦石的表情却又惊又怒。他和公安局长郑东方一向不睦，从内心瞧不起这位行政出身不懂刑侦的官员，也看不惯他独断专行的作风，连他略显尖细的嗓音，听着都那么不顺耳。于是韦石恶作剧地把他的名字续了一下，让他变成了那位不男不女的东方教主。

但韦石毕竟不是意气用事的毛头小子,这个外号只能是藏在肚子里,他从来没有公开这么称呼过这位顶头上司,也没有把这个外号告诉过任何人,顶多是在受了这位局长大人的气后,在内心里,在没人处,骂一声东方不败,用精神胜利法把他阉割一把。

黑暗王爵能了解自己身体上的隐秘,韦石还可以去推敲原因,但黑暗王爵能洞察他内心深处的隐密,就让他完全无法理解了。当初秦天跟他讲述凌丹的遭遇,他只觉得荒谬绝伦,但他现在突然间就相信了,从来不知害怕为何物的他,顷刻间有了一种不寒而栗的感觉。

韦石的沉默被黑暗王爵捕捉到了,他发出一声鬼魅般的轻笑,说道:"你害怕了?"

韦石哪肯轻易示弱?他态度强硬地说道:"能让我害怕的人,还没有生出来呢。要不要明天出来见一面?我会让你数一数我身上的伤疤,我还会带你去面见局长,怎么样?你敢吗?"

韦石将了黑暗王爵一军,这下轮到对方沉默了。韦石转守为攻,咄咄逼人地说道:"怎么哑巴了?有什么压箱底的招数,全使出来吧!"

黑暗王爵突然发出一声幽幽的叹息,莫名其妙地问了一句:"你做过噩梦吗?"

韦石微微一怔,不知对方什么意思,只听黑暗王爵缓缓说道:"做过亏心事的人,都会做噩梦的,我只想知道,你有没有梦到过一个叫贺炜的冤死鬼!"

听到贺炜这个名字,韦石的脸色终于变了,如果说刚才那两桩隐私对他来说不痛不痒,那么这个秘密一下子就戳中了他的痛处。

贺炜被屈打成招、含冤而死这件事,是韦石害怕去触碰的一个终极秘密，有时候在内心深处，他也会暗自埋怨秦天，如果他没有收养小默并对他那么迁就，如果他的负罪心态没有表现得那么明显，韦石就不会对贺炜一案产生怀疑，更不会暗中调查直至找出真相，那么也许直到今天，他都会活得坦然无惧。

但韦石冷静下来再一想，这件事能怪得了秦天吗？他既然知道自己制造了一起冤案，如果不会背上沉重的心理包袱，不去想方设法弥补，他还是秦天吗？同样的，自己从秦天身上发现了疑点，如果可以装作什么都没发生，不去个水落石出，他还是韦石吗？也许这件事没有谁对谁错，一切都是宿命的安排。

这起冤案成了韦石和秦天共同的秘密，却带给两人不同的心理感受：秦天背负起了沉重的负罪感，韦石则产生了深深的恐惧感。他很清楚，在这件事上，他和秦天的责任是不一样的，一个是无心犯错，一个是蓄意逼供，正是他严酷的刑讯手段，迫使贺炜违心认罪，最终含冤而死。如果有朝一日，盖子被掀开，秦天只需要接受行政处分，而他需要承担的却是刑事责任。

韦石的人生道路上，从此有了一处雷区，不管地雷是在下一刻爆炸，还是永远不会被触发，他都不可能再像从前那样，迈出稳健自信的步伐了。曾经有一次，刑警队破了一桩陈年冤案，抓捕了一条漏网之鱼，同事们都很兴奋，恨不得放鞭炮庆祝，只有韦石全程沉默，整晚都没有睡踏实，他做了一个噩梦，梦见自己的手腕上，被戴上了冰冷的手铐。

虽然只是一个噩梦，但那种冷彻骨髓的感觉，韦石这辈子都忘不了。但他无论如何也想不到，这么多年都过去了，还会有噩梦成真的一天！除了他和秦天，居然还会有另一个人，掌握了那个冤案的秘密，而且这个人还是他的对头，这太可怕了！

只听黑暗王爵森然说道："十年了，你春风得意，荣升刑警队长；

他冤沉海底，化为白骨骷髅。也许在你看来，一切都尘埃落定了，那个秘密已经永远埋葬了。可惜你错了，你信不信，我随时可以让白骨重见天日，让你掉入无底的深渊！"

韦石额头冷汗涔涔，对黑暗王爵的话，他已经不得不信，不敢不信了。他突然想起来，当初秦天讲述凌丹的遭遇时，曾经告诉过他，黑暗王爵对当地一些高官的秘密也了如指掌，这些位高权重的大人物对他俯首帖耳。也就是说，他完全有能力通过上面促使警方重新查办那桩冤案，让自己坠入万劫不复的深渊。

韦石擦掉额头冷汗，迫使自己冷静下来，他迅速判断着眼前的局势：不承认那个秘密的存在毫无意义，跟黑暗王爵硬碰硬吃亏的是自己，他跟对方并没有根本性的矛盾，一切都还有转圜的余地，关键是搞清楚黑暗王爵找自己的真正目的，才好做下一步的打算。尽管已经输了这一局，韦石还是不想让对方自己看轻自己，他用不卑不亢的语气说道："我相信你的目的并不是为了扳倒我，那对你并没有什么好处。说吧，我需要为你做什么，才能赎回那个秘密！"

黑暗王爵笑了："识时务者为俊杰，我果然没有看错人。你只要帮我做一件事，以后就可以高枕无忧了。"

韦石骤然间紧张起来，他知道，黑暗王爵让他去做的事，难度绝不会低，但他已经想好了，不管是多么艰巨的任务，他都不会拒绝，没有什么比他的前程命运更重要。他忍不住追问了一句："什么事？"

黑暗王爵沉默了一下，缓缓说出一句话："帮我把秦天送进牢狱，让他永世不得翻身！"

韦石大吃一惊，连声音都变调了："为什么？"

黑暗王爵阴沉沉地说道："跟我对着干的人，都不会有好下场，就这么简单。我必须让你明白一件事，你帮我就是在帮你自己。不久之前，我也曾用那个冤案的秘密挟制他，让他停止跟我作对，他非但没有接受，反倒决定主动向上级交代，你知道这对你而言意味着什么吗？"

韦石怎么会不知道呢？如果秦天真的向组织上做出坦白，自己刑讯逼供的事也很难瞒住，到时候就彻底完蛋了。不行，必须想办法阻止秦天，一定要说服他收回那个决定！

黑暗王爵似乎看出了他的心思，用一种幸灾乐祸的语气说道："你想劝阻他吗？晚了！秦天已经把那个秘密告诉了他的养子，也就是冤死者贺炜的亲生儿子。就算他想退回去，他的养子会答应吗？你认为你在秦天心中的分量能重过他的养子吗？"

韦石的心一下凉透了，答案是不言自明的，他和秦天虽然有着过命的交情，但还没有不自量力到去跟小默比。看来正如黑暗王爵所言，秦天要替贺炜翻案，已经成为无法更改的事实。

黑暗王爵结束对话之前，发出了对韦石的最后通牒："摆在你

面前的只有两条路,要么把秦天送进监狱,要么把你自己送进牢房,何去何从,你自己看着办吧!"

优柔寡断从来不是韦石的性格,以前他也曾面临过各种各样的抉择,每次都能做到当机立断,但这次取舍之间,却陷入了深深的矛盾和挣扎。他这个人有很多缺点,但有一个最大的优点,那就是义气深重,让他出卖自己最看重的朋友并将其送进牢狱,实在让他无法接受。可是如果不接受,他的下场会很惨:干了半辈子警察,最终镣铐加身,锒铛入狱;抓了无数的罪犯,结果自己和罪犯关到了一起。还有比这更大的羞辱吗?还有更加难以承受的打击吗?

当韦石想到了自己的父母时,他内心的天平,终于彻底倾斜了。他的父母一个身体残疾,一个精神失常,曾经受尽了村里人的轻视和欺凌,他有了出息之后,没人敢再欺负他们,可是如果他连自己都保不住了,谁来保护那对可怜的老人?

再艰难的抉择,也要有一个结果,韦石从内心深处,发出一声饱含歉意的叹息:老秦,对不起了!

韦石虽然接受了黑暗王爵的条件,但他心底还是有几分怀疑,秦天本身就是刑侦高手,又没有触犯任何一条法律,黑暗王爵真有那个本事,能把他送进监狱?

当黑暗王爵把他的计划告诉韦石时,韦石终于相信秦天这次在劫难逃了,同时对黑暗王爵又多了几分忌惮,只有真正的鬼才,才能设计出这种构陷计划,当然了,他这个内奸的全力配合,也是整个计划中最重要的一环。

可怜的秦天,前面有可怕的对手,向他祭出毒招;身后有可耻的朋友,朝他伸出黑手。腹背受敌的他,怎么可能会有好结果?

构陷计划成功了,但计划赶不上变化。秦天从警察变成了囚犯,又从囚犯变成了逃犯。在公安局门口和秦天擦肩而过时,韦石有意放了他一马,如果秦天能逃出去,他的罪恶感至少会减轻一些。

可惜事与愿违,秦天非但没有打算逃离这座城市,反而找到了他家中,最终和他短兵相接。秦天破解了整个构陷计划,却误解了韦石的身份,把他当成了黑暗王爵,两人的关系也由此彻底破裂。昔日生死与共的战友,变成了势不两立的仇敌,而且这是一种结构性的矛盾,不存在化解的可能。秦天要想还自己清白,就必须找出韦石陷害自己的罪证;韦石要想保住身家性命,就必须让秦天从这个世界永远消失。

韦石无比悲哀地看清了一件事:当你决定放弃信念向下滑行时,一切都会失控,等待你的只有黑暗的深渊。

但即便已经成为命运的傀儡,韦石也没有放弃最后的尊严,他在走向那片山林时,并没有带一名帮手,他要让自己置身于和秦天一样的危险之中,这是他能还给秦天的唯一的公平。

伍龙的出现改变了一切,秦天舍身相救,血溅丛林;韦石幡然悔悟,走出迷途。当韦石背着秦天一路狂奔,秦天的鲜血沁及他的肌肤时,那份手足一般的战友情,终于又回到了他们中间。

秦天强撑着听完韦石的讲述,长长出了一口气。韦石不是黑暗王爵,让他的心里仿佛有块石头落了地,虽然韦石参与了对他的陷害,但这对他来说并不是不可原谅的事。韦石的身不由己,他比谁都能理解,因为这正是他当年的经历。

精神一旦松懈下来,秦天很快就昏了过去。过了不知多长时间,他微微睁开眼睛,发现自己置身于一个陌生的房间,躺在一张陌生的床上,有个人坐在床边,正用关切的眼神看着他。

秦天认出了对方,不由露出惊诧之色,下意识地说出了两个字:"是你?"

## 36 故友重逢

那个人发现秦天醒过来,迅速收起关切的表情,嘴角露出一丝不羁的笑容,笑容中透着一股邪气。这笑容曾经那样熟悉,却已是多年未见。秦天有些激动地叫出了他的名字:"乔杉……"

乔杉比秦天小不了几岁,但看上去比他年轻了不少,一点都不像年近四十的人,似乎连岁月都对这个英俊潇洒的男人放了一马。论个人魅力,在三剑客当中,乔杉是最强的。当初刑警队有一位美丽的警花,曾经对乔杉展开过热烈的追求,她曾经从自身的角度,对三剑客有过不同的评价:秦天像一位和蔼可亲的兄长,韦石像一位严厉可敬的师长,而乔杉则天生适合当一名情郎。他那亦正亦邪的笑容,能让再理智的女孩都不能自拔。可惜落花有意,流水无情,乔杉并没有接受那位警花,拒绝的理由很简单,他可不想白天和犯罪分子较量，晚上跟警察老婆斗法。

秦天双手一撑想坐起来，突然胸口一阵钻心的疼痛。乔杉摆手说道："你昏迷的时候，我找人把你体内的子弹取出来了，伤口也处理包扎过了，但现在还不能乱动。"

秦天环顾左右，表情有些茫然，乔杉笑了笑说道："你不用看了，这是我住的地方，不是医院。你现在的身份是逃犯，怎么送你去医院？不过你放心，给你取子弹的人虽然是野路子出身，能耐可一点都不低，很多道上的朋友不方便去医院，都是找他帮忙的。"

秦天眉头蹙起来，盯着乔杉问道："道上的朋友？乔杉，你现在是做什么行业的？"

乔杉嘴角的笑意更深了，话语里不知不觉有了讥诮的意味："老秦，你都是逃犯的身份了，还在操警察的心，累不累啊？"

一句话戳到秦天痛处，他沉默了。乔杉"嘻嘻"一笑，说道：

"我这个人说话一向口没遮拦,你以前就不跟我一般见识,现在就更不会斤斤计较了,对不对?"

乔杉的语气一如既往地轻松,秦天的表情却依然十分沉重。他想到了自己的处境,想到了韦石的沉沦,想到了三剑客的分崩离析,心里像是坠了一块石头,他实在不想看到乔杉跟他们一样,走上悲剧性的命运轨道。

乔杉收起笑容,语气也难得正轻了一回,说道:"老秦,我知道你是一片好意,我这个人也确实不让人省心。不过你可以放心,不是你想象的那样,从刑警队离职以后,我开了一家私家侦探社,一直干到现在,也算是学以致用吧,好歹没白上那几年警校。在咱们国家,私家侦探这个行当没有合法地位,也没严厉禁止,不过这种灰色地带,反倒让我有种如鱼得水的感觉,也许我天生就不是干警察的料吧!"

两人言归正传,乔杉盯着他问道:"老秦,你到底遭遇了什么?怎么受的枪伤?韦石找到我,把你放下后,什么都没说,掉头就走了,我叫都叫不住。"

秦天沉默着,不知该怎么作答,韦石为什么要把他送到乔杉这里,他不用想也知道,这是韦石在两难之间能想出的唯一的办法。他不由自主地往下想:当韦石背着他在丛林中狂奔时,内心深处的恶念,会不会死灰复燃?只要把昏迷的他扔下,用不了多长时间,他就会失血而死,神不知鬼不觉,没有任何人会知道。韦石的秘密保住了,前程也保住了,一切都保住了……

但韦石没那么做,足以证明一点,被鲜血唤醒的他,没有再重蹈覆辙。在善念与恶念的交锋中,在情义和私欲的较量里,他通过了这场对人性的严峻考验。

不过韦石并没有直接将秦天送进医院,似乎又证明了另一件事：他还没下定决心，向组织坦白，替秦天脱罪。很显然，从万众瞩目的刑警队长，变成被人唾弃的囚犯，这种反差他还是难以接受。

也许正因为这样，韦石才把受伤的秦天托付给了乔杉，虽然这并不是解决问题的办法，但至少能让他暂时避开那种两难的抉择。

但有个问题让秦天不太明白，他问乔杉："你当年辞职之后，便不知所终，这么多年了，我和韦石都不知道你的下落，他什么时候和你恢复联系的？"

乔杉说道："我一直不想跟你们见面，免得彼此尴尬，但那天看到对你的通缉令，吃惊不小，不去见韦石也不行了，我必须搞清楚发生了什么事。"

乔杉回忆起当时的情景，脸上露出一抹苦笑，说道："我和韦石久别重逢，都激动坏了，先紧紧拥抱了一下，又狠狠给了对方几拳。然后，不到五分钟，我们就闹翻了，大吵了一架，使劲瞪着对方，恨不得再给对方两拳。这么多年了，还是老样子，熟悉的配方，熟悉的味道！"

秦天敏感地意识到了什么，问道："你们是为我的事吵架吗？"

"没错，我坚信你不会杀人，他却一口咬定证据确凿。我问他有什么证据，他又说不能随意泄露案情，那样会违反办案纪律。我最烦这种官腔，不跟他闹翻才是怪事！"

秦天既觉得意外，又有几分感动："乔杉，谢谢你，我一度以为，整个世界都抛弃了我，没有一个人会相信我了。"

乔杉轻描淡写说道："你不用谢我，与其说我相信你，不如说我相信自己的判断力。对你和韦石而言，判断力是一种职业属性；对我来说，判断力是生存下去的必备技能。"

说到这儿,乔杉话锋一转,盯着秦天问道:"老秦,你好像没有回答我的问题,我想知道,你怎么落到这一步的?到底是谁在陷害你?人家韦石不愿意跟我讲,因为我俩一个是官一个是民,你对我总没有可什么隐瞒的吧?"

秦天迟疑了一下,没作声,这件事他还真是没办法对乔杉有一说一。黑暗王爵用那个秘密要挟他的情节不能谈,他不想让乔杉也背负起那个冤案的原罪;韦石参与构陷他的环节也不能说,那样无疑会激化乔杉和韦石的矛盾。

看到秦天一直保持着沉默,乔杉有点不乐意了,问道:"老秦,你究竟什么意思?难道真的连我都信不过?"

秦天赶紧摆手说道:"乔杉,你不要误会,我怎么会不信任你呢?我只是不想让你卷进来,我遇到的这个对手,实在是太可怕了!"

秦天是个久经历练的警察,说话办事一向稳如泰山,让他用这种语气形容一个人的可怕,实在是一件难以想象的事,但这就是他内心的真实感受,他也确实不想让乔杉牵扯进来。三剑客已经有两个毁在黑暗王爵的魔掌之中了,难道还要把唯一一个幸存者也搭进去吗?

没想到听了秦天的话,乔杉非但没有产生惧意,反倒很感兴趣,说道:"是什么样的厉害人物,能让你都忌惮成这样?不行,我非听不可!"

秦天拗不过乔杉,只好跟他讲了,从凌丹的遭遇,再到林东城的经历,直到自己跟黑暗王爵斗法失败成为逃犯的过程,只是隐去了黑暗王爵用那个冤案挟制他和韦石,并由此导致韦石参与陷害他的那一部分内容,至于他身上所受的枪伤,也只能简化成逃犯伍龙的寻仇报复了。

尽管只是删节版的讲述，也足以彰显黑暗王爵的恐怖。乔杉越听越兴奋，连眼神都发亮了，那模样，倒像是一个瘾君子，突然嗅到了毒品的味道。

"啪"的一声，乔杉以拳击掌，发出挑战的宣言："好一个黑暗王爵，就让我跟你来斗一斗吧！"

## 37 隔阂难消

看到秦天一脸无语的表情,乔杉有点不好意思了,站起身说道:"你昏迷了这么久,肚子肯定饿了,我去给你做点吃的。"

乔杉离开之后,秦天陷入沉思,其实他能够理解乔杉的心情,那是一个侦破天才遇到犯罪天才后的正常反应,但秦天还是从乔杉过度兴奋的表情里,读出了另一层含义:如果他能揪出黑暗王爵,让一切水落石出,岂不是可以证明,三剑客之中,他才是最强的?

秦天一直有种感觉,乔杉和韦石固然有矛盾,恐怕他对自己也会有怨言。当年自己坚决不愿接任刑警队长,在乔杉和韦石这两个人选中,推荐了后者,世上没有不透风的墙,这件事难保不会传到乔杉耳朵里。秦天是出于一片公心,但乔杉怎么想,就不得而知了。也许他并不在乎刑警队长这个职位,但心高气傲的他难免会有被轻视的感觉，从他一怒而去，音讯全无来看，恐怕不只有对韦石的不屑，也有对自己的不满。

但不管怎么说，三剑客情分犹在，韦石进退两难之际，首先想到的就是乔杉，乔杉也没有让他失望，竭尽所能把秦天从死亡线上拉了回来。

在乔杉家休养了一段时间，秦天的伤口基本愈合了，两人商量下一步的打算时，乔杉盯着他连连摇头："你这样子可不行，出了门寸步难行，我得给你化一下装。"

秦天说道："刚逃出来时我化过装，后来在那片山林里，跟……逃犯伍龙打斗时，前功尽弃了。"

乔杉撇撇嘴说道："如果我猜得不错，就是戴了一个发套、粘了一点假胡须，对吧？这算不上什么化装，今天我让你看看真正的化装术。"

乔杉取来各种工具器械和一堆瓶瓶罐罐，让秦天在椅子上坐好，开始在他脸上折腾。半个小时之后，秦天对着镜子一看，惊得眼睛都瞪圆了，镜子里活脱脱是一位年过花甲的老人，脸上全是皱纹褶子和老年斑，看上去连皮肤都松弛了。这时候乔杉递过来一个小盒子，说道："这是一副特制的灰色隐形眼镜，你戴上后连眼神都会像极了老年人，再尽量模仿老人的步态和嗓音，管保能达到以假乱真的地步。"

秦天想不佩服都不行了，问道："你从哪儿学的这本事？"

乔杉说道："我当了半年北漂，跟了很多剧组，撒了大把银子，跟不少知名化装师学过手艺，就差改行了。"

秦天说道："你费那么大功夫学这个，就为了当私家侦探方便？"

"对啊。"乔杉的语气里，不知不觉带出了嘲讽的味道，"我跟你们警察同志不一样,没有国家机器当后台,没有调查讯问的权力,只能靠私查和暗访、追踪和盯梢,都是些见不得光的方式,当然得学点上不了台面的手艺。"

秦天陷入了沉默,乔杉意识到自己又说错了话,他带着几分歉意,拍了拍秦天的肩膀,说道:"老秦,你放心,真的假不了,假的真不了,你在我眼里,就是全天下最称职的警察,我一定尽全力帮你洗清冤情。"

乔杉过去把窗户打开,阳光洒了进来,他做了一个扩胸动作,回过头对秦天说:"老秦,你很久没出去了,捂得都快发霉了,要不我陪你去逛一会儿吧,我保证现在连你的亲人都认不出你了。"

秦天心中突然一动,眼神中透出一丝伤感,从被捕到越狱,从逃亡到养伤,屈指算来,他已经有一个多月没见过小默了。那倔强中带着自卑的面孔,那冷漠中透出悲凉的眼神,经常出现在他的梦中,让他醒来后眼角湿润。但以他出逃后的处境,想跟养子见面,实在是太危险了。小不忍则乱大谋,他只能硬起心肠,把这种如饥似渴的思念,硬生生地压下去。如今乔杉出神入化的化装术,让他的心里有了一定的安全感,那份思念之情再也压抑不住了。

尽管如此,秦天还是不敢回家探望小默,逃犯住宅附近是警方重点布控区域,这种触手可及的危险是必须避开的。于是秦天藏身到离他家小区不远的一片绿化带里,一瞬不瞬地盯着正前方那条略显荒僻的小路。从他家小区通往市里有两条路,一条是热闹繁华的大路,一条是冷清寂寥的小路,一般人都会选择走大路,但在秦天的印象里,小默每次都会走这条小路,他喜欢避开人群,独享那一份荒僻和冷清。

当小默孤独的身影出现在秦天的视线里,他的眼眶一下子就热了起来，耐着性子又观察了一会，确定小默身后没人监视跟踪，这才快步赶上去，拍了一下他的肩膀。小默回过头，打量着这个头发花白满脸皱纹的老人，一脸的诧异之色。

秦天激动之下，声音都有些颤抖了，他低低地叫了一声："小默。"随着这一声呼唤，胸中澎湃如潮的情感，几乎要决堤而出，他真想不管不顾，以一个男人的力度，以一个父亲的温柔，把小默紧紧搂在怀里。

秦天最终还是没那么做，因为小默摆出了一副拒人以千里之外的态度，他像一只遇到敌情的刺猬，炸起了满身的刺，往后连退数步，冷冷地瞪视着养父。

秦天心里一片苦涩，过了一会才轻声说道："小默，你最近还好吗？我不在你身边，你只能靠自己了。"

小默仿佛没听见他的话，冷漠的表情也没有任何变化。

秦天说道："我今天来，除了看望你，还想告诉你一件事，我不是杀人犯，我是被诬陷的。别人不相信我没关系，但你一定要相信我。你放心，我会全力讨回清白，绝不会让你替我蒙羞。"

小默终于开口了，他冷冷说道："我有什么不放心的？别忘了，我是强奸杀人犯的儿子,蒙羞忍辱已经十年了。你能想办法讨回清白,可那个已经化成白骨的冤死者呢,谁又来还他一个公道?"

秦天知道,父亲的冤死是小默的心结,不解开这个心结,小默永远不会从内心接纳他这个养父。于是秦天盯着小默的眼睛,宣誓般一字字说道:"小默,我向你保证,我会给你父亲翻案,还他一个公道,这是我欠他的,也是欠你的!"

小默微微撇了下嘴角,那是一种无声的冷笑,秦天郑重其事的许诺,换来的只是他的不屑一顾。

一种沮丧无力的感觉,突然攫住了秦天的心:是啊,他不是警察了,他只是一个逃犯,他能战胜深不可测的黑暗王爵?能说服首鼠两端的韦石?不,他一点把握都没有,他连自己的命运都掌握不了,又凭什么做出那种承诺?

秦天转过身,背对着小默,凝视着深邃高远的天空,过了好一会儿才缓缓说道:"我刚才的表态的确有些轻率了,我没办法保证什么,我甚至没法保证自己的人身安全,也许我们还会相聚,也许这一刻就是永别,我只想再说最后一句话。"他加重了语气说道:"小默,不要去恨一个在这世上最爱你的人!"

秦天脚步沉重地往前走,身后突然传来一个有点生硬的声音:"你等一等!"

秦天回过身看着小默,小默却低头看着地面,看着秦天的双脚,咬着嘴唇说了一句:"我一会儿就回来。"说完这句话,他飞奔着去远了。

小默走了好半天都没回来,秦天隐隐有种不安的感觉,小默是个性格偏激的孩子,做事容易走极端,他会不会出于给父亲报仇的目的,先用缓兵之计把自己拖住,再找警察来抓自己呢?尽管心里有了这种怀疑,秦天还是站着没动,就算真是那样他也不会抗拒，就当是把欠小默的还给他吧。

视线里出现了一个瘦削的身影，小默气喘吁吁地跑了回来，他跑到秦天跟前，把一样东西塞到他怀里。那是一双崭新的运动鞋，带着小默的体温，一下就烘热了秦天的心，他伸出手想搂住小默，但小默受到惊吓般往后一缩，转过身逃也似的跑远了。

秦天捧着那双再普通不过的运动鞋，像捧着一件无比珍贵的宝贝。这是小默送给他的第一件礼物，这件礼物让他看清了小默冷漠外表下对他深藏不露的感情。原来，十年的朝夕共处相依为命，并没有付诸东流、一切成空。

秦天的目光落到自己的双脚上，这才发现脚上的运动鞋早就磨破了，磨出了两个很显眼的窟窿，他弯下腰换上了小默送他的鞋，一种温暖的感觉从脚底传遍他的全身。

爱是光明的产物，光明是黑暗的天敌，和小默的这次见面，让秦天有了战胜黑暗王爵的信心，可是当他和乔杉商量对付黑暗王爵的计划时，乔杉却总是一脸神秘，用"自有主张"四个字打发了他。

秦天虽然不满意，却也没什么办法，谁叫自己是黑暗王爵的手下败将呢？现在唯以乔杉马首是瞻了。

这天下午，秦天正在房中闷坐，乔杉推门进来，微笑着说道："等急了吧，今天就可以行动了！"

"行动？"秦天不解地问道，"什么行动？"

乔杉收起笑容，缓缓说了一句话："抓捕黑暗王爵！"

# 38 定位追踪

"抓捕黑暗王爵？"秦天吃了一惊，问道，"你查出他的真实身份了？摸清他的具体行踪了？"

看到乔杉摇头否认，秦天不解地问道："什么都不掌握，你怎么抓捕他？"

乔杉微微一笑，说道："一个合格的猎手真正需要掌握的，并不是猎物的行踪，而是捕猎的方法！"

秦天等着乔杉说出他的"捕猎方法"，不料乔杉却卖起了关子，和秦天聊起了别的话题，直到墙上的挂钟指针指向三点，他才拿出手机，埋头操作一番后，把手机递给秦天。

手机屏幕上是打开的微信界面，当秦天看到那只幽深难测的眼睛时，猛地打了个激灵，再看那个账号，不出所料，他看到了四个让他心惊胆寒的字,秦天不由脱口而出道:"黑暗王爵?你怎么加上他的微信的?"

乔杉叹了口气,说道:"看来黑暗王爵真的对你造成了心理压力,让你的基本观察力都丧失了,你再仔细看一下,这是我的微信账号吗?"

秦天愣了一下,细看这个微信账号的好友列表,大多是一些商界精英,又查看了一下这个账号所发的朋友圈,看到了一张略显熟悉的办公室照片,这才恍然大悟道:"这是林东城的微信账号?你什么时候把他的手机弄来了?"

乔杉白了他一眼,说道:"你把我当成什么人了?我哪能干出那种勾当?你这么说是在侮辱我的人格,你必须郑重向我道歉!"

秦天苦笑着说道:"好好好,是我说错话了,我向你道歉,现在可以告诉我答案了吧?"

乔杉"呵呵"一笑:"很简单,我先想办法搞到他的一张名片,上面有他的手机号,也就是他的微信号,接下来我又通过黑客手段,破解了他的微信登录密码。"

秦天啼笑皆非,说道:"盗取微信这种行为,好像也没比偷手机强到哪儿去吧。"

乔杉耸耸肩说道:"那就没办法了,干私家侦探这一行,本来就是游走在正邪两端,什么手段都不能排斥,也许正因为这样,让警力无计可施的案子,未必能难倒我们这种人。"

秦天问道:"那你下一步打算怎么做?冒充林东城,在微信上发信息,诱骗黑暗王爵出来见面?"

乔杉说道:"这种小儿科的伎俩,恐怕骗不过黑暗王爵这种对手,他只要一个电话打过来,咱们就装不下去了。"

秦天点点头:"的确是这样,那你的计划是……"

乔杉说道:"通过黑暗王爵的微信,我反查到了他的手机号,按说现在是手机实名制,通过号码可以查到机主真实身份,但这一招对黑暗王爵恐怕行不通。一个以掌握他人秘密为手段的人,怎么可能容忍自己的秘密跟一个手机号码锁定在一起呢?要知道解决这个问题并不难,搞几部被盗手机就可以了。所以,要对付黑暗王爵这种对手,需要更高明的手段!"他顿了一下,缓缓吐出四个字:"手机定位!"

秦天眉毛一扬,似乎想说什么,又咽了回去。对手机定位这种事,秦天倒不算陌生,在现今的案件侦破中,经常要用到高科技手段,用定位手机的方式追踪锁定犯罪分子的所在位置,这对警方来说不是什么罕见的手段,不过警方采取手机定位有严格的规定,仅用于重大刑事案件的侦查,秦天帮凌丹出头追查黑暗王爵,只是他的个人行为,当然无权通过警方进行手机定位。

事实上,私人性质的手机定位,本身就是违法行为,但从乔杉的态度看,他压根没去考虑这个问题,也许,长期游走在法律边缘地带,真的已经让他失去了对很多东西的敬畏。

但秦天又能说什么呢?以违法为理由,阻止乔杉用这种手段揪出黑暗王爵?连他自己都觉得这种想法太迂腐了,他只能默默地听从乔杉的安排。

秦天突然想到一个问题,说道:"林东城发现微信被盗号,会不会通知黑暗王爵?虽然他未必能猜到盗号者是冲着黑暗王爵去的,但至少不能排除这个可能。"

乔杉胸有成竹地说道:"这种情况我早就想到了,林东城的微信号码,我几天前就知道了,随时可以破解登录,但我一直等到现在才行动,就是因为他从今天下午三点开始,要接待一个极为重要的客户,一直到晚上都需要全程陪同,肯定没时间查看微信。"

秦天问道:"你对林东城的行踪这么了解?"

乔杉笑了笑说道:"别忘了那句话,有钱能使鬼推磨,买通他一个手下,不是什么难事。"

乔杉看上去信心满满,但语气中仍然不失冷静:"抓捕黑暗王爵的机会,很可能稍纵即逝。我们现在就出发!"

两人上了一辆敞篷越野车,乔杉一边在手机上进行定位操作,一边向秦天介绍定位知识:"最常用的手机定位技术有两种,GPS定位和基站定位,这两种定位技术,各有各的优点,各有各的缺陷,GPS定位精准度最高,但由于卫星信号无法穿透建筑物,室内会成为盲区。基站定位的覆盖范围包括室内,但需要依赖移动基站的分布密度,所以定位精度较低、误差较大……"

秦天坐在副驾上,凑过去细看着,问道:"你现在使用的是哪一种?"

乔杉说道:"A-GPS定位技术,它是利用手机基站的资讯,配合传统GPS卫星,结合了两种定位技术的优点,确保了精度,减少了盲区,是目前最先进的手机定位方式!"

乔杉一脚踩下去,启动了越野车,动作潇洒自信,秦天忍不住问道:"你能确定黑暗王爵的位置吗?"

乔杉傲然一笑:"我不但能确定他现在的位置,还知道他今天晚上的位置,你信吗?"

秦天不解地问道:"这话怎么说?"

越野车行驶时的轰鸣声,都无法盖过乔杉的朗朗笑声:"我已经给他准备好笼子了,那就是他今天晚上要待的地方,你就等着瞧好吧!"

半个小时之后,越野车停下来,正前方是一座气势恢宏的建筑,硕大的招牌在阳光下熠熠生辉:尊爵大酒店。酒店的左右两侧,

一侧是空旷的停车场,一侧是宽阔的草坪。乔杉露出满意的表情,指着那家酒店,说道:"看周边环境,可以确定,黑暗王爵就在那里!"

乔杉把越野车停好,两人朝着酒店大门走过去,乔杉对秦天说:"据我所知,这家酒店的老板后台很硬,里面藏污纳垢,黄赌毒俱全,不啻于一个小小的地下社会,我们一定要多加小心。"

在酒店大厅的廊柱后面,乔杉取出手机低声说道:"刚才的远距离定位,只能锁定他的大概位置,也就是这家酒店,要想把他揪出来,还需要进行辅助性室内定位……"

乔杉埋头操作片刻后,缓缓抬起头来,目光炯炯地说了一句:"他在三楼东北角的位置!"

两人乘电梯来到三楼,长长的走廊两侧,全是紧闭的房门,地上铺着厚厚的地毯,脚踩上去寂然无声。两人来到东北角,发现那里是一个转弯处,有两个房间门对着门,一个是305,一个是307。

秦天压低声音问道:"你能确定是哪个房间吗?"

乔杉摇摇头说道:"十米以内,已经是定位的最大精度了,我现在只能说,他肯定在其中一个房间里。"

秦天眉头微皱道:"怎么办?"

乔杉略一思索,说道:"两个房间里的人,我们都见一见,然后再作判断!"

乔杉首先按响了305号房间的门铃,门铃声从响起到止歇,足足有一分多钟,但房间里没有任何回应,看来305号房间里现在根本没人。

乔杉缓缓转过身,目光锐利如剑,似乎要穿透307号房间的门,他冷冷地说了一句:"他在这个房间里!"

乔杉深吸一口气,按响了307号房间的门铃,房间里传来脚步声,一步步由远至近。秦天只觉得心跳如鼓,紧张得几乎透不气来:那个隐藏在黑暗中的魔鬼,真的要露出原形了吗?

## 39 无妄之灾

门开了,一个赤膊壮汉站在门口,他身上文着一条青色的蟒蛇,颈上挂着一条粗大的金项链,虎视眈眈地打量着秦天和乔杉,语气不善地问道:"你们找谁?"

这个小混混模样的人会是黑暗王爵?秦天只看了他一眼,便在心里给出了否定的答案。乔杉显然也意识到对方不是自己要找的人,他一边探头往房间里看去,一边煞有介事地嚷道:"高大勇呢?他躲到哪儿去了?有人看到他进了这个房间,我今天非把他揪出来不可!欠我那么一大笔钱,想一躲了之?哪有那好事!快出来!"

壮汉恶声恶气地说道:"这儿没有什么高大勇,你找错地方了。给我滚远一点!"他伸手正要关门,突然从套间传来一声响动。

乔杉和秦天飞快地交换了一个眼神：难道黑暗王爵藏身在套间？乔杉身子一侧，擦着壮汉的身体进了房间，快步向套间奔去，壮汉掉头刚想追赶，秦天从他身后伸脚一绊，将他摔了个狗啃屎。

秦天和乔杉曾经无数次并肩作战，尽管已多年未见，他们仍然配合默契，在这间不容发的一刹那，乔杉已经箭一般地冲进了套间。可是说来也怪，他进入那个房间之后，突然间便没有了动静，秦天喊了一声乔杉，也没有得到任何回应。秦天的心一下坠入了谷底，三步并作两步冲进那个房间。

房间里的情景让秦天大吃一惊，只见乔杉木雕泥塑般呆站在那里，两把雪亮的长刀一前一后架在他的脖颈上，手拿长刀的是两个凶神恶煞般的壮汉。

接着又有一把长刀架在秦天的脖颈上，冰凉的触感瞬间传遍了他的每一寸肌肤。秦天迟疑了一下，放弃了反抗的打算，他手无寸铁，要对付一帮手持利刃的对手，无异于以卵击石，何况乔杉已经落到了对方手里，自己更是独木难支。

一个光头男人虎背熊腰地居中而坐，看那架势就是这帮人的老大。这时候，那个摔倒的壮汉凑过来，一副鼻青脸肿的模样，指着秦天和乔杉，气急败坏地说道："豹哥，这两个家伙肯定是鳄鱼派来的探子，他知道咱们要开会对付他们，抢他们的地盘，肯定不会坐以待毙！"

豹哥上下打量着两人，语气阴冷地说道："好大的胆子！你们是不是活得不耐烦了？"

乔杉冲着豹哥拱拱手，干笑一声说道："豹哥，我想您是误会了，我们不是什么探子，是追债误闯到您这里的。您大人有大量，放我们一马吧。"

豹哥皮笑肉不笑地说道："你认为我会信你的话？"

乔杉说道："您当然会信了，因为我说的是事实。龙虎豹三杰个个目光如炬、明察秋毫，谁敢在您面前打马虎眼？那不是在自讨苦吃吗？"

豹哥的眼睛眯缝起来，说道："这么说你听说过我的名号？还算你小子有点见识。不过靠拍几句马屁，就想让我放过你，是不是也想得太简单了？"

乔杉不紧不慢地说道："再加上虎哥的面子，不知道分量够不够？"

豹哥一下坐直身子，打量着乔杉问道："你认识虎哥？你们什么关系？你可别想诈我，要不然你会死得很难看！"

乔杉说道："我是一名私家侦探，承虎哥看得起，曾经帮他调查过一件事，清除了一个卧底。虎哥他老人家讲义气，亲口对我许诺过，以后谁要找我的麻烦，可以报他的名字。豹哥，您现在就可以打电话向他求证，看有没有这回事。"

乔杉的话软中带硬，将了豹哥一军，很显然，这位虎哥的实力和地位又压了豹哥一头，让他不得不有所忌惮。豹哥沉着脸，摆了摆手说道："看在虎哥的面子上，今天就放你一马，算你小子运气好。你走吧！"

乔杉躬身道谢，拉起秦天刚要走，忽听豹哥冷冷道："你耳朵是不是有毛病？我说过让他走了吗？"他伸手一指秦天，对一帮手下人说道："我早就瞧这老小子不顺眼了，你们看他的眼神，把自己当什么了？警察吗？"

经他这么一提醒，手下人才注意到，尽管被长刀加颈，秦天却凛然不惧，用不怒自威的眼神，冷冷地盯视着这帮人。

其实秦天并不是在刻意摆出这副姿态，那完全是一名职业警察面对黑恶势力时的本能反应，尽管他已经被剥夺了警察的身份，尽管他已经被乔杉改头换面成一个风烛残年的老人，但那种根植在血液深处的警察的天性，还是下意识地从眼神中折射出来。

乔杉眼见情势不对，赶紧拱手抱拳，说道："豹哥，这是我一个乡下亲戚，上了点年岁，脑子不太灵光，您别跟他一般见识……"

还没等他把话说完，便被豹哥一声厉喝打断："把这小子给我赶出去，省得在这碍眼！"

房间里只剩下秦天和这帮恶汉，恶汉们摩拳擦掌，一个个跃跃欲试。豹哥盯着秦天，脸色阴沉得可怕，看来他被乔杉用虎哥压制，不得不放走乔杉，憋了一肚子火，把秦天当成了发泄的目标，他狞笑了一声问道："老家伙，怕了吗？"

秦天淡淡一笑，眼神中全是蔑视。豹哥被彻底激怒了，吩咐一众手下："给我狠狠地打，我倒要看看这老家伙骨头有多硬！"

以秦天的性格，哪怕明知寡不敌众，也会奋力反抗，但他担心连累外面的乔杉，只能默默地承受着殴打。这帮人都是专业打手，下手狠毒，拳拳到肉、脚脚穿心，秦天很快倒在地上，身体在暴击下不住抽搐。

豹哥喊了一声"停"，他走过去俯视着秦天，说道："怎么样？这滋味好受吗？你只要服个软，给我跪下磕个头，我现在就放你走！"

秦天"呸"了一声，吐出一口带血的唾沫，一字字地说道："想让我对你这种社会渣滓低头，下辈子吧！"

豹哥气得青筋暴跳，挥舞着胳膊吼道："给我继续打，出了事我兜着！"

噼噼啪啪的暴击声中，有位看上去老成持重的手下凑过去说道："豹哥，不能再打了，这老家伙一把年纪，真要有个什么好歹，麻烦就大了。"

豹哥一脸晦气的表情，恨恨地说道："怎么还有这么犟的人？好了，把他交给他那个同伴吧！"

乔杉扶着秦天走出酒店，在花坛边上坐下，他递给秦天一块手帕，说道："老秦，你先擦一擦脸上的血，待会我送你去医院。"

秦天冷着脸没理他，乔杉叹了口气说道："人在屋檐下，不得不低头，在那种情况下，服个软不丢人，何必跟他们硬抗呢？"

秦天冷冷说道："我没有能屈能伸的本事，也不认识什么虎哥，挨打也是活该，怨不得别人。"

乔杉沉默了一下，声音有些低沉："你以为我愿意吗？我是多骄傲的一个人，你又不是不知道，但那又怎么样？生活才是最可怕的，迟早会磨光你的锐气。在江湖的夹缝中生存，有太多的身不由己，有太多人得罪不起。除了适应环境，你没有别的办法，有时候你活着活着，就活成了一个不认识的自己。"

原来，在那副玩世不恭的外表下面，也有一颗饱经沧桑的心。

秦天突然感到一阵歉疚：每个人都有自己的无奈和挣扎，自己又何必强人所难呢？他什么都没有说，只是重重地拍了拍乔杉的肩膀。

乔杉揪下一根草叶，在手里把玩着，说道："我们不必沮丧，虽然付出了挨打的代价，但也实现了最根本的目的——找出黑暗王爵！"

秦天若有所思，反问了一句："我们找出黑暗王爵了吗？"

乔杉说道："虽然暂时还没有锁定黑暗王爵，但已经把范围缩小了，房间里那几个人，肯定有一个是黑暗王爵。我已经把每一个人的形象都记住了，接下来只要使用排除法，很快就能让他露出原形。"

秦天说道："乔杉，在我们三剑客当中，你的判断力是最强的，你相信那帮恶汉里会有黑暗王爵这种人物？包括那个豹哥，他哪点像黑暗王爵？"

乔杉愣了一下，皱眉思索着。秦天又说："黑暗王爵掌握那么多人的秘密，能力惊人到可怕的地步，你认为他会冲冲杀杀，干那种刀头舐血的勾当？如果黑暗王爵就只有流氓混混的水平，你相信我会栽在他手里？"

乔杉沉吟道："你说的不无道理，可是手机定位的位置，明明就在那里啊。"

秦天轻声说道："你别忘了，还有一个地方。"

"啪"的一声轻响，那枚草叶断成两截，乔杉失声叫道："你的意思是……"

"没错！"秦天缓缓道，"也许黑暗王爵，就藏身在305！"

## 40 / 步步惊心

乔杉这一惊非同小可，连连摇头说道："不可能，如果他在那个房间里，门铃响了半天，房里为什么一点动静没有？难道黑暗王爵是个聋子？"

秦天说道："他当然不是聋子，他是一个高明的猎手，挖好了陷阱，藏起了身形，等着猎物往里跳。"

乔杉说道："你的意思是，黑暗王爵知道307是虎穴狼窝，所以藏身在305号房间，把我们引过来，等着我们上钩？"

秦天默默地点点头："我甚至可以想象出来，我们按响门铃的时候，他就站在门后，从猫眼里看着我们，就用他头像上那只幽深难测的眼睛……"

秦天描述的场景里，透着一股森森寒意，让乔杉不由为之色变，他沉声说道："你这种猜测有一个前提，黑暗王爵必须预先知道我在定位他的手机，但这是不可能的事，他又不是神仙，怎么可能未卜先知？"

秦天叹道："对别人来说的确不可能，对黑暗王爵来说，似乎没有什么是不可能的。到今天为止我都搞不清楚，他到底是人还是鬼！"

乔杉说道："他是装神弄鬼，你是疑神疑鬼。恕我直言，老秦，你已经被黑暗王爵给吓怕了，让你很难做出理性的判断！"

"也许你说得对。"秦天默然片刻后说道，"接下来该怎么做，我听你的。"

"很简单，继续进行手机定位，不过这次最好等到晚上，他一个人的时候，就可以真正锁定他了，如果我猜得不错，一定是那群人当中的一个。"

乔杉开车带着秦天去了趟医院，处理了一下伤口。那帮人下手很重，秦天全身上下无处不疼，很可能受了内伤，好在骨头没事，活动不受影响。从医院出来，上了越野车，乔杉说道："要不你回去歇会儿，由我一个人来对付黑暗王爵。"

秦天想都没想就一口拒绝了，黑暗王爵那么可怕，他怎么能放心让乔杉独自去面对呢？

黑暗无声无息地降临了，万家灯火点亮了城市的夜晚。秦天和乔杉找个地方吃完晚饭，回到越野车上坐着，乔杉靠在车座上闭目养神，他对秦天说："估计现在还是那帮人的夜生活时间，我们只能耐心等，等到他们散伙……"

一直等到城市的万家灯火渐次熄灭，乔杉才掏出手机，开始进行定位操作，等他停下动作之后，却露出无法置信的表情，一脸愕然地说道："他怎么会在那种地方？"

秦天问道："什么地方？"

乔杉指着屏幕上卫星地图的某一个点说道："城郊往西十里，那儿是一片荒野啊，白天都很少有人去，这深更半夜的，他去那儿干吗？"

秦天缓缓说道："也许是在向我们发出挑战，看我们敢不敢去。"

乔杉撇了撇嘴："老秦你又来了，你能不能正常点？"

"好吧。"秦天苦笑道，"那你说我们去不去？"

秦天这么问是有原因的，在三剑客之中，乔杉脑子最活，但胆子最小，让他深更半夜去荒郊野外，恐怕他还真得掂量掂量。

乔杉迟疑了一下，很快下定了决心："今天是最好的机会，我们绝不能错过！"

子夜时分，越野车停在一处荒坡，乔杉和秦天和从车上下来，居高临下地远眺着。乔杉伸手往前一指，说道："根据定位得出的信息，他应该就在这里，可是……"

此刻虽然是夜晚，但月光明亮，洒在荒野之上，一切都一览无余，视野中只有野草在夜风中起伏，哪有半个人影？

不知为什么，秦天心里有一种很不舒服的感觉，他往前走了几步，环顾着四周景物，突然意识到了这种不适感来自何处——这里的一切都有种似曾相识的感觉，而这种感觉又拨动了他内心一处最敏感的区域。

秦天闭目静思片刻，突然间心中一凛。他想起来了，这里曾经是当地划出的一片刑场，专门用来对死刑犯进行枪决，近些年随着注射死刑代替了枪决，这片刑场早就彻底废弃了，但由于这片土地亡魂太多、阴气太重，早就成了当地人闻之色变的禁地，大白天都没人敢来，更别说深更半夜了。

三剑客不止一次来过这里，那时他们都还年轻，有着最质朴的正义感，对那些罪大恶极的犯人，他们亲手捕获还觉得不过瘾，能亲眼看到对方饮弹毙命，为自己的滔天罪行付出代价，他们才会感到发自内心的痛快，痛快之余再回去举杯共饮，大醉一场，三剑客坚如磐石的友情，也正是在那时候结下的。

从什么时候开始，这里成了秦天生命中的禁区，从此再也不敢涉足半步？秦天知道，是当年的那桩冤案，让他失去了走进这片刑场的勇气。十年后的这个夜晚，他鬼使神差地走进了这片禁区。

恍惚之间，秦天眼前幻化出一幕场景，那个叫贺炜的男人跪在地上，后背上插着长长的亡命牌。他脸如死灰，眼如黑洞，拼命地挣扎着，不停地呼号着，喊得嗓子都破了音，内容只有重复的两个字：冤枉、冤枉、冤枉……他的表情突然僵住，声音也戛然而止，一颗子弹贯穿了他的头部，鲜血和脑浆喷溅在他脸上，他往下仆倒时眼睛还大大地瞪着，那是一种死不瞑目的表情……

秦天背上冷汗涔涔，身体瑟瑟发抖，像一个被噩梦魇住的人，怎么也无法回到现实。奇怪的是他身后的乔杉也不再发出任何声息，仿佛突然间神秘地消失在夜色中。

过了一会儿，秦天才逐渐恢复了清醒的意识，擦了擦额头上的冷汗，长长呼出一口气。乔杉的沉默让他看清了一件事，也许参透那个冤案的，除了韦石，还有乔杉。想来也并不奇怪，韦石能从秦天的负罪表现中发现端倪，进而查出那个案子的真相，洞察和推理能力比他更胜一筹的乔杉，为什么就不能呢？

秦天没有回头去和乔杉正面相对，他不打算戳破这层窗户纸，那个秘密对三剑客而言，就像一块暗礁，只能绕行，不能触碰。过了好半天，秦天才开口说道："你也看到了，黑暗王爵不在这里，会不会是你的定位有偏差？"

乔杉说道："这一带很空旷，方圆几百米呢，就算存在偏差，也不会超出这片范围。如果我猜得不错，在我们赶过来的过程中，他离开了这个位置，让我来重新定位一下。"

乔杉取出手机，埋头操作片刻，抬起头望着西边，说道："他在那个方向，离这里并不远。"

秦天注视着深不可测的夜色，缓缓说了一句话："你有没有一种感觉，我们在被他牵着鼻子往前走，等待我们的，恐怕是更加可怕的陷阱。"

这次乔杉竟然难得的没有反驳，也许当他被引到这片曾经的刑场后，已经意识到黑暗王爵出现在这里并不是偶然的，一种被窥破秘密的不安，是不是让他在内心深处产生了一丝惧意？难道这就是黑暗王爵想达到的目的？

但知难而退并不是乔杉的性格，他迈步走到越野车跟前，拍拍方向盘，像在爱抚一匹心爱的坐骑，说道，"只要有我这个老伙计在身边，就什么都不用怕，大不了逃之夭夭，它已经救过我好几次命了！"

这辆越野车果真性能强悍，在凸凹不平的荒野上颠簸着前行，颇有种一往无前的气势,两束雪亮的车灯光柱把所到之处照得纤毫毕现,给身处黑暗中的人带来安全感。然而,越野车一下刹住了,乔杉注视着前方,嘴角露出一丝苦笑。

原来,前面出现了一片黑压压的树林,挡住了他们的去路,树与树的间隙很窄,越野车根本开不进去。

乔杉喃喃说道:"我有点相信你的话了,我闻到了一种阴谋的味道。"

秦天面色凝重:"你定位出的位置,在这片树林里吗?"

乔杉说道:"这就不好说了,要看树林有多深,也许就在树林里,也许要穿林而过。但有一点是肯定的,我们必须进入这片树林。"

秦天和乔杉对视一眼,几乎同时问出一句话:"进去吗?"

两个人嘴角露出了会心的微笑,他们从对方的眼睛里看到了答案。是的,他们也是人,他们也会怕,但和普通人不一样的是,他们在危险面前不会退缩。他们可以被打败,不可以被吓倒,这是一名警察的必备素质。尽管岁月变迁,一切都物是人非,两人一个做了逃犯,一个当了侦探,但那种在血与火中锻塑出的勇气,已经植入了他们的血液深处。

乔杉从车上取出两把手电,将其中一把递给秦天,酝酿了半天情绪,却只说出了两个字:"小心。"

秦天走进那片树林,才意识到了黑暗王爵的阴险之处。密密匝匝的树木,每一棵后面都可以藏人,他们两人必须用手电照射一棵又一棵树木,确认黑暗王爵没有藏在后面,但那对他们的精神和意志,不亚于一次又一次考验和折磨。

突然,乔杉发出一声低吼,吼声中带出一丝颤音:"出来!"

秦天紧绷着的那根神经差点断了,他一步蹿到乔杉身旁,叫道:"怎么回事?"

乔杉用手电指着一棵大树,光柱颤颤悠悠的,那是他的手在抖,他的声音也有点抖:"那棵树后面好像有个人影……"

顺着手电的光晕,秦天定睛细看,果然看到有一个人形的黑影藏在那棵树后的后面,乔杉的声音似乎惊动了他,那个黑影偷偷往里缩了一下。

乔杉一咬牙,朝着那棵树走过去,每一步都显得异常吃力。在真正的危险面前才能看出一个人的品性,乔杉甘愿抢先赴险,秦天又怎肯落后于人?他几个箭步赶到乔杉前面,来到那棵大树后面,用手电光照射过去……

待到看清了树后那个黑影,秦天整个人都呆住了,身后传来乔杉的骂声:"哪个神经病,把庄稼地里的稻草人搬到这儿来了,差点把老子吓死。"

秦天苦笑道:"还套着一件很宽松的衣服,夜风一吹真像是整个人都在动。"

经过这番惊吓,秦天双腿有些发软,乔杉也好不到哪去,秦天听到他呼吸有些紊乱,但如果被一个稻草人吓退,那真是天大的笑话了,两人只能硬着头皮,继续往密林深处走去,但两人之间的距离明显拉得更近了,这足以显示出他们内心的惊惧不安。

好在接下来没再遭遇什么状况,当两人看到树林的尽头时,乔杉发出一声感叹:"总算走出来了,这下没有什么可怕的了。"

可惜这话说得太早了,当两人走出树林,看到眼前的情景时,脸色同时变了。乔杉连眼睛都瞪圆了,不由自主地发出一声骇呼:"我的天!"

# 41 墓穴惊魂

秦天和乔杉究竟看到了什么，会有这种骇然色变的反应？原来，在树林外面竟然是一片坟地，到处都是隆起的土堆和黑色的墓碑，还能看到绿色的光团，在夜色中飘飘荡荡，那是死人骨头发出的磷光，被老百姓俗称为鬼火。

深更半夜，置身于坟场，换了谁会不害怕？但真正令乔杉恐惧的，并不是眼前的环境。月光下，他的脸色有些发青，声音也有些发虚："按照我定位出的位置，肯定不会超出这片坟场的范围，可是，你也看到了，这里根本就没有人啊。"

秦天说道："会不会又是短暂停留之后离开了？你再重新定位一下他的手机。"

乔杉依言而行，过了好半天，他的目光离开手机屏幕，声音颤抖地说出了一句话:"他就在这片坟场里。"

秦天倒吸一口凉气,问道:"你确定不会出错吗?"

乔杉摇头说道:"绝对不会,如果卫星定位的偏差能大过这片坟场的范围,这种定位技术早就失去存在的意义了。"

事到如今,两人已经骑虎难下,只能壮着胆子走进这片坟场,近距离地观察着周围的环境。这里除了坟堆就只有荒草,但荒草长得并不高,根本没有藏人的可能。秦天只觉得头脑一片混乱,心里只有一个想法:难道黑暗王爵真的是鬼?要不然这一切该怎么解释?"

乔杉冷不丁冒出一句话:"其实还有一个办法可以试一试。"

秦天赶紧追问是什么办法,乔杉举了举手机说道:"我可以拨打一下那个手机,看看会不会有铃声响起,这个办法只能近距离使用,所以必须等到现在。"

秦天叹了口气,说道:"跟黑暗王爵斗法,把我的脑子都弄出问题了,这么简单的办法,我居然完全没想到。乔杉,你拨吧!"

奇怪的是,乔杉迟迟没有行动,过了好一会儿,他才语气低沉地说道:"不知道为什么,我有点害怕,老秦,你会不会笑话我没出息?"

能让性格狂傲的乔杉说出害怕二字,还真不是一件容易的事。白天的时候,他还意气风发,发出朗朗笑声,扬言要把黑暗王爵关进笼子里,这才过了不到一天,他已经在这子夜的坟场,流露出了深深的惧意!

秦天用力拍拍乔杉的肩膀,用一种坚定而温暖的目光看着他,缓缓说道:"乔杉,我不想说什么大话,因为我也不是不怕,我只想告诉你一句话,无论遭遇到什么,我始终都在你身边!"

在秦天的注视之下,乔杉伸手准备去按拨号键,就在这时,在两人的身后，突然传来一阵阴森森的怪笑。乔杉手一哆嗦，手机掉到地上，秦天头皮一阵发麻，迅速回过身去。

秦天看到了一座隆起的坟堆，坟前插着高高的引魂幡，白色的纸带在风中飘摇，发出"哗啦哗啦"的声响。坟墓周围光秃秃的，连荒草都没有一丛，显然这是一座新坟。

最让秦天毛骨悚然的是，坟堆上有一个黑乎乎的洞口，大小刚好能钻进去一个人。

身后传来乔杉抖抖索索的说话声，分明还伴着一两下牙齿的撞击声："刚才那笑声，是从坟墓里发出来的吗？"

还没等秦天回答，一个幽幽的声音便响起来，那略带沙哑的声音，千真万确是从坟洞里发出来的："我是黑暗王爵，欢迎到我家里做客。"

一种无法用语言形容的恐惧像电流一样，瞬间就传遍了秦天全身，他不由自主地连退数步，感觉脚底硌了一下，侧脸一看，原来是踩到了乔杉的脚，但乔杉动都没动，整个人似乎都傻掉了。

秦天死死盯着那个洞口，慢慢地走过去，也许他无法单凭勇气战胜那种极度的恐惧，但是他体内还有一种更强大的力量叫作仇恨。他蒙受奇冤沦为逃犯，活得人不人鬼不鬼，全是拜黑暗王爵所赐，如今，魔鬼已经登场，仇人近在咫尺，如果就这样被吓倒，以后还有什么资格跟他斗？

秦天一咬牙，从那个坟洞跳了进去，双脚踩在松软潮湿的土地上，打开手电扫视着四周。墓穴里摆满了花花绿绿的祭品，在昏黄光晕的映射下显得阴森瘆人，但墓穴里半个人影都没有，哪来的什么黑暗王爵？

既然这里根本没有人，刚才的声音是哪儿传出来的？秦天的呼吸声被墓穴放大扩散，心跳声像急促的鼓点。他的目光随着手电光转动,一下落到了墙角那具红漆棺材上。那是墓穴里唯一可以藏人的地方,难道黑暗王爵躲在棺材里?

可是当秦天硬着头皮凑近细看时,却发现棺材被长长的钉子钉死了。最后的可能也被排除了,似乎只有一种解释了,秦天用颤抖的声音,缓缓吐出一个字:鬼……"

这个字仿佛魔咒一般,甫一出口,便突然带出一片参差不齐的吼叫,在这夜静更深的时分,真有一种百鬼夜号的感觉。秦天只觉得大脑一片空白,颤抖的双腿几乎要承受不住身体的重量了。

呐喊声越来越近,秦天这才反应过来,这声音并不是来自墓穴,而是从外面传进来的。秦天赶紧仰头问了一句:"乔杉,发生什么事了?"

没有任何回应,秦天心里一紧,乔杉哪儿去了?不会发生什么意外了吧?秦天扒住洞口爬上来,发现乔杉早就不知去向,坟场四周有十几个汉子狂奔着陆续赶过来,一边跑一边发出愤怒的吼声,他们挥舞着棍棒、锄头和铁锹,将刚钻出坟洞的秦天团团围住。

看这帮人的装束,似乎是附近的村民,其中一个村民怒目圆睁,冲着秦天暴喝一声:"你个老混蛋,老族长刚下葬,你就来盗他的墓,是不是穷疯了?"

另一个村民恨恨地说道:"他还有一个放风的同伙,可惜让那小子给逃走了!"

秦天明白了,自己又一次钻进了黑暗王爵设下的圈套,这下有一百张嘴也说不清了,但他也只能尽力解释:"你们不要误会,我不是盗墓贼……"

村民们气坏了,七嘴八舌地骂着:"这么多人亲眼看着你从老族长的墓穴里钻出来,你还敢红口白牙说瞎话!你是孤魂野鬼吗?

大半夜的不为盗墓，往别人坟里钻？"

有一个村民嚷道："跟这种人废什么话？老族长刚刚入土就被他惊扰，想想就可气！往死里揍他，让他后悔生出来！"

这帮村民眼睛都红了，棍棒锄锹争相挥舞，重重地落到秦天身上，他很快倒在地上，伴着阵阵剧痛，身体不住痉挛。秦天眼见情势不对，这帮年轻人下手不知轻重，再这样下去，自己这条命非交待了不可，情急之下，秦天就地一滚，跌进了那座墓穴。

让秦天没想到的是，这帮村民已经彻底丧失了理智，有人扯着嗓子喊了一声："他不是喜欢往坟里钻吗，干脆就别出来了，让他在里面跟老族长做伴吧，你们说好不好？"

众人轰然叫好，秦天脸色变了，紧接着，湿土像暴雨一样，成片成片地泼洒下来，秦天挣扎着想爬上去，刚到洞口便被几把铁锹拍了下去。

难道自己真的要被活埋在这里了吗？一种彻底的绝望和恐惧攫住了秦天的心，他听天由命地闭上了眼睛。

就在这时候，秦天听到外面传来一声大喊："住手！"

## 42 合理推断

随着这一声呼喊,村民们的动作停住了,秦天获得了喘息之机,一边扑打着身上的湿土,一边倾听着上面的动静。只听一位村民用尊敬的语气说道:"五伯,您老人家怎么来了?"

五伯喘着气说道:"我一直在后面撵你们,可我这老胳膊老腿的,不中用了,紧赶慢赶,还是被你们年轻人甩了那么远。"

那位村民问道:"五伯,您也听到了那一声喊了?"

五伯说道:"是啊,我睡得正熟呢,就听到有人喊'盗墓贼去盗老族长的坟了,大家快去抓贼啊!'我当时就惊出一身汗,赶紧就从热被窝里钻出来穿衣服。对了,喊话的是哪一个?"

村民们七嘴八舌地回应着:"不知道啊,路上我们已经互相打问过了,哪一个也没喊。"

五伯闻言皱起眉头,嘀咕了一句:"这就有点奇怪了。"

有村民说道:"甭管喊话的是谁,人家都是一番好心,这老小子盗墓总不是假的吧?五伯,您要晚来一会儿,他已经进阎王殿了。"

"胡闹!"五伯一听这话,气不打一处来,训斥道,"那可是一条人命,就这么被你们整没了,那算怎么回事?你们是不是打算去吃官司!"

那位村民不服气地说:"在场的都不会往外说,谁能知道这事?"

"那也不行。"五伯语重心长地说,"人在做,天在看,你瞒得过所有人,能瞒得过老天爷吗?记住,杀人害命的事不能干,要祸及子孙的!"

这位老人显然威望很高,这几句话说完,在场的村民都不吭气了。五伯这才冲着洞口说了一句:"上来吧!"

秦天狼狈不堪地爬上来，五伯看着他直摇头，说道："瞧你也一把年纪了，干点什么不好，非要干这种损阴德的事。"他摆了摆手说道："快走吧，记住这次教训，以后千万别干这种事了！"

一位村民抗议道："凭啥放他走？至少要报警，把他抓起来。"

"算了吧，得饶人处且饶人，你们把他打成这样，已经够瞧的了。真要追究起来，咱也犯法了。"

秦天默默地向这位慈眉善目的老人鞠了个躬，转过身一瘸一拐地走进了夜色。他身上疼得要命，走一步歇两步，靠在一棵树上休息。这时候，他看见一个熟悉的身影急急跑过来，正是乔杉。看到秦天后，他停下脚步，却迟迟没有走过来，低着头站在那儿，像个做错事的孩子。

秦天叫了一声"乔杉"，乔杉这才磨磨蹭蹭地走过来，一脸愧色地嗫嚅道："老秦，对不起，我不是有意甩下你逃走的，当时我的精神已经接近崩溃了，脑子都是空的，那帮人鬼叫着扑过来，成了压倒骆驼的最后一根稻草，我掉头就跑，不要命地跑，别说把你抛到脑后了，连自己是谁都忘了……"

秦天说道："乔杉，你不用解释，我没有怪你，也许当时换了我，会跑得比你还快。再说你为了我，这不是又回来了吗？这需要克服多大的恐惧？这就足够了！"

秦天越这样说，乔杉越是自责，他说："我想到了你刚才那番话，就有种无地自容的感觉，你告诉我，无论我遭遇到什么，你都会在我身边。可我呢，在你遇到危险的时候，竟然逃之夭夭了。我真不敢相信自己能干出这种丢脸的事！"

秦天摇了摇头，没有再说什么，他知道，现在去说那些劝慰的话，效果只会适得其反。那不是在乔杉的伤口上敷药，而是在撒盐。

乔杉叹道："人天生就是矛盾的产物，我从小就喜欢冒险，偏偏胆子有点小，不知道闹过多少笑话。后来我当了警察，一方面是喜欢跟高智商的犯罪者较量，一方面也是为了重新锻炼自己的胆色，可惜有些基因里的东西，是注定无法改变的。有时候我真的很佩服韦石，佩服他那种天不怕地不怕的劲头。"

秦天苦笑了一声，有句话没法说出口：你口中那个什么都不怕的韦石，也许才是最怕黑暗王爵的那个人。

这次和黑暗王爵斗法，秦天挨了两次暴力殴打，在床上足足躺了三天，才缓过劲儿来。乔杉倒是毫发无损，但精神显然遭到了重创，进进出出都保持着沉默。秦天想跟他交流一下这次和黑暗王爵较量的心得，看他一副意兴阑珊的样子，只好把到嘴边的话又咽了回去。难道乔杉真的被黑暗王爵吓怕了？但这并不符合他的性格啊！

一个大风天，乔杉开车带着秦天来到郊外，从车上取下一只老鹰风筝，那只鹰形神兼备，眼神锐利如钩，似能摄人心魄。乔杉和那只鹰对视着，目光也渐渐犀利起来，他缓缓说道："老秦，怪不得你对黑暗王爵畏如蛇蝎，这个人果然是我们生平从未遇过的可怕对手……"

秦天若有所思道："这么说你不认为他拥有超自然的力量？"

乔杉说道："我落荒而逃的那一刻，真的要相信他就是鬼了，可是如果冷静下来还这么认为，那我就白干了这些年的警察和侦探了。这段时间，我反复回想那天晚上的每一个细节，很多东西都想通了。"

秦天直接问出了第一个问题："坟墓里传出的声音是怎么回事？"

乔杉说道："他只要把被我定位的手机放在墓穴里，把自己的声音录制下来设置成来电铃声，再用另一部手机拨打那部手机，墓穴里就会传出他的声音了。"

秦天说道："可是我并没有在墓穴里看到手机。"

乔杉说道："他应该是把手机塞到了那堆祭品里，不翻开祭品细找，是看不到的，在那种恐怖阴森的环境里，精神高度紧张，谁还能洞察秋毫？"

秦天沉吟道："可你想过没有，他必须精准掌握我们所处的位置，在我们走到那个墓穴附近时拨打手机，早了晚了都不行，这可不是靠推算能做到的。"

乔杉快速放线，风筝扶摇而上，那只鹰仿佛被赋予了生命，在蓝天上展翅翱翔。乔杉盯着天空，面无表情地说道："所以我怀疑他当时就藏在那片树林里，盯着我们在坟场里的一举一动！"

秦天脸色微变，说道："你别忘了，我们用手电照过那片树林里的每棵树，并没有发现树后藏着人。"

"不。"乔杉说道，"我重新回忆了一下当时的细节，有一个地方被我们漏过去了……"

秦天略一思索，失声说道："你是说……稻草人旁边的树？"

乔杉默默点头，脸色越发冷峻。秦天仔细回忆着当时的情景，不由出了一身冷汗，他们被树后的稻草人惊吓之后，确实没有去检查旁边的那几棵树，但与其说他们是疏忽大意，不如说是遵循了再正常不过的思维。是啊，哪有藏匿者布下机关，竟然是为了把对手引诱到自己身边？而这么做的目的却又是为了瞒天过海不被发现，想一想都觉得匪夷所思。

然而，处处出人意料、事事反其道而行之，不正是黑暗王爵最大的特点吗？也许正因为他和乔杉都没能跳出常规思维的陷阱，才会被黑暗王爵玩弄于股掌之上。

只听乔杉叹道:"我们都知道那句话,最危险的地方,也是最安全的地方。但真正敢冒险的又有几个人呢?像黑暗王爵这样,竟然能人为地制造出一处险境,跟我们这种刑侦高手去斗智斗胆……我只能说,遇到这样的对手,是我们的不幸。"

那只老鹰风筝越飞越高,渐渐变成了一个黑点,乔杉仰望高处的目光,更像是注视着一个虚空的地方,他说:"让我来还原一下黑暗王爵给我们设套的整个过程。那天我们在等待天黑时,他已经在行动了,他挖开坟堆,布下稻草人,接着来到那片刑场,用手机把我们引过去。等他看到越野车的灯光后,再穿过树林到达坟地,把那部手机放入墓穴中,然后返回树林。其他的枝节问题就不难解释了,他让一个听命于他的人躲在那个村子里,听到他的电话指令后,喊出有人盗墓,惊动那些村人,把我们当盗墓贼堵住。我们就这样被他牵着鼻子,掉入了他挖好的坑里。"

听完乔杉的这番推断,秦天指出了其中最大的问题:"你的所有推断都建立在一个前提条件上,黑暗王爵必须提前预知到你在定位他的手机,而这种可能性是被你坚决否定过的,我还记得你的话,他又不是神仙,怎么可能未卜先知?"

乔杉说道:"这的确是让我困扰最深的一点,想不通这一点,一切推断都无法展开。"

秦天追问道:"这么说你想通了?"

乔杉眉毛一挑,缓缓说了两个字:"没错!"

## 43 终极对决

秦天盯着乔杉,等着他往下说,不料乔杉却岔开了话题:"老秦,你见过我放风筝吗?"

秦天摇了摇头,乔杉注视着天空,说道:"我小时候很喜欢放风筝,在我充满童真的眼里,风筝是自由的象征,可以在天空中任意翱翔。长大后才明白,风筝恰恰是最不自由的,它离不了风,也挣不脱线,飞再高也是个没法掌握自己命运的纸偶。"

秦天若有所思,乔杉话入正题:"我已经很多年没放过风筝了,今天放风筝只是一个幌子,为的是找一处空旷没人的地方,防止我们的对话被人窃听。"

秦天微微一惊,只听乔杉说道:"这几天你屡次跟我提及黑暗王爵的话题,我都没接茬儿,就是害怕房间里有窃听器。"

秦天问道："你确定房间里被放置过窃听器？有没有检查过？"

乔杉说道："我不能确定，也没检查出什么。"

秦天不解地问道："那你怀疑有窃听器的根据是什么？"

"因为这是唯一合理的解释，要不然为什么黑暗王爵能第一时间知道我们要定位他的手机，并且根据我们的计划设下圈套？难道他真的不是人类？我不信！他要真是鬼神，又何必挖空心思设什么圈套？以本来面目出现，就能把我们吓个半死了！"

秦天皱眉思索着，乔杉继续往下说："你也知道，我离婚后净身出户，一直是租房子住的，现在这所房子并不是我的，房东手里有钥匙，只要黑暗王爵差人重金买通他，随时可以瞒着我在房间里放置和取走窃听器。"

秦天点点头说道："就算你的推断是成立的，还会面临一个问题，黑暗王爵怎么会知道我在你这里？"

"这就要问你了。"乔杉说道，"既然黑暗王爵一直把你当作目标，会不会韦石把你送到我这里的事情，从一开始就暴露了？"

秦天默默地思考着乔杉说过的每一句话，他不得不承认，乔杉的分析和推理是完全能站住脚的，但他还是隐隐觉得，黑暗王爵的神秘和可怕，不是用暗中窃听能解释过去的。他能洞察那么多人的秘密，难道是在所有人的心里，都装上了一副看不见的窃听器？

忽听乔杉说道："老秦，我今天带你来这里，可不是为了咀嚼失败的苦果，而是想和你商量新的计划，跟黑暗王爵再好好斗一场！"

秦天心中一凛，问道："你是不是已经有什么打算了？"

乔杉说道："我当私家侦探这些年，遇到过不少高人，也栽过一些跟头，但最后的胜利者总是我，你知道是为什么吗？不是我手段有多厉害，而是因为我总是能找到对方性格中的弱点，从而获得反败为胜的机会。"

秦天忍不住问道："你的意思是，黑暗王爵也有弱点？"

"每个人都有弱点，黑暗王爵也不例外。上次跟他较量，我们是输了，输得还很惨，但我们未必没有收获，我自信已经找到了他最大的弱点。"

秦天迫不及待地问道："他的弱点是什么？"

乔杉说道："他设的这两个局，虽然成功地把我们装了进去，但同时也让自己置身于险地。第一次他跟我们只有一门之隔，第二次就更不用说了，几乎是近在咫尺，呼吸可闻。如果我们识破了他的障眼法，恐怕他现在已经是我们的阶下之囚了。"

秦天叹道："可惜这世上没有如果，他赢我们靠的也不是运气。"

"这一点我承认，至少在这个回合的较量中，从思维和胆识上，我们都输给了他。但你想过没有，其实他根本不需要冒这个险。在知道我们要定位他的手机时，他已经占据了先机，完全可以想出一些更稳妥更安全的办法对付我们，但他偏偏选择了走钢丝，这证明了什么？"

乔杉加重语气，说出了自己的结论："黑暗王爵性格中最大的特点，就是过于骄傲和自负，喜欢冒险和挑战，这个特点一旦被对手抓住，就很容易变成致命的弱点。"

秦天说道："黑暗王爵隐身暗处，我们根本找不出他，更不可能知道他是谁，即便看出了他性格中的弱点，又有什么用？"

乔杉微微一笑："老秦，为什么不能换个思路呢？让我们去找黑暗王爵，也许永远找不出来，但如果让他来找我们呢？"

秦天身体一震，下意识地重复了一句："让黑暗王爵来找我们？"

"没错！"乔杉看上去胸有成竹，说道，"以黑暗王爵的个性，面对我们发出的挑衅，会选择退避三舍吗？不，不会的，如果那样，他就不是黑暗王爵了！"

乔杉用剪刀剪断了风筝线，那只雄鹰迅速消失在天际。他遥望着茫茫天宇，不知在想什么。片刻之后，他收回目光，取出手机，打开微信，对秦天说："黑暗王爵的微信账号我已经记牢了，虽然那部手机被埋在墓穴里了，但并不妨碍他用其他手机登录微信，希望他不要换号。"

乔杉查找出黑暗王爵的账号后，在验证信息栏里填写了一句话："诛灭黑暗王爵，扫清魑魅魍魉。"然后点击发送。好半天过去了，那边毫无反应，秦天微微摇头道："黑暗王爵那么狡猾，会看不出这是激将法吗？"

乔杉说道："他当然能看出来，但他还是会中招，你信不？能轻易改变的东西，就算不上是弱点了！"

刚说到这儿，乔杉的声音戛然而止，再开口时语气低沉了很多，缓缓说了三个字："通过了！"

果然，在乔杉微信上，出现了一只眼睛，那是一只藏着亡灵的眼睛，仿佛能一直看到你的内心深处。乔杉竟然莫名地有些紧张，他调整了一下呼吸，慢慢恢复了镇定，发过去一句话："不用自我介绍了吧，黑暗王爵先生！"

黑暗王爵的回应里，带着一种讥讽的味道："那我该怎么称呼你，手下败将先生？"

乔杉气得咬了一下牙，飞快地打着字："没错，这次是我输了，但我不服气，你能赢我不过是因为提前掌握了我的底牌。有胆量跟我来一次完全公平的对决吗？"

黑暗王爵只回复了两个字，却流露出一种逼人的傲气："来吧！"

"那好，我们定好时间和地点，找一个双方都能接受的方式。"

"不必！"黑暗王爵冷冷回应，"一切由你决定，我随时随地奉陪！"

乔杉和秦天对视一眼，乔杉说道："这家伙，还真是狂得可以！我本来想着随机应变的，没想到被他将了一军。"

乔杉闭目沉思半晌，缓缓睁开眼睛，他眼中光芒闪烁，轻声说了一句："有了！"他按动手机键盘，发过去一行字："有个地方非常适合决斗，就怕你不敢去。"

黑暗王爵似乎并没有被激怒，他的回应里透出一股苍凉的味道："最黑暗的人心里我都敢去，这世上还有我不敢去的地方吗？"

"少在这故弄玄虚！"乔杉毫不客气地说道，"敢去就接招！天师洞你不会不知道吧？你这个黑暗中的鬼魅，敢去那种地方吗？如果你真的不怕，三天后洞中对决，怎么样？"

黑暗王爵沉默片刻，回过来四个字："不见不散。"

乔杉开着越野车往回走,转过一个弯后,秦天有些不解地问道:"这不是回家的路啊?你要去哪?"

乔杉一字一顿道:"天师洞!"

## 44

## 守株待兔

两个小时之后,乔杉停下越野车,不远处是连绵起伏的山峰。两人从车上下来,又步行了一段时间后,在山脚下找到了那个千年古洞,洞口黑黝黝的,没有半点光亮,一股阴寒之气扑面而来,似乎洞里洞外是阴阳相隔的两个世界。

乔杉盯着那个洞口,对旁边的秦天说道:"我很小的时候就知道这个山洞,相传洞里住着恶鬼,扰得附近的村子夜夜不宁,后来天师钟馗路过,进得洞去把鬼捉了,古洞也由此得名,叫天师洞。我那时就想进去探险,终究还是没那么大的胆子。"

秦天环顾着山洞四周,树枝上挂着很多红布条,地上有香烛燃烧后的余烬,他说:"当地老百姓已经把这个地方传得神乎其神了,平时没少有人烧香祭拜,据说不管是撞了鬼还是中了邪,抓一把洞里的土放水里喝下去，马上就什么事都没有了。"

乔杉嘴角露出带有三分邪意的微笑，说道："正因为这样，我才会拿天师洞去激黑暗王爵，我就知道以他的个性，不会输了那口气。"

秦天说道："我正想问你，你把决斗地点选在这里，是不是有什么打算？"

"当然。"乔杉说道，"我先问你一个问题，我们跟黑暗王爵较量，最大的不利因素是什么？"

秦天想了想，说道："是信息掌握上的不均衡。他对我们的一切都洞若观火，简直能钻到我们的心里去；可我们却对他一无所知，连他的真实容貌都不清楚。"

"对啊，真正的问题就在这里，如果换一个开放性空间决斗，比如上次那家酒店，黑暗王爵可以随时向我们下手，可我们想判断出谁是黑暗王爵都难上加难，还没开始较量就先落了下风。而这个决斗地点可以让他的优势荡然无存，出现在洞里的就一定是黑暗王爵了。当然，他可以找人假扮自己，自己根本不进洞，但我相信骄傲自负又喜欢冒险和刺激的他，不会用这种平庸的手段。"乔杉顿了一下，继续往下说，"还有更重要的一点，以黑暗王爵的狡诈，即便我们赢了他，也不一定能抓住他，但在这个洞里就不一样了，他一旦败了就无路可逃，只能被我们瓮中捉鳖了，这个山洞就是一个巨大的瓮。"

秦天敏锐地指出一个问题："可是你要知道，这种危险并不是只针对单方的，我们同样有可能作茧自缚，成为他的瓮中之鳖！"

乔杉沉默了一下，说出一句话："如果在这种情况下，我还是会输给他，只能说输得心服口服。"

乔杉率先走向洞口，边走边说："不要长敌人志气，灭自己的

威风了,我就不信以你我的实力,会在他手上一败再败。当务之急是勘查一下洞里的情况,牢牢掌握先机!"

乔杉和秦天一前一后走进山洞,越往前走洞里越宽畅,也越来越潮湿阴暗,又往前走了一截,仅存的光线也消失了,四周黑漆漆的一片,像是伸手不见五指的夜晚。忽听得"啪"的一声响,洞壁浮现在光晕之中,原来是乔杉按亮了手电。

就这样,两人打着手电一路前行,洞壁时宽时窄,道路忽高忽低,其间转了有七八道弯,半个小时后,终于抵达洞底。看来这个山洞说浅不浅,说深也不深,大概有一千多米的样子。

两人开始原路返回,返程中的勘查比刚才细致了很多,哪一片区域隐含凶险,哪一处转角利于突袭,哪一块石头后面可以藏人,不说做到了然于胸,至少也要心中有数。

洞口越来越近了,那一块光亮,从硬币变成了盘子,又变成了井口,眼看就能出洞了,乔杉突然停了脚步,嘴角露出了一丝笑容,那笑容在慢慢扩散,越来越诡异,秦天有些莫名其妙,问道:"你怎么了?"

乔杉说道:"老秦,你说黑暗王爵会不会来这个山洞里勘查?"

秦天说道:"肯定会的,也不只是他,任何人都会的,不打无准备的仗嘛，这种生死攸关的对决，谁敢那么轻慢大意？那不是把命运交到别人的手里吗？"

乔杉缓缓说道："很好！就让我们守株待兔，等着他出现，先让我们看看这个神秘的黑暗王爵，是一副什么嘴脸！也许，等不到三天之后，他就会成为那只瓮中之鳖了！"

秦天眉头一皱，说道："这样不太好吧，哪怕是对敌人，也应该讲信义！"

乔杉嗤之以鼻："老秦，你别那么迂腐好不好？他都把你害成这样了，就差上断头台了，你还跟他讲信义？他现在还没做好准备，这是最好的时机，错过了就再也没有了！"

秦天下定了决心，说道："好，我听你的！"

乔杉关掉了手电，四周顿时陷入黑暗，两人就在黑暗的这山洞静静地守候着，像丛林中的猎人在静候猎物出现。然而，不知等了有多久，猎物始终不现踪迹，黑暗中传来"咕"的一声，惊得乔杉一跃而起："什么声音？"

秦天苦笑了一声："是我的肚子在提抗议了，从中午到现在都没吃一口饭，你不饿吗？"

乔杉说道："谁说我不饿？没好意思说罢了。这样吧老秦，我去开车买点干粮，你一个人在洞里守着，不能两个人都离开，如果黑暗王爵正好这时候来了呢！"

秦大点头答应，乔杉走到洞口，又不放心地回头叮嘱："老秦，如果黑暗王爵真来了，你藏在暗处看清他的长相就可以了，不要跟他硬碰硬，只有你一个人，我不放心。怎么说呢，黑暗王爵这个人，太可怕了……"

秦天又等了好半天，从洞口就可以看出天色的变化，已经是日近黄昏了。他心里多少有点奇怪，从时间上推算，乔杉早就该回来了。

突然，秦天看到有一个人影被投射在洞外，那个黑影分明在探头往洞里窥视。

黑暗王爵？秦天只觉得全身血液都沸腾起来，他什么都不管了，乔杉的嘱咐也被抛之脑后，他三步并作两步，冲出了那个山洞。

## 45

## 两位助手

秦天从洞口猛冲出来，把洞口那人吓得魂都没了，那人一屁股坐到地上，发出一声尖叫："鬼啊！"

秦天这才看清楚，那是一个年过花甲的老太太，她整个人都吓瘫了，地上掉着一个口袋、一把花铲，还散落着一把香。秦天盯着她问道："你是谁？来这干什么？"

老太太用手捂着胸口，哆哆嗦嗦地说道："俺孙子夜里老是哭个不停，怕是撞到那些不干净的东西了，俺就想着来这儿烧炷香，求些土……"

原来是一场误会！老太太离开后，乔杉回来了，他手里拎着一袋干粮，看到秦天站在洞外，有些奇怪地问道："你怎么出来了？"

秦天把刚才的情况告诉了乔杉，问他为什么这会儿才回来，乔杉解释道，他怕黑暗王爵看到他的越野车，心生怀疑，因此把车停到了远处，步行回来的。

两人重新回到洞里，吃饱喝足之后，天已经黑透了，从洞里远远看去，洞口已经消失于无形，和夜色融为一体。秦天看乔杉并没有撤退的意思，便问："今天晚上也要待在这里吗？你觉得他有可能夜里来吗？"

乔杉说道："不但有可能，而且可能性不小，别忘了他的名字，也许对他这样的人来说，黑暗才能带来最大的安全感。"

黑暗能不能给人带来安全感，秦天不清楚，但黑暗能给人带来困意，却是千真万确的。他强忍着睡意，眼皮一阵阵打架，说话的声音也有点含糊了，耳中听得乔杉说道："老秦，你睡会儿吧，后半夜替我值守，务必要有一个人保持清醒，黑暗王爵随时都有可能出现……"

黑暗王爵真的出现了，他像一个来自冥界的幽灵，像一个落地无声的影子，走到熟睡的秦天跟前，静静地俯视着他。秦天一个惊悸，从睡梦中惊醒，他真真切切地看到了黑暗王爵，他的脸上闪烁着荧荧绿光，映亮了那张僵尸一般的面孔……

秦天吓坏了，呼唤着乔杉，却发现他睡得死沉死沉，使劲去推他，却发现他的身体冰冷冰冷。这时，黑暗王爵发出阴森森的笑声："你不是想看到我的脸吗？你现在就可以看到了……"他伸手撕掉了那张面具，却露出了一张更加狰狞的脸，把这张再撕掉，又露出一张更吓人的脸，他似乎有无数张脸，怎么也撕不完……

秦天身体不住往后缩着，几乎要缩到洞壁里去了，黑暗王爵的脸越逼越近，几乎贴到了他脸上，黑暗王爵发出一声幽幽的叹息："这张脸才是属于我的，你看清楚了……"他缓缓揭掉了最后一层面具，露出了一张死不瞑目的面孔，那分明是冤死者贺炜的脸……

秦天大叫一声醒来，满身满头都是冷汗，黑暗中传来乔杉的声音："做什么噩梦了？吓成这样！"

秦天在黑暗中沉默了很久，才缓缓说道："你睡会儿吧，我已经彻底醒了。"

天亮了，乔杉揉着眼睛醒过来，有些懊恼地说道："这个黑暗王爵，怎么完全不按套路出牌呢？对手心里怎么想的，我一丝一毫都猜不到，这种感觉我从来没过。"

秦天沉吟道："我们不能再这样耗下去了，要不然没守到黑暗王爵，倒把自己的精神先拖垮了。别忘了，两天之后就是决斗之期了。"

乔杉点点头，又摇摇头："你说的有道理，但就这么放弃，未免太可惜了，如果我们离开之后，黑暗王爵来了呢？"

秦天道："那也没办法，很多事是难以两全的。"

乔杉皱眉思索半晌，突然眼神一亮："不，有办法！"

乔杉让秦天继续守在洞里，他出去了一趟，到中午才回来，手里拎着一个工具箱。乔杉来到山洞对面的树丛中，安装了一个摄像头，他将角度调好，对准洞口，这才拍拍身上的尘土，面带得意地说道："大功告成了！"

秦天由衷地佩服，说道："你的点子还真是层出不穷。"

乔杉"呵呵"一笑道："也不是什么新招数，以前我经常这么干，这个设备还是很先进的，在手机上就能远程查看实时监控，只不过相比亲自蹲守有一点不足，就是容易错失抓获黑暗王爵的时机。"

秦天说道："没关系，只要能看到他的庐山真面，离抓获他就不远了。"

在家门口，乔杉低声叮嘱秦天："说不定房间里还有窃听装置，记住，重要的话一句都别说。"

秦天正在卫生间洗漱，突然听到乔杉发出一声惊呼，向来镇定自若的乔杉怎么会发出这种声音？秦天快步走到客厅，只见乔杉拿着手机，眼睛盯着屏幕，脸上血色全无。

秦天凑过去看着，他的脸色也变了，只见一只戴着黑色手套的手，张开五指，缓缓逼近。那只手越来越近，越来越大，终于盖住了一切，手机屏幕变成一片漆黑。

乔杉关掉了监控画面，屏幕也恢复了正常。两人来到房后的空地上，乔杉声音微颤地说道："他知道那个位置有监控，从摄像头的后方伸出手，遮住了摄像头，接下来应该是把摄像头摘掉了……可是他怎么知道那里有摄像头的？我想不通，我真的想不通。"

秦天苦笑一声："我也想不通，可是我早就习惯了，这就是我熟悉的那个黑暗王爵！"

乔杉叹道："这么一来，主动权一下就到了他手里，他肯定去天师洞查探过了，也许还设下了什么陷阱。"

秦天说道："不管怎么说，既然已经跟他订下了三日之约，我们就不能自食其言，要不然我们还有什么资格做他的对手？"

乔杉说道："箭在弦上，当然不能再退回去，不过这个人实在太过高深莫测，我们两个对付他，实在没有把握，我想找两个助手帮忙。"

秦天问他想找谁帮忙，乔杉说道："有一种地下职业叫赏金猎人，这群人接受雇主重金委托，承担各种危险工作。我就认识一个叫阿华的赏金猎人，他从小练武，是个真正的高手，这么说吧，我们两个身手也不错，但加到一起，也不是阿华的对手。有他帮忙，我们的胜算就大多了。"

乔杉带着秦天来到阿华家，开门见山，说明来意："咱们以前合作得不错，这次要大力仰仗兄弟你了，还是老价格，先付一半，事成后付清。不过你一定要有心理准备,这次的对手很难缠。"

阿华长了一张扑克脸,看上去面无表情,他问了黑暗王爵的情况,发出一声不屑的冷笑:"装神弄鬼那一套对我不管用,我会把他揍扁,折叠起来交给你!"

秦天本能地不喜欢阿华这种为钱卖命的人,这种反感从眼神中都流露了出来。从阿华家出来后,乔杉对秦天说:"其实阿华拼命赚钱,并不是为了自己,他有个妹妹得了抑郁症,需要终生服药,他想给妹妹赚够一辈子的钱。"

原来是这样。秦天感叹之余,对阿华的印象大为改观。

两人边走边聊,秦天问乔杉:"你不是要找两个助手帮忙吗?还有一个助手是谁?"

乔杉露出神秘的微笑,伸手从腰间取出一物,说道:"它早就提前到位了!"

那是一把手枪,在阳光下闪着幽光。秦天惊得眼睛都瞪圆了:"你连这个都能搞到手?"

乔杉说道:"枪是我借来的,有个大人物,欠过我一份情,答应借枪一用,只让用这一次,不过有这一次,就足够了!"他将黑洞洞的枪口指向前方,仿佛黑暗王爵就站在那里,乔杉眯缝起眼睛说道:"我就不信,他

真的有三头六臂！"

决战的前一晚，阿华星夜赶到，住在乔杉家。次日上午，三人一起来到天师洞前，秦天盯着黑黝黝的洞口，声音中带着三分惧意："不知道他来了没有？"

乔杉也如临大敌，沉声说道："我们绝不能先进洞，要不然很容易被他堵住，受制于人！"

三个人又等了一会儿，阿华不耐烦了，冷冷说道："你们太高估他了，我看他根本就不敢来。"

话音未落，从古洞的深处，传出一个幽幽不绝的声音："我等你们很久了，为什么还不进来？"

# 46 黑洞魅影

黑暗王爵的声音从山洞中传来，让秦天和乔杉闻之色变，阿华倒是毫无惧色，他目光灼灼地盯着那个洞口，往前走了两步。乔杉伸手扯了他一下，说道："你先不要轻举妄动，黑暗王爵没有那么好对付！"

制止住阿华之后，乔杉低声对秦天说道："我们必须先确定黑暗王爵在洞里，别又是手机之类的设备在发声，咱们不能两次掉进同一个坑里。"

秦天点头称是，乔杉略一思索，冲着那个山洞说道："黑暗王爵，我们这次来了三个人，你不会有什么意见吧？"

黑暗王爵发出一声低哑的冷笑，那笑声在山洞里发出沉沉的回响，更增添了几分神秘诡异的色彩。他淡淡说道："别说区区三个人,就算你带来了千军万马,我也一样让你们有来无回。"

阿华双眉立起,面现怒色,一字一顿道:"好大的口气!"

乔杉冲着阿华摆摆手,继续对洞中的黑暗王爵说:"这是一场公平的决斗,你也可以在洞里埋伏人手,我们没意见!"

黑暗王爵冷冷说道:"用不着,洞里只有我一个人,我也不需要什么帮手,你们放马过来吧。"

说完这句话,黑暗王爵不再出声,山洞里又陷入了死寂。乔杉看了秦天一眼,低声说道:"看来是我多虑了,山洞里肯定是他本人。"

秦天面色凝重,缓缓说道:"他一定设下了最可怕的陷阱,可惜我完全想象不出他会怎么做。"

乔杉苦笑道:"我也一样,就冲这一点,我们已经输了一筹。"他转头问旁边的阿华:"你怎么看?"

阿华皱眉思索着,他作为赏金猎人,应对过各种危险局面,显然也是智勇双全的人物,但他似乎也想不出黑暗王爵会使用什么招数。不过阿华和秦天乔杉不同,他没有直接和黑暗王爵较量过,对其没有太多忌惮,他迈步直接向洞口走去,说道:"兵来将挡,水来土掩,我倒要看看,他到底能有多厉害!"

秦天和乔杉哪能让他孤身犯险,赶紧跟上去,三人一起进了天师洞。别看阿华嘴上说得轻松,一进入阴暗潮湿的山洞里,他立刻全神戒备,连全身肌肉都绷紧了,像一只行走在危险地带的猛兽,随时准备发出全力一击。秦天和乔杉也像是置身于生死攸关的战场,一个双手握成拳头,每迈出一步都小心翼翼;一个把手伸入腰间,牢牢握着那把枪。

三人就这样走出几十米,什么事都没有发生,洞里的光线越来越稀薄,前方已经是深不见底的黑暗了。阿华伸出手去,对乔杉说道:"手电!"

乔杉负责保管工具,他卸下双肩背包,取出三把手电,递给秦天和阿华各一把,自己握住了另一把。这是一种军用强光手电,具有超常亮度,足以把黑暗中的山洞照射得亮如白昼。

秦天按了一下手电上的开关,却并没有出现意想中的雪亮光柱,他愣了一下,反复按动开关,却只闻"哒哒"空响,始终没有半点光亮。忽听身边传来乔杉微微颤抖的声音:"手电、手电怎么不亮了?"

阿华的声音接着响起,似乎也失去了一贯的镇定:"见鬼,我的手电也按不亮了。"

"怎么会这样?"乔杉说道,"我今天早上还检查过背包里的每一样工具,当时手电还都能按亮。"

阿华突然想到了什么,说道:"我们的手机不是也在背包里吗?快取出来!手机的光线虽然弱了些,也好过没有!"

一句话提醒了乔杉,他赶紧取下背包,伸手摸出手机。为了避免在激烈的打斗中损坏手机,影响到和外界的通信联络,三人都没有把手机装在身上,而是统一放到了背包里,没想到关键时刻,成了救命稻草。

可惜并没有什么救命稻草,只有接踵而来的打击,无论三人怎么不停狂按,手机屏幕都无法点亮。秦天第一个停下了动作,他心里允满了一种绝望的感觉。在这黑暗的世界里,找不到可以照明的东西,就相当于变成了瞎子;失去了跟外界联络的工具,就相当于变成了哑巴,形势陡然间就凶险了百倍。

秦天和乔杉在进洞之前,就设想过黑暗王爵有可能使出的很多种手段,也设计了不少应对的方案,可他们还是没想到,黑暗王爵什么都没有去做,就让他们彻底陷入了被动。可他是怎么做到的呢？难道他真的有神鬼之力？

想不通的还有阿华，他冲着洞穴深处大喊一声，声音中已经满是焦躁之意："你到底使的什么妖法邪术？有本事出来跟我们正面对决，不要只会用一些鬼蜮伎俩！"

黑暗王爵的声音遥遥响起，缥缥缈缈地，仿佛来自另一个空间："我只能说，你们选错了地方，我是黑暗世界的主宰者，你们一点机会都没有。"

从声音可以判断出来，黑暗王爵距离他们又远了一些，很显然，秦天等人在山洞中行进的同时，他也在黑暗中一路往前。问题是这座山洞并没有其他出口，相当于一条死胡同，他这样走下去，岂不是在自寻绝路？

秦天当然不敢这么想，在黑暗王爵面前，一切常规的东西都被打破了，再荒诞离奇的情况也有可能发生，他根本想象不出来，接下来还会遭遇什么。好在身边还有两个同伴，他不需要独自去面对眼前的困境，于是他压低声音说道："我们必须商量一下接下来的行动，你们两个有什么意见？"

以黑暗王爵跟他们的距离，肯定听不到他们低声的交谈，但乔杉和阿华在黑暗中沉默着，都没有在第一时间做出回应。很显然，他们也一筹莫展。这时乔杉突然开口："我倒是有个办法，不如我们干脆退出洞外，守在洞口，有本事他永远别出来，一出来就好办了。"

秦天说道："我们说好了在洞中对决，就这样退出去，不管结果如何，其实我们已经输了。"

乔杉说道："输了又怎样？我们真正的目的，是抓住黑暗王爵。"

"可是你想过没有，如果他连这么简单的一招都想不到，他还是那个让我们望而生畏的黑暗王爵吗？"秦天说道，"也许真正的危险不是在这黑暗之中,而恰恰是在表面上最安全的地带,也许这是黑暗王爵设下的又一个思维的陷阱!"

乔杉不吭声了,秦天盯着黑暗深处,缓缓说道:"既然我们无法确定危险在哪里,倒不如堂堂正正地去挑战黑暗,输也输得光明磊落!"

"没错!"阿华说道,"我们是男人,就要有个男人的样子,我们可以被他打败,但绝不能被他吓倒!"说到这儿,他迈步往前走:"我身手最好,让我来打头阵,你们跟在后面。"

"等一等!"乔杉在黑暗中赶上来,越过阿华走到前面,伸手从腰间拔出手枪,说道:"我有这个,还是让我来。"

也许在对付敌人时,乔杉算不上正人君子;但在朋友面前,他却算得上义气当先。秦天和阿华并没有和他争抢,而是小心翼翼地紧随在他身后,在这充满未知危险的黑暗中,毫无疑问,枪能带给他们最大的安全感。

三人在黑暗中鱼贯而行,一开始脚下的路很窄,衣服和山壁不时发出摩擦之声,但摩擦声越来越少,终于完全消失,又走了一段路,阿华低声说了一句:"这个山洞好像越来越宽了。"

秦天说道:"我们来勘察过这个山洞,越往前越宽敞,最开阔的那一段,可以让三到四个人同时通过。"

"那可不行。"阿华断然说道,"我们不能再这么竖着走了,会给黑暗王爵留下可乘之机,如果他屏住呼吸,贴在山壁上不动,我们根本发现不了他,等我们走过去后,他沿着来路走到洞外,我们真的就成了他的瓮中之鳖了。"

秦天乔杉点头称是,虽然这只是阿华的推测,但并不能排除这个可能。对付黑暗王爵这种对手,任何一个细节的疏忽,都有可能成为致命的错误。只听阿华说道:"从现在开始,我们并排

往前走，我贴着左边山壁，秦兄沿着右边山壁，乔兄居中而行，只有这样，才能把整条路堵住，避免被黑暗王爵钻了空子。"

于是，三人调整了一下方位，开始在黑暗中并排往前走，秦天一路触摸着凹凸不平的山壁，全身的每一根神经都紧绷着。又走了十几分钟，三人突然同时停下脚步，他们已经没法往前走了，整片的石壁横在了面前，乔杉首先发出一声惊呼："到洞底了！黑暗王爵呢？"

阿华的声音接着响起，语气中充满不可思议："不可能，这根本不可能，难道他真的不是人？"

黑暗的角落里，突然响起阴森森的怪笑："你现在才知道，已经太晚了！"

说时迟，那时快，乔杉突然暴喝一声，冲着发出声音的地方，"砰砰砰砰"，连开数枪……

## 47 劫后余生

  子弹击中山壁，石屑四散飞溅，枪口喷射出的耀眼火光，撕裂了山洞里的黑暗。尽管只是电光石火般的一瞬，三个人还是借着这短暂的光亮看清楚了，传出笑声的那个角落空空如也，连半个人影都没有。

  秦天整个人都蒙了，呆呆地站在黑暗中，乔杉和阿华也好不到哪儿去，从两人彻底紊乱的呼吸声，就能感受到他们的内心的崩溃。

  阿华第一个反应过来，声音颤抖地大喊道："我们快走……"

  那个角落里又传出了黑暗王爵阴冷的声音，在洞穴里发出久久不绝的回响："你们还走得了吗……"

  这次乔杉没有任何还击的动作，尽管他手里还握着枪，枪膛里还有子弹,但他已经从精神上被缴了械,失去了和黑暗王爵斗下去的勇气。

三人开始顺着来路撤离,秦天心里有种不祥的预感——黑暗王爵的话恐怕并不是空言恫吓,也许他们很难走出这个山洞了。乔杉和阿华分明也有这种感觉,一路保持着沉默。黑暗限制了他们的速度,明明恨不得狂奔逃离,却只能缓慢地移动,这种感觉简直要把人逼疯。

不知在黑暗中行进了多久,他们终于远远看到了洞口透进来的光亮,山洞里的黑暗不再那么浓重,他们的身影也变得影影绰绰。三人精神大振,快步向洞口奔去,近了一些,又近了一些,他们终于能离开这片地狱,重新回到人间了……"

就在这时,突然传来"轰"的一声巨响,仿佛整个世界都震动了一下,前方的那片光明蓦地消失了,山洞里陷入了彻底的黑暗。

秦天惊得几乎站立不稳,他似乎意识到了什么,发疯般冲过去,呆站片刻后,颓然坐到地上。洞口已经不复存在,被坍塌堆积的岩石掩埋。

身后传来阿华的声音,充满了惊惶和绝望:"他用炸弹把洞口炸毁了。"

乔杉不死心,在洞口的位置不住摸索着,过了好半天,才停下动作,发出一声哀叹:"这种大面积的塌陷,靠徒手刨挖是没用的,恐怕我们真的只能死在这里了……"

"不行!"阿华情绪近乎失控,歇斯底里地大喊着,"我不想死!"

乔杉叹道:"阿华,你冷静点,谁愿意死?可这由不得我们啊,谁让我们遇到了黑暗王爵这种对手,一切都没法改变了。"

乔杉的劝慰似乎没起什么作用,阿华发疯般捶打着山壁,黑暗中什么都看不到，但他的双手肯定已经鲜血淋漓了，他声声咆哮着："我要出去，我不想死！"

阿华的反应让秦天颇有几分意外，他没想到这个看上去铁骨铮铮的硬汉，面对死亡的考验，竟然暴露出这么懦弱的一面。每个人都留恋生命、恐惧死亡，秦天当然也不能例外，但已经到了这一步，害怕又有什么用呢？倒不如坦然面对。

秦天和阿华交情不深，不好多说什么，但乔杉有点看不下去了，低喝一声道："够了，阿华，你能不能有点出息？人终有一死，至于怕成这样吗？你还算不算是个男人？"

阿华的动作停下了，过了好半天才沉声说道："你以为我是怕死吗？"

乔杉没好气地说："你说呢？你是不是觉得这里没镜子？"

阿华缓缓说道："从我干这一行起，就从来没怕过死，烂命一条，有什么可怕的？可是我死了，小蕾怎么办？她的抑郁症已经很严重了，我是她唯一的亲人，离了我她根本活不下去，你明白吗？"

乔杉愣了一下，声音低沉下去："我知道，你是这个世上最好的哥哥。一切都怪我，我不该找你帮这个忙，害了你也害了小蕾。"

阿华语气坚定："我不会为了自己向任何人低头，但为了小蕾，我可以做任何事，可以求任何人，包括黑暗王爵。"

乔杉吃了一惊，失声道："你疯了吧？求黑暗王爵？你去哪儿求他？"

阿华说道："乔杉，事到如今你还在装糊涂吗？你觉得黑暗王爵是人吗？哪有人能让我们的照明设备全都失灵？哪有人能发出声音却连影子都没有？哪有人能了解别人心底的秘密？"

乔杉哼了一声，似乎想反驳，但明显底气不足，把后面的话又咽了回去。阿华继续说道："我们看不到他，但我相信，他能够看到我们的一举一动,能看清这黑暗里的一切。"

乔杉还想再说什么,黑暗中秦天伸出手,拉住了他的手,轻轻摇了摇。

阿华沉缓的语气里,透着一股悲凉:"我父母死的时候,我只有十三岁,小蕾还不到两岁,看着她懵懂无知的样子,我心里别提多难受了,那时候我就在心里发誓,要让妹妹过得幸福快乐,永远不受世间风雨的侵袭。可惜我没做到,小蕾太内向了,遇事总往最坏处想,后来就得上了抑郁症,天再阴都有放晴的时候,但我已经很久没有见到她脸上有笑容了,我有时甚至会想,我愿意付出我的生命,只为看一眼她的灿烂笑容……"

秦天沉默地听着,乔杉不时发出叹息之声。阿华的深情表述能感动他们,可是能打动那个黑暗中的魔鬼吗?冷血如他,会不会也有一丝正常的感情?

阿华的语气里,渐渐有了哀求的味道:"王爵先生,我这次最大的错误,就是贸然与您作对,我不知天高地厚,受到惩戒也是应该的,但小蕾没做错任何事,她不能没有我这个哥哥,请您看在这个无辜女孩的份儿上,饶了我这一次……"

阿华的声音越来越低,山洞里终于重归静寂,不知过了有多久,也不知是黑夜还是白天,阿华突然一跃而起,颤声叫道:"你们听,什么声音?"

山洞外果然传来持续不断的声音,分明是有人在大力凿挖着,半个小时后,洞口被挖开,手电光扫射进来,还有人大呼小叫道:"里面果然有人!"

洞外有六七个人,手里拿着挖掘工具,一个个身材壮实、脸膛黝黑,看穿着打扮都是些外地民工,他们好奇地打量着从洞中钻出来的秦天等人,七嘴八舌地问道:"你们是什么人?怎么跑到

洞里去了？"

乔杉不答反问："是谁让你们来救我们的？"

民工语出惊人："是一个叫黑暗王爵的人。"

三人对视一眼，乔杉盯着他问道："你认识黑暗王爵？"

民工摇了摇头："不认识，是他托了人雇我们来这挖开这个洞口。这个人可真大方，出了那么一大笔钱，把我们都高兴坏了。"

乔杉恨恨地问道："他有没有让你转告我们什么话？"

"还真有。"那位民工说道，"他让你们以后乖乖听话，别再自不量力，玩这种危险游戏了。这次放了你们一马，下次你们就不会有这个好运气了。"

乔杉气得牙齿都咬紧了，那位民工好奇地问道："那个人到底是什么意思啊？难道是他把你们关到洞里的？"

乔杉没有回答，他长出一口气，招呼秦天和阿华："我们走吧。"

三人顺着来路往回走，看上去表情各异，秦天始终保持着沉默，看不出心里在想什么；乔杉一脸沮丧之色，像一个打了败仗的士兵；

劫后余生的阿华脚步匆匆,只想尽早离开这个是非之地。

前面出现了一个岔路口,阿华停下了脚步,拍拍乔杉的肩膀,说道:"我们就此别过吧。这次没能帮上忙,那笔钱我不能要,回头会退给你。"

乔杉连连摆手:"说这话就见外了,你冒了这么大的险,差点把命都丢了,那点钱就算是补偿吧。"

阿华说道:"钱我绝对不能收,这是我的底线。临别了我想劝你们一句,不要跟黑暗王爵斗了,你们不是他的对手,谁都不是他的对手。再厉害的人我们都不怕,可如果他根本不是人呢?我们怎么跟他斗?"

乔杉苦笑一声:"我不但败得一塌糊涂,还是被人家放出来的,就算你让我跟他斗,我也没那个脸了!"

阿华转身刚要走,秦天突然开口了:"等一等!"

阿华有些奇怪地看看他,秦天冷冷说出一句话:"戏演到现在,也该收场了吧?"

# 48 内鬼悲情

阿华的表情顿时僵住,乔杉身体猛地一震,失声说道:"老秦,你这话什么意思,难道你怀疑阿华?"

秦天说道:"我从始至终都没有怀疑过他,因为我们是临时想到找他帮忙的,黑暗王爵并不知道他的存在,他们两个怎么可能串通一气?我也真是糊涂了,这世上有什么事,能瞒得过黑暗王爵?"

阿华打断他:"你有什么根据,说我跟黑暗王爵串通?"

秦天说道:"你无意间说错了一句话,露出了马脚。"

阿华面无表情地问道:"我说错了什么?"

秦天说道:"你在山洞里曾反问乔杉,黑暗王爵如果是人,怎么可能了解他人心底的秘密?可是你忘了,那天我和乔杉去你那里寻求帮助时,根本没有谈到这个。"

"对啊!"乔杉恍然大悟,说道,"我告诉了你我们上次手机定位栽了跟头的情况,告诉了你这回跟黑暗王爵在洞中对决的形势,但那些关于黑暗王爵用秘密挟持他人的情节,都是老秦前面遭遇的,他没有主动提,我也觉得没必要讲,你是怎么知道的?"

阿华长叹不语,乔杉愤怒不已,指着他说道:"枉我那么信任你,一直把你当朋友,没想到你这么出卖我!"

秦天对乔杉说:"以你的推理和洞察能力,应该比我更早看出破绽,可惜正因为你把他当朋友,才会下意识地过滤掉对他的怀疑。"

阿华终于低下了头,一脸愧色地说了句:"对不起……"

秦天叹道:"这世上最可怕的鬼就是内鬼,有内鬼作怪,怎么会有好结果?在出发前你偷偷弄坏了那些照明设备,让我们只能置身于黑暗;你在左侧留出了一条通道,让黑暗王爵可以从容离开;黑暗王爵在洞底发出的恫吓,来自你随身携带的微型放音设备,里面早就录好了他的声音,你发出那句询问后,再把它打开,悄悄扔到角落,你事先肯定排练过,才能跟录像里的声音对应上,听上去就像是黑暗王爵在回答你……"

阿华点头承认:"你的推断很准确,基本上八九不离十。"

秦天说道:"如果我猜得不错,这些都是黑暗王爵的计谋,你只不过是他的一个牵线木偶罢了,他让你上演一场屈膝哀求的戏,才把我们放出去,无非是想从精神上彻底降服我们。不过,你就不怕他把你也骗进去,让你为我们两个陪葬?你就那么信任他,这种计划也敢执行?"

阿华说道:"我有过这种担心,也留了一条后路,我事先通知了一位朋友,如果明天还不见我回去,他就会来掘洞救我。不过事实证明我多虑了，黑暗王爵并不想要你们的命，他的目的只有一个，就是让你们彻底臣服。"

秦天又想到一个问题："如果我们当时按乔杉的想法去做，守住那个洞口，黑暗王爵岂不是作茧自缚？他是不是还有相应的计划？"

"没错。"阿华说道，"如果遇到那种情况，我就会执行另一个计划，在背包里的瓶装水中放入迷药。守候的过程中你们肯定要喝水，等你们醒过来之后，还是会莫名其妙地发现自己置身在封闭的山洞里，结果不会有什么两样。"

乔杉越听越气，冲过去一把揪住阿华前的衣襟，怒不可遏地吼道："黑暗王爵到底给了你什么好处？能让你心甘情愿地给他当狗？"

阿华苦笑不语，秦天拉开乔杉，问道："他是不是掌握了你什么秘密，让你不得不接受他的挟制？"

阿华说道："不是我的秘密，是我妹妹的秘密。那天你们离开之后，小蕾哭着来找我，让我救救她，我吓坏了，问她发生了什么事。小蕾告诉我，刚才有一个叫黑暗王爵的人，加上了她的微信，说出了她的秘密，让我必须按他的命令行事，要不然就把她的秘密彻底曝光……"

这时候乔杉已经冷静下来，问道："小蕾的秘密，你知道吗？"

"我不知道，小蕾不肯对我说，不过她告诉我，就是因为把这个秘密藏得太深太久，她才患上了抑郁症，如果这个秘密被曝光，她只有一条路，那就是自杀！"

乔杉问道："小蕾有没有把这个秘密泄露给其他人，你没有想过先查一下吗？"

阿华很肯定地说："对小蕾来说，那个秘密是她的生命线，她

对我都不肯吐露,怎么可能告诉别人?她满腔恐惧地对我说,那个黑暗王爵一定不是人,是鬼!"

乔杉问道:"于是你就按照黑暗王爵的指令来坑我们了?"

"没错。"阿华说道,"他把他的计划告诉了我,还把一段他的录音发给了我,要我配合他行事。我只能听他的,没有别的选择,小蕾对我有多重要,你是知道的。"

乔杉说道:"可是你想过没有,也许这只是一个开始,他会利用这个秘密没完没了地挟制你,让你永远听命于他,做他脚下的奴隶,这是黑暗王爵一贯的做法。"

阿华说道:"我管不了那么多,只能走一步算一步,我不能眼睁睁看着小蕾走上绝路!"

乔杉一副恨铁不成钢的语气:"其实还有一个办法,可以一劳永逸地解决问题。如果你把这件事告诉我们,帮助我们反戈一击,也许黑暗王爵已经成为我们的阶下之囚了,他还有机会曝光小蕾的秘密吗?"

阿华说道:"我从来不是个害怕冒险的人,但我不能拿小蕾的生命去冒险。如果山洞里的黑暗王爵只是他的一个替身呢?谁敢说没有这个可能？"

"不！"乔杉缓缓摇头，说道，"山洞里的一定是他，那个喜欢冒险和挑战的黑暗王爵！第一次隔了一扇门，第二次只隔了一棵树，这一次他离我们更近，完全是错身而过，可我们还是败在了他手里！"

阿华说道："就算他是真正的黑暗王爵又怎么样？我能相信他是人而不是鬼吗？乔杉我问你，你们两个来找我，他怎么知道的？小蕾心底的秘密，他怎么了解的？还有你们遭遇的那些离奇情节，又该作何解释？"

乔杉无言以对，陷入了沉默。阿华盯着夜色深处，黯然说道："我一直是个天不怕地不怕的人，但这次我真的怕了。我已经决定了，要金盆洗手，做一个普普通通的人，过一种平平常常的日子。可能你们以后再也见不到我了，欠你们的，下辈子再弥补吧。"

目送阿华离开之后，秦天乔杉相对无言，良久，乔杉问道："老秦，你说我们接下来该怎么做？"

秦天把球抛给了乔杉："我想先听听你的意见。"

乔杉沉默了一下，问道："你想听实话吗？"

"当然。"秦天不假思索地说道，"跟我还有什么不能说的？"

乔杉发出一声叹息，语气中流露出一丝惧意："我现在只有一个想法，就是离他越远越好……"

秦天没有再说什么，他心里已经打定了一个主意。

第二天上午，趁着乔杉去了侦探事务所，秦天不告而别，离开了乔杉家。他已经想好了，自己和黑暗王爵之间怨深似海，难解难消，只能跟他斗到底。但乔杉不一样，他跟黑暗王爵并没有直接的矛盾，只是跟着自己卷了进来。和黑暗王爵斗下去凶多吉少，何况乔杉也已经心生怯意，秦天不想再让他受自己拖累。

接下来该怎么做，秦天已经有了打算。用旁门左道对付黑暗王爵，次次输得惨不可言，显然是行不通的，不如用自己最擅长的刑侦手段去调查。当初他从凌丹一案查起，把目光锁定到林东城身上，不料引出了自己的秘密，导致整个调查就此中断，现在不妨回归到初始阶段，继续从去世的凌丹身上查起。

秦天心事重重地往前走，他并没有注意到，身后有一个人影，悄无声息地一路尾随着他。

## 49 顺藤摸瓜

秦天和凌丹只是在深夜的天台上有过一面之缘,并不清楚她的具体住址,好在打听出来并不难。这个年轻的女孩在新婚之夜跳楼而死,将大喜大悲发挥到了极致,这件事已经在当地传得沸沸扬扬,甚至传出了很多离奇荒诞的版本。

秦天很快找到了凌丹生前所住的小区,这小区附近云集着不少写字楼,在这里租房居住的年轻男女很多,凌丹只是其中之一。

凌丹原先租住的楼房门上,贴着招租的广告,很显然,这套房子还没有租出去。秦天沉思片刻,转身敲开了对面的房门,开门的是一个年轻女孩,她打量着秦天,问道:"大叔,你找谁?"

秦天说道:"我想租对面的房子,你知道房东住哪儿吗?"

女孩脸色一变,一惊一乍地说:"这个房子空了好几个月,房东都降价了,还是没人敢租,你是不是不知道里面发生过什么事?"

秦天明知故问:"发生过什么事?"

女孩说道:"有个年纪跟我差不多的女孩,原先就住在这个房子里,她新婚之夜自寻短见了,房子还没来得及退。大家都说这房里有邪气,要不然一个新娘子,好端端的为什么会跳楼?"

秦天说道:"我一把年纪了,哪还信这些?租金低一些比什么都强,麻烦你告诉我房东住哪儿。"

房东住在小区的另一幢楼里,是个体态丰满的中年妇女。她听到秦天想租那套房子,顿时喜上眉梢,一个劲儿地介绍着房子的各种好处,那模样简直像是一位老阿姨急着把没人要的大龄女儿推销出去。

秦天不紧不慢地说道:"房子我倒是想租,不过我好像听人说,那套房子有点邪气,不久前里面刚死过一个年轻租客。"

房东有点生气地说道:"别听那些人瞎嚼舌头,那女孩不是死在我的房子里的,她是嫁到男方家之后跳楼死的!"

秦天有心从她这里探问出一些情况,刻意欲擒故纵地问道:"她在你那套房子里住了那么久,刚搬出去就出事了,到底还是让人不放心。你好好回忆回忆,出事前的那段时间,她身上有没有什么反常的情况?她这里有没有什么可疑的人来过?如果能确定她出事跟你的房子没关系,我就能踏踏实实租下来了。"

房东撇了撇嘴说道:"我可没有监视房客的习惯,人家把钱交齐了就行,我管那么多干嘛?"

看来从房东这里是问不出什么了,秦天有些无奈地说道:"那我再考虑考虑吧,随后再跟你联系。"

眼看煮熟的鸭子又要飞了,租房心切的房东有点急了,说道:"我这套房子真没问题,那个叫凌丹的房客出事之前,有个女孩来找她，还在她这儿住了几天，人家怎么就没事？"

秦天的心怦然跳动，整个人都莫名其妙地紧张起来，问道："那个女孩叫什么名字？你能联系到她吗？"

房东说道："凌丹带着那个女孩来过我这儿，她自报姓名叫方龄，托我帮忙租套房子。当时这个小区房源很紧张，租不到她想要的房子，我就把她推荐到了我亲戚那儿，他那正好有套房子想往外租，肥水不流外人田嘛。"

秦天问道："你亲戚的房子在哪儿，我想去拜访一下那个女孩，找她了解一下情况。"

房东不清楚秦天的真实目的，显然觉得他有点小题大做了，说道："有那个必要吗？"

秦天说道："当然有必要了，我要长期租，肯定想住得踏实点。"

在秦天的利诱下，房东终于同意了："好吧，我告诉你地址……"

从这所小区出来，秦天加快了脚步，他有一种强烈的预感，这个叫方龄的女孩，也许是解开所有谜团的一把钥匙。

几乎是出于一种职业本能，秦天在走到转角之处时，迅速回过头去扫了一眼，他突然看到有一个熟悉的身影，飞快地藏到了一块广告牌后面。

秦天一惊，快步过去，走到那块广告牌后面，只见乔杉摸着后脑勺，一脸尴尬地笑道："怎么被你发现了？不愧是老刑警啊，不过这就不好玩儿了。"

秦天不解地问道："你盯我的梢干嘛？"

乔杉气乎乎地说道："还是让我先问你吧，老秦，你为什么要不告而别？"

秦天说道："天下没有不散的宴席，我不能一直赖在你身边，你有你的事要忙，我也有我的事要处理。"

"不对！"乔杉说道，"如果是那样，你可以跟我挥手作别，何须不告而别？老秦，如果我猜得不错，你是不是怕拖累了我？"

秦天不吭声了，那显然是一种默认。乔杉脸上露出不快之色，说道："老秦，你把我当成什么人了？你要说我不怕黑暗王爵，那是假的。但那又怎么样？为了朋友，我可以两肋插刀，你弃我而去，是对我最大的侮辱。"

秦天没有多说什么，只是重重地拍了一下他的肩膀。

乔杉说道："幸亏我猜到了你肚里那点小九九，要不然去哪儿找你？对了老秦，看你这反应，是不是发现了什么？"

不知为什么，秦天犹豫了一下，但他还是如实说了。乔杉一听也兴奋起来，说道："和黑暗王爵较量，不能浪费一点时间，我们打个车去。"

十几分钟后，两人从车上下来，快步走进那个小区，找到方龄租住的房子后，开始不停敲门，敲了好半天，房间里一点反应都没有。秦天停下动作，说道："难道她出去了？"

乔杉突然指着地上，说道："老秦，你看！"秦天低头看去，地上有两道新鲜的拖痕，从方龄门前一直延伸到电梯那里，乔杉沉声说道："这是行李箱的拖痕，看样子她刚刚离开。"

乔杉往前走了几步，捡起一样东西，那是一件女人的内衣，缩成小小的一团。他面色凝重地说："她走得很急，衣服从行李箱里漏了出来，都顾不上去捡。"

处理这种事，乔杉显然比秦天更有经验，他找到房东，谎称自己是方龄的朋友，收到她的求救短信，却怎么也敲不开门，他们怀疑她出了事，提出想去房间看看。

房东最害怕的就是房客出事，赶紧取出备用钥匙开了门，房间里一片凌乱，衣柜门敞开着，衣物已经被取走了，地上还掉着几件衣服。房东彻底懵了,连声地说道:"她就这么走了?不可能啊,房租还剩了小半年呢。"

秦天和乔杉对视了一眼,后者一脸无奈的表情,喃喃自语道:"消息又走漏了,又是黑暗王爵……"

秦天的目光落到床头柜的那个相框上,相框里是一个女孩略带忧郁的笑脸。秦天走过去,拿起那个相框,问道:"这就是方龄吗?"

"没错。"房东刚说了这两个字,突然意识到不对劲,"你们没见过她?你们不是她的朋友吗?"

秦天哪有工夫跟他解释,他转头对乔杉说:"她应该还没走远,我们赶紧追!"

两人离开那个小区,疾步走了一会儿后,前面出现了两条岔道,秦天伸手一指:"我从这条路追,你走那一条……"

秦天顺着那条路往前追,跑得额头上都沁出了汗珠,眼看前面已经是车水马龙的主干道路了,秦天有些沮丧地停了脚步。就

在这时,他突然看见一个瘦瘦小小的女孩,她拖着行李箱,正准备过马路。

秦天心念一动,冲着那女孩儿大喊了一声:"方龄!"

那女孩儿回过了头,秦天只觉得全身一凛,他看得清清楚楚,那正是他刚刚在相框上看过的脸,她就是方龄!

## 50 石破天惊

秦天走到方龄面前,一瞬不瞬地盯视着她。方龄一脸的愕然,上下打量着秦天,问道:"大叔,你怎么知道我的名字?我好像不认识你啊。"

秦天一字一句道:"你认不认识我并不重要,我想向你打听一个人。"

方龄似乎有点莫名其妙,但这个女孩很有礼貌,轻声细语地问秦天要找谁,秦天深吸了一口气,缓缓吐出四个字:"黑暗王爵!"

在秦天的注视之下,方龄的眼睛一下瞪圆了,她的身体不受控制地颤抖起来,像狂风中的一片树叶。

秦天察言观色,心里有底了,这个女孩跟黑暗王爵一定有某种关联,她和凌丹的死也摆脱不了干系。秦天难以平息心中的激动,那个神秘而可怕的魔鬼，终于露出了一丝黑色的形迹!

方龄低头不语，秦天盯着她，说道："你还没回答我的问题呢!"

方龄颤声说道："对不起，我不认识什么黑暗王爵!"

"那好。"秦天冷冷说道，"我再问你一个人，那个叫凌丹的女孩，你也不认识吗?"

方龄像是被针扎了一下，嘴唇一阵颤抖，牙齿也咬紧了，但她还是一言不发，只是把头垂得更低了。

秦天想起了那天晚上的情景，心里一阵莫名的酸楚，他缓缓说道："我和凌丹只见过一面，是初遇也是永别。那是她此生最美的一刻，也是她生命最后的一刻，她满怀着对幸福的憧憬当上了新娘，却带着一腔绝望跳下了天台。如果你能看到她躺在血泊里的情景，看到婚纱被鲜血染红的画面，看到她死不瞑目的表情，我相信你永远都走不出噩梦……"

"别说了!"方龄发出一声尖叫，拼命地摇着头，"我求求你别说了……"

"不!我必须说下去。"秦天神情凛然，盯着方龄说道："你听着，我要为冤死的凌丹主持公道，把害死他的恶魔绳之以法，这是我对她做出的郑重承诺!方龄，我需要你的帮助。"

方龄忍不住问道："你是谁?你到底是谁?"

秦天说道："我是一名警察。你现在看到的我，经过了乔装打扮，我并没有这么老，但也不算年轻了。我从警已经有近二十年了，从来没有忘记过自己的职业和使命!"

为什么要对着一个初次见面的年轻女孩说这些?仅仅是为了说服她吗?好像也不全是。当秦天说出那番话时，只觉得胸腔中的血又热了起来，这是一种久违了的感觉。是的，也许全天下的人都会把他当成逃犯，但在他自己心中，这个叫秦天的男人，永远是一个堂堂正正的警察。

方龄把嘴唇都快咬破了,显然她的内心在做着激烈的斗争。秦天趁热打铁地说道:"我知道你在担心什么,你害怕黑暗王爵,对吗?我必须承认,这个人很可怕,但我还是要告诉你,邪恶再怎么猖獗,也无法战胜正义;黑暗再怎么肆虐,也无法吞噬光明。你见过乌云永远遮住太阳吗?没有吧?所以请相信我!"

方龄终于抬起了头,但她犹豫了一会儿,又把头低了下去,她似乎还是无法摆脱内心的挣扎。

秦天没有失去耐心,继续耐心地诱导道:"也许你做了伤害凌丹的事,也许你担心自己遭到惩罚,可是你想过没有,你能逃脱一时的惩戒,但你能逃过良心的谴责吗?你可以装作什么都没发生过,但你一辈子都不会心安的。"

方龄似乎终于做出了决定,缓缓抬起头来。

就在这时,从侧面方向跑过来一个人,正是乔杉,原来那两条岔路是相通的。他走到秦天面前问道:"老秦,怎么样了?"

秦天先低声说明了情况,接着把乔杉介绍给方龄:"这是我的朋友乔杉,以前也当过警察,现在是一位侦探,他在帮我对付黑暗王爵!"

方龄看了乔杉一眼,没有说什么。

乔杉显然是想帮秦天一把,做一做方龄的思想工作,他咳嗽了一声说道:"方小姐,你不用怕,只要你配合我们,我们一定能揪出那个黑暗中的魔鬼,让他在光天化日下露出原形……"

方龄突然呆住了,她似乎想起了什么极为可怕的事,整张脸都扭曲着痉挛着,面容像是映在粼粼水波中。她抓住地上的箱子拉杆,往马路上冲去。秦天眼疾手快,跨步过去拦住了她,问道:"方龄,你怎么了?"

不知为什么，方龄突然变得歇斯底里，发出一声神经质的尖叫："你不要逼我，要不我马上死给你看！"

秦天握住了她的手，把一样东西悄悄塞到她手里，轻声说道："好，我不逼你，你回去好好想想。"

方龄拖着行李箱的身影，汇入滚滚车流，奔到马路对面，终于消失不见了。

秦天和乔杉并排而立，乔杉一脸困惑不解的表情："这女孩怎么一惊一乍的？我也没说错什么呀？"

秦天面色冷峻，一言不发。他已经明白了，站在他身边的这个男人，不是跟他并肩携手同魔鬼作战的兄弟，而是他苦苦追查的那个魔鬼——黑暗王爵！

## 51 别无选择

秦天和乔杉并肩而立，注视着马路上的滚滚车流，乔杉耸了耸肩膀，说道："她这么一走，偌大一座城市，我们还去哪儿找她？好不容易揪出的一条线索，就这样断了……"

"这不正是你要达到的目的吗？"这句话险些冲口而出，但秦天紧紧闭住嘴唇，硬生生把话又咽了回去。较量才刚刚开始，摊牌还不到时候。

其实秦天宁愿这一切都是自己的误判，可惜他知道这种可能性太小了。方龄听到乔杉的声音后，立刻受到惊吓般逃遁，这只能有一种解释：她和所有黑暗王爵的猎物一样，没见过黑暗王爵的容貌，只听过他的声音，而她听到的乔杉的声音，让他和黑暗王爵的形象瞬间重合了。

乔杉不惜冒着暴露的风险也要将方龄惊走,足以证明一件事,她一定掌握着黑暗王爵的核心机密。看来秦天的预感没错,如果说黑暗王爵打造了一个秘密王国,那么这个女孩就是打开城门的那把钥匙。可惜这把小小的钥匙已经遗失了,自己还能把它找回来吗?

秦天用眼角余光观察着乔杉,乔杉的脸上没有什么明显的表情,但内心深处会不会暗暗松了口气呢?也许在他看来,方龄和秦天之间并没有直接的联络方式,在茫茫人海中失散,秦天很难再找到她。不过他肯定不会想到,秦天偷偷地留了一手,他装作和方龄握手时,把一个小纸团,塞进了她的手心。

纸团上有一串阿拉伯数字,是秦天的手机号码,那是在跟乔杉分头追赶后,他一边疾奔一边掏出纸笔写的。为什么会这么做?也许只有一个原因,在那个时候,他已经在暗中防着乔杉。

也就是说,乔杉出声惊走方龄这件事,只是一个引爆点,在此之前,秦天已经对乔杉产生了怀疑。那么是从什么时候,他开始对这个昔日的战友有了戒备之意呢?一个看似简单的问题,竟然难倒了秦天。

秦天从房东那里查到方龄这条线索,第一时间匆匆赶过去,与此同时消息便走漏了,嫌疑最大的显然就是乔杉,是从这时开始怀疑他的吗?乔杉在出租车上一直在摆弄手机,偷偷发一条短信或微信给方龄,是防不胜防的。

但仔细一想似乎又不对,当秦天发现乔杉在跟踪自己时,他并没有觉得乔杉是在开玩笑,而是下意识有一种隐隐的不安,当乔杉问他发现了什么线索时,他的第一反应是犹豫了一下;虽然后来还是如实说了,但那一瞬间的犹豫,已经反映出他对乔杉失去了信任。

秦天越往回追溯越觉得心惊，冷汗从每个毛孔中渗出来，让他的头脑越发清醒。他不得不开始正视一个事实，在他的内心深处，早就对乔杉有了猜忌。

也许，秦天当初选择不告而别，除了不愿意再拖累乔杉，还缘于那种深藏于心的猜疑，只是横跨多年的友情，让他不愿正视自己的内心罢了。

为什么会产生这种猜疑？答案其实很简单，自从秦天和乔杉联手跟黑暗王爵斗法以来，便处处陷于被动，不管他们想出什么招数，都会被黑暗王爵提前预知，一一破解，让他们输得惨不可言。那种感觉怎么形容呢？就像是黑暗王爵始终站在他们背后，冷冷地窥视着他们。

也许可以用黑暗王爵具备超能力去解释这一切，毕竟在这个人身上确实有很多谜团，让秦天百思不得其解，但他毕竟是个信奉唯物主义、坚持科学办案的前警察，他无法用这种脱离现实的理由说服自己，几乎是出于一种职业性的本能，他不可避免地把怀疑的目光投向乔杉。

知道那些计划的，除了他就只有乔杉，计划每次都提前泄露，难道会和乔杉无关吗？和黑暗王爵斗法，乔杉次次有惊无险，自己回回挨打受伤，这一切真的是偶然的吗？

此刻，秦天终于在痛彻肺腑的感觉中明白了，乔杉就是那个隐藏在黑暗中的魔鬼。想通了这关键的一点，很多东西就豁然贯通了：什么手机定位，什么山洞决斗，都不过是乔杉耍弄他的手段；那个跟乔杉在微信上对话、在山洞中现身的黑暗王爵，压根儿就是他找的傀儡；至于那个爱妹情深的阿华，显然也只是听命于他的一个配角。乔杉自导自演这一场场好戏，恐怕只有一个目的，就是让秦天被黑暗王爵慑服，再也不敢跟他作对。

可惜乔杉想错了，秦天外和内刚，有一副天生的硬骨头，永远不会向对手弯腰低头。正是由于秦天的锲而不舍，才从方龄那里找到了突破口，也迫使仓促应对的乔杉不得不冒险出击，让秦天对他的怀疑一下子落到了实处。

乔杉是不是已经意识到自己暴露了呢？他接下来会怎么对付自己呢？秦天微微侧过脸去，不由吃了一惊，乔杉竟已不知去向。秦天正在环顾四周，只见乔杉快步走过来，举了举手机说道："我刚刚接听了一个电话，是我手下的侦探打过来的，他们遇到了难缠的对手，我必须现在赶过去。"

乔杉刚走出几步，又转身折返回来，对秦天说："老秦，你得先答应我，不要再私自离开了，好吗？"

"你放心。"秦天盯着他，意味深长地说道，"你让我走我也不会走了，一切都需要一个了结。"

秦天回到乔杉租住的那所房子里，他呆呆地站在窗前，一直从白天站到夜晚，有一个问题让他怎么也想不通，那个有着一脸

阳光笑容的洒脱男人，怎么就蜕变成了一个冷血无情的魔鬼？乔杉并没有太强的功利之心，他这么做的目的又是什么？

楼下传来愤怒的争吵声，继而变成了激烈的殴斗声，似乎不斗个你死我活，谁也不肯罢休。秦天心中一动，似乎悟到了什么。人最难战胜的就是自己的执念，乔杉最大的执念，就是和韦石的争锋。输给韦石显然让他很不服气，他愤而辞职后又怀着几分怨气，也许这一腔戾气，就催生了那个黑暗中的魔鬼。他已经没办法在现实社会跟这位刑警队长争雄了，于是索性投身那个黑暗世界中，以另一种极端方式跟对方一争高下。

也难怪黑暗王爵能了解贺炜一案的秘密，他也是那个案子的参与者，如果说还有什么人能参透那个冤案的内情，除了韦石也就只有他了。至于他为什么能掌握那么多人的秘密，秦天暂时还参悟不透，但私家侦探这个职业的日常，就是追踪和窃听，推理和窥视，这显然能为他掌握别人的秘密，提供最好的掩护和最大的便利。

接下来该怎么办？秦天别无选择，不管黑暗王爵是谁，跟自己交情有多深，他都只能跟对方斗到底。这是他的宿命，当他面对下跪的凌丹做出庄严承诺时，就已经走上了一条无法回头的单行道。

可是，尽管他已经识破了黑暗王爵的身份，却拿不出任何证据，也没有丝毫胜算。他现在唯一能指望上的就是方龄，如果方龄主动跟他联系，形势就有可能发生根本的逆转，可方龄会有那个勇气吗？她能够战胜自己的心魔吗？

这是个无星无月的漆黑夜晚，夜空中不时传来沉闷的雷声，但闪电却遥不可见，仿佛连闪电的光芒都被黑暗给吞噬了。秦天没来由地心中一凛，他突然间意识到一件事：自己最希望出现的情况，恰恰是乔杉最害怕出现的，他想让方龄开口向自己吐露秘密，而乔杉最想做的也许就是让她彻底闭嘴。乔杉会不会在这个夜晚向方龄下手呢？他是不是已经开始行动了呢？

秦天越想越觉得不寒而栗，自己无法联系到方龄，但乔杉是可以的，就算方龄躲起来不接他电话，他也能通过手机定位，悄然出现在她身后，把黑色的魔爪伸向她雪白的颈项……

怎么办？秦天心急如焚，在房间里来回走动，就在这时，他的手机响了，接通之后传出一个女孩充满惊恐的求救之声："我是方龄，救救我……"

## 52 不测之祸

秦天全身的弦一下绷紧了,他冲着手机大声说道:"你不要害怕,发生了什么事,快告诉我!"

方龄声音里带着哭腔,语无伦次地说道:"走廊里一直有脚步声,后来就停在了我的门口,我偷偷把门开了条缝,看到了一只眼睛……"

秦天飞快地穿衣开门,一边顺着楼梯疾奔,一边对着手机说道:"你现在在什么地方?我马上赶过去!"

那边颤声答道:"我还没租上房子,又没地方去,只好先住进了城郊五针路的红枫宾馆,209号房间,我以为住到这么偏僻的地方能躲开他,没想到他还是找来了……"

秦天飞奔到街上,伸手去拦出租车,几颗雨点落到他脸上,带着几分腥气。他语速很快地问道:"你知道门外那个人是谁?"

"我不知道,我只看到了一只眼睛,就赶紧把门反锁上了,可是他还没有离开,他还在门外,我该怎么办?"

"你听着。"秦天一边拉开车门,一边对方龄说,"把桌子椅子都拖过来,堵在门后面,堵得越严实越好……"

出租车启动的同时,手机里传出拖拽重物之声,过了一会儿,方龄的声音又传过来:"现在呢?"

秦天说道:"旅馆里还有别的客人,他不可能破门而入,弄出太大动静。方龄,我现在要问你一个很重要的问题,你一定要如实回答。我那个同伴乔杉,是不是黑暗王爵?"

那边传来深呼吸的声音,似乎方龄需要积攒足够的勇气,才能回答这个问题。车上的秦天也紧张得几乎窒息,握着手机的掌心里全是冷汗。雨越下越大了,打在车窗上,发出"噼里啪啦"的响声。

突然,那边传来一声尖叫,叫声中充满恐惧。秦天急忙问道:"发生什么事了?"

方龄哆哆嗦嗦地说道:"停电了,好好的就停电了,房间黑漆漆的,只有手机屏幕这一点光亮,我害怕。"

秦天略一沉吟,把声音放轻,说道:"方龄,你看着窗外,可以看到远处的万家灯火吗?"

那边响起拉开窗帘的声音,隔了一会才传来方龄的说话声:"看得到。那么多灯光,被雨浇湿了,也洗亮了,很温暖的感觉,让人想到家……"

出租车转了一个弯,离市郊越来越近了,秦天对着手机说道:"你就一直看着那灯光,心里的害怕就会少一点,我很快就到。"

方龄轻轻"嗯"了一声,听上去情绪已经平稳了很多,秦天犹豫了一下,还是续上了刚才的话题,因为他迫切地想知道答案:"方龄,我再问你一次,乔杉到底是不是黑暗王爵?"

方龄的声音又开始发抖:"是他,我虽然没有看见过他的脸,但我听到过他的声音,那个声音里在我的噩梦里出现过无数次,一次次把我吓醒,所以我敢保证,绝对不会听错。"

秦天缓缓闭上眼睛,从心底发出一声叹息。他多么希望从方龄的口中得到否定的答案,可惜这最后一丝希望也彻底破灭了。

秦天强迫自己振作起来,问道:"他那么害怕你跟我接触,证明你了解他的重要秘密,方龄,你到底知道些什么?"

方龄说道:"这该从何说起呢?你最想知道的是什么?"

秦天的心跳突然提速,有一个问题困扰他太久,他太想知道答案了,如果能破解了这个谜题,才算是真正揭开了黑暗王爵的神秘面纱。秦天稳定了一下情绪,才问出了那个问题:"黑暗王爵知道那么多人心底的秘密,他到底是怎么做到的?"

方龄沉默了许久,终于下定了决心:"好吧,我把一切都告诉你,也许我是这世上唯一了解这个秘密的人……"

秦天屏住呼吸,静静地等待着,但他等来的却是一声撕心裂肺的尖叫:"谁、谁在房间里?"

秦天大惊之下,连声问道:"房间里有人吗?你不要自己吓自己,是不是疑心生暗鬼?先搞清到底有没有人。"

那边静默了一阵子,似乎是方龄在仔细倾听着,她很快发出一声更惨厉的尖叫,把嗓子都喊破了:"柜子、柜子里有人,救命……"

方龄的声音戛然而止,像是被掐住了咽喉。秦天对着手机连声急唤,那边却没有任何反应,秦天这才发现,对方的手机已经挂断了,秦天再去拨打方龄的手机,那边却传出已关机的提示。

秦天快急疯了,一个劲催促司机再开快点,司机是个一脸苦相的中年男人,一看就是那种不愿多管闲事的人,不过他显然也意识到了事情的严重性,几乎把那辆半新不旧的出租车开出了极限速度。

秦天从车上下来,在雨中一路狂奔,冲进了红枫宾馆,大堂里灯光明亮,秦天连脸上的雨水都顾不得擦一下,便快步来到前台,气喘吁吁地问道:"你们这里是不是刚停过电?"

"是啊。"前台小姐说道,"停了大概有一刻钟,电闸和线路遭到了人为破坏,也不知是得罪了哪路神仙,好在电工师傅效率很高,已经修理好了,您进来前刚恢复供电。"

秦天说道:"我有位朋友住209号房间,我刚才接到了她的求救电话,我怀疑这次停电跟这件事有关,你们快找人跟我上去看一看。"

前台小姐赶紧叫来几名宾馆保安,用备用房卡打开209房间的门,只见房间里一片凌乱,桌椅都变了位置,柜门大大地敞开着,门口摆放着一双高跟鞋,拖鞋却不知去处。很显然,房客遭遇了某种意外,是穿着拖鞋离开的。

秦天的目光落到墙角的一只行李箱上,他白天还见过那只拉杆箱,它的主人在最仓皇的状态下,也没有把它扔下,可是现在它却被遗弃在角落里，昭示出主人的悲惨结局。

现场一片忙乱，有人在打电话报警，趁着没人注意自己，秦天默默地退了出来，他现在的身份毕竟是逃犯，乔装打扮得再好，也不敢直接面对警察。

风卷着雨水，像鞭子一样抽打在秦天脸上，也抽打在他心上，他只觉得身心俱痛，痛得无法呼吸。如果不是他的介入，方龄也不会遭遇不测，他把魔鬼带到了她的身边，却又没有能力为她提供保护，这让他心里交织着自责与愤怒……

当秦天回到乔杉家楼下，从透出灯光的窗户看到乔杉的身影时，所有的情绪都汇聚成一腔仇恨，他一口气冲上楼梯奔到门前，狠狠一脚踹向房门……

## 53 举棋不定

眼看就要踹到房门了，秦天却猛地撤回脚，这种急剧的收力让他的身体失去平衡，踉跄着后退了几步，用手扶住楼梯扶手才站稳。

秦天死命攥紧楼梯扶手，强迫自己慢慢冷静下来，他暗自告诫自己，一定不要让冲动占据了头脑，那样只会让自己陷入彻底的被动。当面质问乔杉，他肯定不会承认，而且那样一来，两人的关系就彻底破裂了。小不忍则乱大谋，只有留在乔杉的身边，才有机会揭下他的假面具。

秦天调整了半天情绪，才用钥匙打开房门，乔杉正在挥着一对哑铃健身，看到秦天进来后，笑嘻嘻地说道："你怎么这会儿才回来？我以为你又玩失踪呢。都淋成落汤鸡了，怎么不避避雨？"

秦天盯着他问道："你什么时候回来的？那边的事处理得怎么样了？"

乔杉挥动双臂，做着扩胸动作，他说："我也是刚回来，一切都处理妥当了，想跟我斗，还嫩了一点！"

他是在含沙射影敲打自己吗？秦天冷冷说道："如果你面对黑暗王爵也能说出这句话，那就好了。"

乔杉停下动作，叹了口气，说道："老秦，你不要哪壶不开提哪壶行不行，我承认我斗不过黑暗王爵，可是那种天才型的人物，普天下又能有几个？"

秦天的语气越发变冷，冷得透出几分寒意："黑暗王爵的确难对付，但我还是相信，邪恶不可能压倒正义，他最终一定难逃公道二字！"

乔杉突然举着那对哑铃，朝着秦天一步步走过来，秦天本能地往后退了一步，眼神中流露出戒备之色，拳头也不知不觉握紧了，房间里的气氛几乎凝滞。

乔杉表情却异常轻松，把哑铃塞给秦天，说道："咱们来比比力气，我刚才一口气举了六十下，现在轮到你了⋯⋯"

这场雨把秦天淋感冒了，他发起了高烧，昏昏沉沉地躺在床上，连说话都有气无力。乔杉出门前嘱咐他："老秦，我去侦探事务所了，你好好休息，等养好了身体，咱们再商量怎么对付黑暗王爵。"

乔杉离开之后，秦天翻身坐起，他走到窗边，目送着乔杉的背影，脸色越来越冷，牙齿越咬越紧。虽然高烧让他头疼欲裂、全身乏力，但他哪有时间休息？跟黑暗王爵这种可怕的对手斗法，一分钟的拖延也许都是致命的。

秦天思之再三，决定去找阿华，他并不清楚阿华和乔杉的真实关系，不知道阿华是乔杉的帮凶还是被黑暗王爵所胁迫，如果是后者，他就有机会把阿华拉到自己的阵营，尽管他没什么把握，但现在也只能赌一把。

可惜，当秦天赶到阿华租住的那座院落时，却发现已是人去房空。他走得很匆忙，房东都没通知，家具都没处理，只带走了随身的衣物。

又晚了一步！秦天一腔愤恨无处发泄，狠狠一拳砸在树干上。

接下来该怎么办？秦天皱眉思索着，突然间心中一凛，他千方百计从跟黑暗王爵有关联的人物身上打开突破口，而乔杉正在想方设法封死这些突破口，并且每次都抢先了一步。方龄已经遭遇了不测，阿华也下落不明，自己知道的人当中只剩下林东城了，他会不会成为乔杉下一个动手的目标呢？

秦天坐车赶过去，一路上思绪不停，他和乔杉的较量已经到了白热化的程度，说不定林东城就是决定最终胜负的风向标。林东城虽然对黑暗王爵畏如蛇蝎，但那是因为他把对方当作了鬼神，如果让他知道黑暗王爵也只是个普通人，受尽屈辱的他还会继续隐忍下去吗？乔杉当然也能想到这一点，因此他下手绝不会有丝

毫迟疑，也许现在林东城已经处在危险之中，但愿自己现在赶过去还来得及。

林东城在两名保镖的卫护下，心事重重地朝着他那辆黑色奔驰走过去。那两名保镖神情警惕地环顾四周，却完全没提防慢慢靠近的秦天，是啊，谁会在意一个风烛残年的老者呢？但事实证明，在这个世界上，你不能轻视任何人。秦天闪电般越过那两位保镖，一把抓住林东城的胳膊，贴着他的耳朵，报出自己的名字。

那两名保镖大惊之下，如狼似虎般扑过去，但林东城喝住了他们，他说：“这是我的一位朋友，我们需要找个地方，单独说几句话，你们不用管了。”

林东城开车拉着秦天，来到一个偏僻地带，把车停好后，两人从车上下来。林东城上下打量着秦天，有些好奇地说道：“秦警官，如果不是能认出你的声音，我真的不敢相信是你，世上竟然有这么神奇的化装术。”

秦天说道：“我已经不是警官了，你叫我的名字好了。”

林东城说道：“满大街贴着通缉令，我当然知道你的事，但我还是愿意称呼你一声警官，我也不相信你会故意杀人，畏罪潜逃，这中间一定有什么误会。”

秦天心头一热，说道：“你和我只不过有数面之缘，没想到竟然这么相信我。”

林东城说道：“我经商这么多年，识人的本事还是有的。我亲眼见到你受伤之后都要去值守蹲点，尽职尽责得近乎迂腐，你这样的警察怎么可能干出杀人潜逃的勾当？”

"没错，"秦天点点头说道："我确实是被人陷害的。"

林东城说道："你今天来找我，是需要我帮什么忙吗，秦警官？你对我有救命之恩，只要我能帮到你，一定不会推辞。"

秦天刚要开口说话，林东城突然想到了什么，抢先打断了他："不过有句话我要说在前面，涉及到那个人的事，我可不敢帮你，除此之外，你尽管说。"

林东城连黑暗王爵的名字都不敢提，可想而知他对黑暗王爵的恐惧有多深。秦天叹了口气说道："我找你不为别的事，就是为了对付黑暗王爵，事实上陷害我的人也是他，不把我这个眼中钉肉中刺拔掉，他是不会甘心的。"

林东城像是突然换了个人，完全失去了一位成功人士应有的从容和镇定，他一脸的惊慌之色，连连摆手说道："抱歉，秦警官，在这件事上，我无能为力，帮不了你……"

秦天冷冷说道："我希望你明白，帮我就是在帮你自己。"

林东城说道："我明白你的意思，但我真的不敢跟他斗，我们也不可能斗得过他……"

秦天冷笑一声："接下来你是不是又该告诉我，他根本就不是人了？好吧，我现在就让你听听他的声音，让你看看他到底是人还是鬼，你一定要保持绝对的安静，不要发出一点声音……"

秦天拨通了乔杉的手机，当那边传出乔杉的声音时，林东城像是大白天见到了鬼，惊得眼珠差点跌出眼眶。

秦天找了个因由跟乔杉聊了几句，挂断电话后问林东城："你不止一次从电话里听过黑暗王爵的声音，我想知道，刚才说话的那个人，是不是黑暗王爵？"

林东城颤声道："是他，就是他！秦警官，他是什么人？你怎么会认识他的？"

秦天说道："他曾经是警察，现在是私家侦探，我们算是故交，我也是刚刚才发现他是黑暗王爵。现在你应该相信了吧，这世上根本没有什么鬼神，只有装神弄鬼的人。"

林东城问道:"可我还是不明白,他是怎么了解别人内心里的秘密和脑子里的想法的?"

秦天说道:"这个问题我暂时也没有答案,不过既然已经查出了黑暗王爵的真身,一切谜题都会有水落石出的一天,但要法办黑暗王爵,必须有你的配合!"

林东城不停地走来走去,显然他的内心在做着激烈的斗争,但他最后做出的决定,却让秦天失望了,他说:"黑暗王爵能掌握我的所有秘密,这是完全解释不通的,不管他是人是鬼,我都怕他怕到了骨子里。他已经很长时间没找我的麻烦了,也许再也不会出现在我的世界里了,我不想主动去招惹他,打破这来之不易的平静。抱歉了,秦警官。"

"你错了!"秦天又气又怒,冲着转身离去的林东城大喊,"你现在的处境很危险,他不会放过你的!"

林东城的脚步停顿了一下,继续朝着他的黑色奔驰走去。

就在这时,忽听"轰"的一声巨响,几乎震破了秦天和林东城的耳膜,在他们的视线里,迸起一片炫目的火光……

## 54 惊人发现

秦天走过去,和林东城并肩而立,盯着被炸得七零八落的奔驰,过了好半天,秦天才缓缓说道:"他果然够狠!"

林东城呆若木鸡地站在那里,像一个失去魂魄的人,茫然自语:"为什么会这样?"

秦天说道:"他为了杀你灭口,在你的车上放了定时炸弹,他肯定摸清了你的行动规律,料定这个时间段你在车上,只是没想到我会出现,无意中破坏了他的谋杀计划。"

林东城转头看着秦天,感叹道:"秦警官,你又救了我一次。"

秦天说道:"这只是巧合罢了,你这次运气好,但下一次呢?黑暗王爵已经暴露了,他绝不会留你在这世上,能救你的只有你自己!"

## 54 惊人发现

林东城终于下定了决心,眼神中流露出坚毅之色:"秦警官,你要我怎么做?我听你的!要多找一些练家子,跟你一起去抓捕他吗?"

秦天摇摇头说道:"这不是我们该做的事,只有警方有权抓捕他。我现在正在搜集证据,你可以起到人证的作用,成为给他定罪的重要一环。"

林东城不再有丝毫犹豫,点头答应了,秦天拍拍他的肩膀,不放心地嘱咐道:"那个家伙一定会千方百计除掉你,你一定要加倍小心……"

回去的路上,秦天脚步轻快。在和黑暗王爵的较量中,他终于成功地扳回一局,这让他平添了几分信心,也许让黑暗王爵伏法的那一天,真的已经为期不远了。

但秦天并没有盲目乐观,他清醒地意识到:仅仅有林东城的支持,是远远不够的,要想指控乔杉是黑暗王爵,必须有足够的证据。但黑暗王爵所做的一切都不露形迹,他去哪儿找证据呢?

秦天正往前走着,一对年轻情侣的对话飘进了他的耳朵,男孩的语气中透着委屈:"我从小记忆力就好,所以那些不太重要的客户资料,就没往电脑里储存,我以为需要的时候凭脑子就能想起来,哪知道竟然会忘得一干二净!"

女孩细声细气地训斥道:"你脑子再厉害,也不能跟电脑比啊,看你以后还敢这么自大不?再有下一次,你们老总就不是训你了,直接让你卷铺盖走人了。"

听着这对情侣的交谈,秦天心里怦然一动,似乎悟到了什么。不管乔杉是从什么途径了解和掌握那些秘密的,他要记住这么多当事人的身份信息和与之对应的具体秘密,都不是一件很容易的事,他会不会也把这些资料,储存到了电脑中呢?

秦天去过乔杉的办公室，见过他那台高配置电脑，他从不让手下去动这台电脑，而且电脑也设置了开机密码。黑暗王爵不可告人的秘密，会不会就藏在这台电脑中呢？

秦天来到当地最大的电脑城，打听着找到一位电脑高手，向他询问破解开机密码的方法，这位电脑高手告诉他：暴力破解开机密码难度不大，但需要用新密码替代旧密码，肯定会被机主发现；更高级的一种破解方式，可以完全不留痕迹，但学习难度较大，收费也比较高。

秦天选择了学后一种破解方式，他装作身体未愈，每天都会在乔杉离开之后，去找这位电脑高手学习。花了三天时间，总算掌握了这项技术。

秦天躲在广告牌后面，盯着那家侦探事务所，看着乔杉带着两名助手，脚步匆匆地走远。又等了一会儿，确定乔杉不会中途返回，这才背着双手走进那家侦探事务所的大门。

所里现在只剩下负责接待工作的小马，他坐在桌子后面，百无聊赖地玩着手机，看见秦天进来，小马站起身说道："哟，老爷子，您怎么来了，乔哥正好出去了。"

秦天跟着乔杉来过几次侦探事务所，由于不能暴露真实身份，他扮演的是乔杉远房亲戚的角色，几位员工看到他和乔杉关系亲密，对他自然也不失尊重。秦天拉过一把椅子坐下，对小马说："我感冒了好些天，门都不能出，可憋坏了，就寻思着出来转一转，乔杉不在没关系，我就在这儿等他。"

小马乐了："正好我闲得慌，咱爷俩好好唠一唠，我给您去沏壶茶。"

秦天哪有心思喝茶聊天？但又不能操之过急，以免引起对方的怀疑，只能耐着性子，听小马乱侃一气，好在天从人愿，这时正好来了一位客户，小马赶紧起身接待，秦天不紧不慢地说道："别影响了你办正事，我去乔杉的办公室，找本书看看。"

小马应道："好嘞，您去吧。"随即又提醒了一句："别动他的电脑，乔哥专门交代过的。"

秦天轻轻把门掩上，静寂无声的办公室里，只有他的心跳声，"怦怦"地响个不停，他启动了乔杉的电脑，花了几分钟时间，破解了开机密码，然后插上一块移动硬盘，开始整体复制电脑上的文件。

秦天关掉显示器，拿起一本书，坐在椅子上，一边透过门缝盯着外面正在跟客户交谈的小马，一边不时点亮显示器查看一下复制进度。

半个多小时过去了，那位客户离开了，秦天有点紧张，生怕小马进来，好在小马并没有来打扰他，而是全神贯注地玩起了手机游戏。秦天轻轻呼出一口气，又查看了一下进度条，还有五分钟就大功告成了。

偏偏就在这时候,乔杉回来了。听到他进门说话的声音,秦天的额头一下沁满冷汗,他屏住呼吸盯着进度条,还剩下三分钟,但这三分钟竟然变得如此漫长,每一秒都是一种煎熬。

透过门缝,秦天看到乔杉朝着办公室走过来,他把手放到移动硬盘上,却犹豫着迟迟没有做出拔除的动作,也许最关键的内容就藏在这三分钟的文件里,也许自己所有的努力都会因为这提前一拔前功尽弃,可是乔杉马上就要进来了,看到眼前的这一切会作何反应?他们难以避免的决裂,会因此提前到来吗?

秦天正在进退两难之际,突然听到小马在乔杉身后叫道:"乔哥,刚才我接待了一位客户,还没跟你汇报情况呢。"

乔杉掉转身回去,仔细听着小马的讲述,秦天擦了一下额上冷汗,重新把目光投向电脑屏幕,还剩下一分钟、五十秒、四十秒……

小马简短地汇报完情况后,想起什么似的说道:"对了,秦叔来找你了,在你的办公室。"

乔杉微微一怔,快步走过去,推开办公室的门,只见秦天站在书架前,正在翻书,他神情轻松,冲着乔杉一笑:"我等你很久了。"

乔杉盯着他的额头,那里还有擦拭未净的冷汗,他沉默了很久,目光缓缓落到电脑上。

秦天找到一家网吧,把移动硬盘插到电脑上,仔细查看着上面的每一个文件。乔杉电脑上的文件太多了,除了系统文件,几乎全是和事务所相关的内容,他详细记录了这些年接手的每一项业务和破获的每一起案件,还有大量关于推理破案的心得体会,甚至还有一些脑洞大开的天才式犯罪构想,看上去竟然都是乔杉虚拟出来的。

没看过的文件已经所剩无几了，秦天顺手打开了下一个文件夹，这个文件夹看上去平平无奇，连个名字都没有。

　　当秦天看到文件夹里的内容时，他受到惊吓般猛地站起来，一颗心脏几乎跳出了喉咙。

## 55 箭在弦上

那个文件夹里，是密密麻麻的文档，每份文档都以人名标记，秦天看到了凌丹的名字，看到了林东城的名字，也看到了自己的名字……

秦天打开了凌丹的那份文档，看到了那个女孩的秘密，里面记录得极为简略，只有寥寥几个关键词：树叶书签、北回归线、溺水冤魂……

这些词汇让其他人看了，恐怕会一头雾水，但看在秦天眼里，却有种惊心动魄的感觉，他颤抖着手，打开了名为"秦天"的文档，里面的关键词更加简单：贺炜、邹凯、养子、冤案……

秦天没再去查看其他文档，他不想去窥视别人内心的秘密，那会让他有很深的罪恶感，也许这就是他和乔杉最大的区别。

人证和物证都有了，秦天现在只需要把深查和法办乔杉的任务交给韦石就可以了，但在前往韦石家的路上，秦天却脚步沉重，在他的内心深处，只希望这条路永远没有尽头……

不知不觉间，他的思绪回到了十几年前，想起了三剑客联手办案的情景。那时的他们满腔热血、意气风发，既相互争锋，又情同手足……

秦天走得很慢很慢，想了很多很多：三剑客破案后相拥庆祝的笑语，自己查清冤案后的进退两难，韦石荣升队长后的意气风发，乔杉一怒而去的决绝背影……

回忆的场景越拉越近：韦石背着他一路狂奔，他胸口流出的鲜血浸湿了韦石的后背；苏醒后的秦天透过眼帘缝隙，看到乔杉充满关切的表情……

秦天突然停下了脚步，在暗夜中久久地伫立着……

第二天黄昏时分，乔杉开门进来，看到秦天站在窗前，默默地望着外面，乔杉走过去问道："老秦，你在看什么？"

秦天没有任何反应，乔杉提高了声音："我是不是问错了？我应该问你在想什么！"

秦天终于开口，他缓缓说道："我在想，如果人生可以停留在一个自己想停驻的时刻，那该有多好，哪怕生命会因此更短暂，我也不会有任何遗憾。"

乔杉笑了笑说道："怎么好端端地想起抒情了？那我问你，你希望你的生命停驻在什么时候？"

秦天充满感情地说道："我希望停在十几年前，那时候的我们热血未冷，那时候的我们还是兄弟。"

乔杉说道："我们现在也还是兄弟啊，难道你不这么认为？"

秦天转过身面对着乔杉，问道："你说的是真心话吗？"

乔杉毫不犹豫地回答:"当然!"

秦天沉默片刻,一字一顿地说道:"那好,你去自首吧,不管你以前做过什么,我都会原谅你,我还会把你当兄弟。"

这突如其来的转折,似乎并没有让乔杉感到吃惊,他不紧不慢地问道:"老秦,你不是在跟我开玩笑吧?"

秦天声音中透出一种沉痛的味道:"你觉得我像是在跟你开玩笑吗?"

"好吧,瞧在你那么认真的份儿上,我可以去自首,绝对没有二话,可你总得告诉我,我犯了什么事,作了什么恶吧?你不能让一个自首投案的人连自己犯了什么罪都不知道吧,这不是滑天下之大稽吗?"

秦天沉声说道:"你做过什么,自己心里最清楚。你知道吗,当我发现自己苦苦追查的那个魔鬼黑暗王爵,竟然是情同手足的兄弟时,我宁愿永远查不出真相,永远当一个蒙受奇冤的逃犯!"

乔杉显得异常冷静,语气波澜不惊:"你说我是黑暗王爵,有什么根据吗?"

秦天叹道:"没有足够的证据,我怎么可能怀疑到你身上?"他把自己最近的所有发现都讲了出来,从方龄听出黑暗王爵的声音到她遭遇不测,从林东城确认了黑暗王爵的真身到他险些丧命,再到自己从乔杉的电脑文件上找到了那些秘密文档。最后,秦天冷冷质问乔杉:"事到如今,你还有什么可解释的吗?"

乔杉冷冷说道:"一句话就足够了,你才是真正的黑暗王爵。"

秦天愣了一下,发出一声苦笑:"你居然会倒打一耙,这个我还真没想到。"

乔杉说道:"倒打一耙的是你,不是我;掉入陷坑的是我,不是你。其实我早就对你起了疑心,毕竟那些对付黑暗王爵的计划,只有我们两个人知道，但每次都会泄露出去，除了你还会有谁？收买阿华为你所用也并不难，他本来就是个唯利是图的赏金猎人，但我还是本能地抵触对你的怀疑，因为我是真心实意地把你当兄弟！"

乔杉的声音越来越低沉，语气中的愤慨却越来越强烈："那天你离开后，我摸摸电脑，尚有余温，仔细检查之后，发现多了那个文件夹。我终于不得不面对现实了，你不但是黑暗王爵，还想金蝉脱壳，嫁祸栽赃给我，让我替你背黑锅，你知道我当时的感觉吗？我的心像是被狠狠扎了一刀！"

秦天点头说道："你颠倒黑白的本事果然厉害，不过你恐怕想不到，除了你我之外，房间里还有一个人，他听到了我们的所有对话，以他的经验和能力，不难做出准确合理的判断。"他对着卧室说了一句："韦石，轮到你登场了！"

话音刚落，从卧室里走出一个人，面沉似水、步伐有力，整个人都带着一种杀伐果断的气息，正是韦石。

时隔多年，三剑客重新聚首，却已物是人非。三人或许都有些感慨，一时间相对无言，还是秦天打破了沉默："韦石，你听到了我们的每一句对话，请你做出独立的判断，我们两个谁才是黑暗王爵！"

韦石缓缓说道："老秦，你忽略了一件事，我也听过黑暗王爵的声音，可以肯定地说，绝对不是乔杉！"

秦天先是一愣，继而大声说道："他跟你相熟，当然不会用本来的声音，或许会刻意变声说话，或许会找人顶替，你不可能连这一点都想不到吧？"

韦石沉沉的语气中，带着一种肃杀之意："我确实能感觉出来，黑暗王爵是在用变过调的声音跟我对话，但他伪装得再好，还是让我听出了一种熟悉的感觉,不过这种感觉让我想到的不是乔杉,而是你!乔杉对你的指控,让我没法再逃避了……"

秦天整个人都呆住了,连声音都在微微颤抖:"韦石,你糊涂了吗?如果我是黑暗王爵,怎么可能用那个秘密胁迫你去陷害我,天底下哪有这样的傻瓜?"

韦石的声音冷得吓人:"我什么时候帮着黑暗王爵陷害你了?原来你不只想给乔杉栽赃嫁祸,还想把我也拉下水!"

秦天一句话也说不出来了,过了许久才开口,声音中饱含着苦涩:"我明白了,热血只能唤醒片刻的真情,权位才能彻底蒙蔽一个人的良知。你还是舍不下刑警队长的位子,这就是你做出的最终选择,对吗?把我打成黑暗王爵,那个秘密就能永远埋葬了,你陷害我的事就化为乌有了,对吗?"

韦石没再理他,他转头问乔杉:"你认为我们该怎么处置他?"

乔杉不假思索地说道:"当然是交由法律惩治,难道还有别的办法吗?"

韦石冷笑一声:"他掌握了很多高官的秘密,和他们是一条绳上的蚂蚱,一旦让他获得反扑的机会,恐怕遭殃的就是你我了!他靠那些秘密文档做物证,让林东城那种被胁迫者当人证,完全能把你反诬成黑暗王爵,让你这辈子都在牢里度过。"

乔杉沉吟道:"那你说该怎么做?"

韦石斩钉截铁地说道:"他失手杀了人,虽然我顶住压力办案,但他还是在某些人的暗中帮助下,逃了出去,等他翻案成功,把你我打成替罪羊,我们就只能任其宰割了。眼下是我们唯一的机会,对付这种人不需要选择手段。我要以拒捕反抗为名,将他就地正法,永绝后患!"

乔杉沉默了,那种态度分明是一种默许。韦石把手伸入腰间,取出了那种乌黑锃亮的手枪。

韦石缓缓抬起胳膊,将黑洞洞的枪口,对准了秦天。

秦天似乎已经意识到今天在劫难逃,发出一声悲愤至极的嘶吼。

韦石的手指,扣在了扳机上。

一声清脆的巨响,撕碎了房间里的空气。

"砰!"

## 56
## 真凶现身

那"砰"的一声,并不是子弹出膛的声音,而是有人情急之下撞开了门。由于用力过猛,这个人冲进房间之后,又踉跄着向前走了几步,才站稳了身形。

三剑客同时转过脸去,盯着破门而入的这个人。看清这个人的长相后,三剑客表情各异。韦石眼神犀利,脸上如罩寒霜,随着他转过身去,黑洞洞的枪口离开了秦天,对准了那个不速之客。

乔杉的表情就平和得多了,他朝那个人微微点了点头,像是在跟一个许久不见的熟人打招呼,如果仔细观察他的眼神,会从中发现几分欣赏之意,甚至是一丝佩服之情。

表情最复杂的是秦天,那是一种无法用语言形容的神情——有痛心也有难过,有愤怒也有失望,但在他的眼神深处,分明又藏着一丝欣慰。为什么会有这种感情？是因为这个人的自投罗网，证明了他的一番苦心没有白费吗？秦天盯着这个人，缓缓叫出了他的名字："小默，真的是你……"

在三剑客的注视之下，原形毕露的小默并未显出惊慌之色，也看不出一丝一毫的畏惧，反而从眼神中流露出不加掩饰的轻蔑。这种态度彻底激怒了韦石，他沉着脸冷冷说道："你输得很不服气，对吗？无所不能的黑暗王爵先生！"

"错了！"小默撇了撇嘴角，发出一声冷笑，"我输得心服口服，你虽然侦破推理能力平平无奇，但演技还是很出色的，这一点我心服口服。"他的目光落到那把手枪上，嘴角那一丝笑意透出强烈的嘲讽味道："你们的目的只是用对话引诱我上钩，反正我又看不见你们的动作和表情，需要表演得那么逼真吗？连道具都用上了！"

"没办法。"这次开口的是乔杉，他的语气中听不出有什么敌意，"我们毕竟不是真正的演员，让我们完全脱离开那种情境去表演，我们还没那个本事，何况你又是那么可怕的对手，稍微露出一丝破绽，恐怕就会前功尽弃了。"

小默转脸看着秦天，他想再故作轻松，却已是力不从心，他表情有点僵硬，声音有些艰涩，一字一顿地说道："他们只是配角，你才是主演，而且是整台戏的导演，对吗？你好像有点不自然啊，没必要吧？反正你也不是第一次欺骗和利用我了！栽在你手里算我活该！"

秦天心中百味杂陈，一时间反倒说不出话来，过了好半天，才缓缓摇头，说道："我不是在骗你，我是在救你，尽最大的能力救你……"

"住口！"小默彻底失去了冷静，他狠狠地瞪视着养父，嘶吼着说道，"把你假惺惺的那一套收起来吧！我用不着你救，还是想想怎么救你自己吧！"

韦石看不下去，他走到小默跟前，沉声说道："你父亲说的没错，他一心一意只为挽救你。当我们知道了你是黑暗王爵，完全可以直接抓捕你，是你父亲提出演这场戏，争取促成你投案自首。你不要执迷不悟了。"

小默嗤之以鼻："你们有什么证据？凭什么直接抓捕我？"

韦石说道："也许我们目前掌握的证据还不够充分，但只要我们顺藤摸瓜，集齐足够证据，把你抓捕归案只是迟早的事！"

"是吗？"小默淡淡一笑，看上去胸有成竹，"恐怕这只是你们的一厢情愿吧。你们想必也清楚，我捏着不少大人物的把柄，我会让他们知道，我被法办的那一天，就是他们的秘密被曝光的那一刻。他们一定会千方百计地保我，你们自问有能力扳倒他们吗？"

韦石气得两腮紧绷，牙齿都咬紧了，他知道小默的话并非虚张声势，想要将他绳之以法，肯定不是一件容易的事，但小默有恃无恐的轻蔑模样，还是最大程度地触犯了他的尊严，他盯着小默说道："我也算是看着你长大的，没想到在一个刑警队长眼皮子底下，居然诞生了这样一个寄生在黑暗中的怪物。你真的以为挟持了一些大人物，你的所作所为就永远不会受到惩罚吗？我只想送你一句话——天作孽，犹可违；自作孽，不可活！"

小默冷冷迎视着韦石的目光，毫不客气地针锋相对："很多人跟你一样，什么都不缺，只缺一面镜子。你们对别人的恶行明察秋毫，对自己的罪孽却视而不见。我在黑暗中沉沦得这么深，不正是拜你们所赐吗？"

小默的话像一柄尖利的锥子，一下捅破了韦石身上那层看似坚硬的外壳，他似乎想到了什么，顿时陷入了沉默。

小默越发咄咄逼人，他逼视着韦石，连声问道："是谁制造了那起冤案？是谁剥夺了一个无辜者的生命？是谁让我失去亲生父亲，从此成了一个孤儿？是谁？你怎么不敢回答我？"

韦石无言以对，表情异常尴尬，秦天见状只能主动出声了，他语气诚恳地对小默说："你父亲的冤死，我们三人难辞其咎，也不想推卸责任，但我还是想澄清一点，这是我们工作的失误，而不是失职，面对形形色色的高智商高科技犯罪，我想没有任何一个警察，敢保证自己不会产生误判。你有权不原谅我们，毕竟你失去了唯一的亲人，但我希望你能明白，我们也有我们的无奈！"

"那好，你回答我一个问题。"小默盯视着秦天，一针见血地问道，"当你们意识到那是一起冤案时，为什么不去帮我爸翻案？为他洗雪冤情，还他一个公道，难道不是你们应该做的？"

小默的质问让秦天哑口无言，他深深地低下头去，许久之后才缓缓说道："这是我的罪过，我无从辩解，不管是为我自己考虑，还是为同事着想,把那个秘密掩盖起来,都是出于私心……"

旁边的乔杉发出一声叹息:"我当年离开警队,和韦石的冲突只是表面原因,更深层次的原因就是参透了那个冤案,却又跟秦天一样,出于种种顾虑,不能替冤死者翻案,从此有了心理障碍,总觉得自己配不上警察这个职业,这才辞了职……你知道吗,小默?这个秘密沉甸甸地压在我们心头,这些年,我们过得都不轻松……"

"够了!"乔杉这番话并没有起到缓解小默情绪的作用,反而让他像火山一样彻底爆发了,他歇斯底里地大吼道,"这不一样,这根本不一样!你们制造了这起冤案,掩盖了这个秘密,只不过让自己的良心有了一点小小的不安,让你们睡觉时偶尔做一次噩梦!可是你们知道我经历了什么吗?一句话就够了——我从人变成了鬼!"

小默越说越激动,越说越愤怒,就在他几乎陷入癫狂状态时,一双手重重地放在他肩上,按住了他躁动不安的身体。秦天盯着他的眼睛,语气中充满关切之情:"小默,你这些年经历了什么,告诉我好吗?"

这句话似乎触到了小默的痛处,让他的身体猛地一阵战栗,他缓缓闭上眼,重重地呼吸着,这个让人生畏的黑暗中的魔鬼,似乎也有着一段不敢触碰的黑色记忆……

# 57 黑暗往事

小默从小就是个带有自闭倾向的孩子,这可能是因为他过早失去了母爱。父亲贺炜是个性格粗放的男人,大大咧咧的,虽然全身心地爱着他,但很少关注到他的内心世界。

父亲强奸杀人被判死刑,对小默而言,无异于天塌地陷,在福利院里,就因为一个男孩骂了贺炜一句强奸犯,他差点跟对方拼命。哪怕全世界的人都认定贺炜是强奸杀人犯,他也绝不相信父亲会干出那种事。

后来秦天收养了小默,并为他办理了转学手续,他这么做的目的很简单,就是希望小默能脱离旧的环境,有一个新的开始。他的苦心没有白费,在这里没人认识小默,也没人知道他罪犯孩子的身份,所有人都以为秦天这个警察是小默的亲生父亲,再加上小默的学习成绩在班上名列前茅,因此同学们对不合群的他并没有什么排斥。这是性格孤僻的小默第一次真正地融入集体生活。

上初中的时候,小默情窦初开,喜欢上了自己的同桌,一个叫夏雪的女孩,夏雪对他也很有好感,经常向他讨教学习上的问题。每次接触到夏雪澄净的眼神,他的一颗心都会跳得乱了节奏。懵懵懂懂的年纪,当然不懂什么是爱情,但那静水深流般绵延不绝的单相思,却是小默孤独内心中唯一的温暖和期盼。

每个班集体中都会有一两匹害群之马,胖仔就是个人人都惹不起的刺头,他小小年纪就旷课逃学,抽烟打架,跟社会上的混混打成一片。胖子家境不怎么好,出手却很大方,身边总是跟着几个小弟,整天在校园里横冲直撞。小默虽然不爱惹事,骨子里却很犟,他和胖仔互相看不顺眼,发生过几次冲突,由于小默有个警察父亲,胖仔也只能让他三分。

可惜好景不长,这一天,小默在校园外遇见了胖仔,他身边跟着几名同伴,其中一个男孩小默认识,那是他住棚户区时的邻居,对他家的情况一清二楚。看到他们的一刹那,小默的脸唰的一下白了,他迅速躲在一棵树后,默默地祷告着,希望对方没注意到他。可惜事与愿违,他看到那个男孩在远处对着他这边指指点点,看到胖仔脸上露出了不怀好意的笑容。

接下来的几天,小默变成了惊弓之鸟,时时处在惶恐不安之中,见了胖仔就躲着走,可惜怕什么来什么,这天他刚进校门,胖仔便把他拽到角落里,嬉皮笑脸地说道:"兄弟,可以帮我个忙吗?"

小默硬着头皮说道:"你找错人了吧?我能帮你什么忙?"

胖仔笑嘻嘻地说道:"我看上了一个女生,可人家对我不感冒,听说你亲爹是强奸犯,俗话说老子英雄儿好汉,我就想让你教教我,怎么样霸王硬上弓?"

小默只觉得脑袋"嗡"的一声,全身血液都涌上头顶,他一下子握紧了拳头,只想狠狠一拳砸在那张胖乎乎的脸上。胖仔往后退了一步,大呼小叫道:"干吗?想学你老爹杀人啊?"

小默狠狠瞪了他一眼,转过身刚走出几步,身后传来胖仔慢悠悠的声音:"你信不信,我现在就去班上宣布你是强奸杀人犯的儿子,猜猜同学们会是什么反应?"

小默停下脚步,整个人都僵在那里,只听胖仔得意扬扬地说道:"我数三声,你不过来,可别后悔……一、二、三……"

小默默默地返回去,低着头站在胖仔面前,脸涨得通红,好半天才憋出一句话:"求求你,别说出去。"

胖仔摸摸他的头发,笑容可掬地说道:"这才乖嘛。至于要不要帮你保守这个秘密,就要看你的表现喽。"他突然左右开弓,在小默脸上猛扇几个耳光,然后甩着手说道:"你把我的手都碰疼了,该不该向我道个歉?"

小默脸上布满红肿的指印,眼中含着屈辱的泪水,他拼命咬着嘴唇,都咬出鲜血了,但他还是用颤抖的声音,说出了那三个字:"对不起……"

胖仔畅快的笑声引来了很多好奇的目光,而小默内心哭泣的声音,没有任何人可以听到……

从这天起,小默就变成了胖仔手中的牵线木偶,被他百般欺辱和戏弄,让小默当众出丑,是胖仔乐此不疲的游戏:你不是老师眼中的好学生吗?我偏要让你考试作弊被抓现行!你不是性格孤僻内向吗?我偏要让你在自习课上引吭高歌一曲!你不是不喜欢惹是生非吗?我偏要让你跟校园里最大的刺头打一架!

那暗无天日的几年,小默不知道自己是怎么熬过来的,如果自己真是一具木偶就好了,哪怕被折腾得七零八落,也不会有任何痛苦，可惜他不是木头制品，他是个有血肉有感情的人，那种精神上的折磨，常常让他有种不堪承受的感觉，可是他必须去承受，因为这种种羞辱加起来，也比不上那个秘密被曝光的恐惧。

可惜小默如此含垢忍辱，但还是没能保住那个秘密。那一天放学后，在回家的路上，他看到胖仔嬉皮笑脸地拦住夏雪，明显不怀好意，小默顿时觉得脑子一热，什么都不管了，他冲过去怒视着胖仔喝道："你干什么？不准纠缠她！"

胖仔不认识似地打量着他，阴阳怪气地说道："哟嗬，就你这德行，还想当护花使者呢！"他眼珠一转，指着小默，说道："夏雪你别误会，我就是发现这小子经常尾随你，对你图谋不轨，这才想保护你。"

夏雪当然不信，眉毛一挑，说道："少来！小默多老实，你才是一肚子坏水呢！"

胖仔干笑一声，说道："小默老实？你该去医院看看眼科了，你知道他爸是什么人吗？"

夏雪不解地说道："他爸不是警察吗？"

胖仔说道："那是他养父，人家一片好心，怕他学亲爹走邪路，这才收养了他，可是他养父来学校时，你也见过他对养父的态度，跟仇人似的，有些东西是基因里传下来的，不是后天教育能改变的。"

夏雪好奇地问道："他亲爸到底是干吗的？"

胖仔皮笑肉不笑地对小默说："我本来答应替你保密的，可你非要跟我过不去，那就别怪我说话不算数了。"

小默拼命摇头，颤声说道："不要，我求求你，不要啊！"可惜他的哀求并没有换来胖仔的同情，他清清楚楚地听到了那句抑扬顿挫的话："小默的亲爸，是个强奸杀人犯……"

在夏雪的惊叫声中,小默痉挛着闭上眼睛……

同学中居然有一个强奸杀人犯的儿子,而且把身份隐藏了这么久,这让小默突然变成了一种瘟疫般的存在,所有人都对他避之唯恐不及。尤其是女同学,见了他就躲得远远的,仿佛他自带强奸基因,随时会对她们下手。

表现出最强烈嫌恶态度的是夏雪,也许是因为她以前和小默走得比较近,为了显示自己的清白,必须这么做,但她肯定不会想到,她无情地扼杀了那个少年对这个世界的最后一丝温情。

这天,小默拿着一个大号扳手,偷偷地跟着胖仔,他要找一个机会,对这个家伙发起致命一击。他很快发现有点不对劲,胖仔不时东张西望,看上去鬼鬼祟祟的。小默好奇心大起,改变了行动计划,决定看个究竟。

当小默看到胖仔手法熟练地撬开一辆自行车,骑车飞速逃离后,嘴角露出了一丝冷笑,怪不得胖仔家境一般,出手却很大方,这家伙胆子真够大的,小小年纪竟然敢干这种非法勾当。

接下来,小默又跟踪了胖仔几次,用手机拍下了他偷盗自行车的视频。当小默把这段视频播放

给胖仔看时,这个不可一世的家伙顿时傻眼了,他脸色变得煞白,一个劲打躬作揖:"好小默,以前全是我不对,你大人不记小人过,千万饶了我这一次,不要去告发我,我以后给你做牛做马……"

小默狠狠一拳砸在他脸上,砸得他鼻血飞溅,这是他早就想去做的,他终于等到了这一刻!胖仔丝毫不敢反抗,赔着笑,连脸上的血都不敢去擦。

小默眼神阴冷地盯视着他,那种语气连他自己都觉得陌生:"你不是想给我牛马做马吗?你见过两脚着地的牛马?趴下!"

胖仔果真二话不说地趴在地上,小默抬脚踩在他的脊背上,居高临下地俯视着他。他看不到自己的表情,但他知道自己的表情一定很可怖。

那个黑暗中的魔鬼,破壳而出了。

## 58 秘密王国

　　小默讲述到这里,房间里一片沉寂,三剑客默然无语,小默的目光在他们脸上巡视一遍,冷冷说道:"如果你们当初没有私心,帮我父亲翻了案,这世上根本就不会有黑暗王爵这个人!现在你们明白了吧,亲手制造了黑暗王爵的,不是别人,就是你们自己!"

　　秦天叹道:"对不起小默,我这些年忙于工作,对你的关心不够,我一直以为你只是性格内向,不算什么大问题,没想到你经历了这么多事,心里藏了这么多苦……"

　　小默愤然叫道:"你现在说这些还有什么用?难道一切还能回到从前吗……"他转身往外疾奔,韦石想拦住他,被秦天劝住了:"给他一点时间好吗?"

　　小默满脸是泪地狂奔着,那愤怒的呐喊还在耳边回响着,是的,他永远回不到从前了,当他毫不犹豫地把胖仔踩在脚下时,过去那个单纯善良的少年,就已经彻彻底底地死掉了。他对胖仔展开了变本加厉的报复:你不是最爱面子吗?我偏要让你光着身子在操场上跑圈!你不是标榜自己讲义气吗?我偏要让你跟所有的同党都把关系搞臭!你不是最喜欢欺凌弱小吗?我偏要让你跪在地上给欺负过的同学赔礼道歉……

高中时代行将结束的时候,小默去公安机关举报了胖仔,并亲眼看着胖仔被押上警车,胖仔又叫又跳,冲着他咆哮不休,小默的内心却波澜不惊。不知从什么时候起,他的心肠已经冷硬如铁。他知道,在这场绵延多年的较量中,很难说清谁输谁赢。对手固然被关进了冰冷的铁窗,他何尝不是被囚入了黑暗的牢笼?

小默的成绩早就一塌糊涂,毫无意外地高考落榜了。他把自己关在房间里,表面上是在打游戏消磨时间,其实一直在不眠不休地钻研黑客技术,并利用这种见不得光的手段,疯狂窃取他人的秘密,潘多拉的盒子一旦打开,就很难关上了。

用秘密挟持对手的经历,让小默食髓知味,产生了一种吸毒般的快感,而身边所有人对他的歧视和隔离,则让他对这个世界产生了深深的敌意。他不相信那些自命清白的人,真的就没有不可告人的秘密,他要挖掘出这些秘密,他要报复所有人,他要跟整个世界为敌!

小默的黑客技术越来越高超,靠着盗取电脑聊天记录和破解家庭摄像头,他果然掌握了一些秘密,也俘获了第一批猎物,但他很快发现,现在人们的电脑水平和防范意识越来越高,靠聊天记录和摄像头捕获的秘密级别也越来越低。他能得到的东西,和他的野心完全不相称!

在黑暗世界中穿行的小默,展露出了自己犯罪天才的一面,他从屡禁不止的传销现象中找到了灵感，传销组织为什么能以爆炸般的速度发展壮大？就是因为他们建立了一种几何倍增的模式。一位成员拉三个下线，三人就能拉九个，三九就是二十七，就像滚雪球一样，会越滚越大……

当小默联系到那些被他掌握秘密的人，每个人无不诚惶诚恐，他们以为小默是为了勒索钱财，可他们怎么也没想到，小默提出的条件，竟然是让他们用另外三个人的秘密，换取自己的秘密不被曝光！

每个人都有秘密，每个秘密都不可告人，但每个不可告人的秘密后面，也许都有一双眼睛！那些被掌握秘密的人为了自保，不惜窥探和出卖身边人的秘密，不管对方是亲人还是好友，终归没有自己的利益重要。

对那些重要人物，小默会提高要价。他掌握了一位领导司机的致命秘密后，邮寄了一套最先进的监控设备过去，让对方将领导作为目标，捕获他的秘密。第一名贪官的受贿证据，就这样落到了他手中……

一个秘密扩展成三个秘密，三个傀儡化身为九个傀儡……那个雪球已经巨大无比，到底掌握了多少人的秘密，连小默自己都数不清了，但有一点是毫无疑问的，他就是这个秘密王国的主宰，在这个秘密王国中，有贩夫走卒，也有达官显贵，而这些人的命运，全掌握在二十岁的小默手中。

后期捕获的大量猎物，小默并没有再要挟他们提供秘密，那个秘密王国的规模已经足够了，他现在需要的是加深他这个黑暗王爵的神秘程度。任何事都是有得有失的，当你要挟一个人提供他人的秘密，对方会知道你是人，再可怕也只是一个人，而当你说破一个人内心的秘密，却不让他知道这个秘密的来源，他会把你当成鬼神!

　　小默喜欢把自己关在黑暗的房间里,静静地咀嚼每一个秘密,他渐渐明白了一个道理:这世界上并没有什么秘密,是绝对不会曝光的,因为你可以把一件事瞒过所有人,唯独不可能瞒过自己的心!

　　凌丹就是最好的例子,她到死都想不明白,青柠淹死时现场并没有第二个人,黑暗王爵怎么会知道这个秘密?她忽略了一件事,沉重的负罪感让她经常在噩梦中见到青柠,最近的一次,她在梦中被青柠的鬼魂追扑索命,吓得冷汗直冒,喊着青柠的名字,不停地求饶哀告。当时在她的身边还躺着一个女孩,闭眼装作熟睡,其实听得真真切切。

　　这个女孩就是方龄,她和男友情到浓时,曾经拍过艳照,这个秘密被黑暗王爵掌握,她只能听命于他,靠提供三个秘密,换取自己的艳照不被公布到网上。她已经提供了两位亲友的秘密给黑暗王爵,但第三个秘密,却苦求不得,凌丹在噩梦中的呼救,让她一下捞到了救命稻草。

　　方龄和凌丹是同乡,两人打小就是同学。方龄曾经混在围观的人群中,亲眼目睹了青柠被打捞上来的尸体,并且无意间看到了凌丹从树后探出惊恐万分的面孔,但方龄不是神仙,不可能把凌丹的表情和青柠的死亡联系到一起,直到十五年后的这个夜晚,一场噩梦让所有的一切豁然贯通。

　　方龄和凌丹曾经在同一所大学就读,虽然不住同一个宿舍,但由于同乡的关系,也是常来常往。那一次凌丹生病在宿舍静养,方龄去探望她,正好凌丹去厕所了,方龄在她床边坐下,无意间发现她的枕头下露出书籍的一角,掀开枕头一看,是一本非常有名的禁书《北回归线》。外面传来脚步声,方龄这才赶紧放下枕头。

方龄把凌丹的秘密提供给了黑暗王爵,她成功上岸了,凌丹却被她拖下了水,可叹凌丹还浑然不觉……

更鲜明的例子是林东城,他和凌丹一样,内心早已袒露无遗,还自以为严守着秘密。那次他喝得酩酊大醉,在一个提供性服务的女人身上进行了双重的发泄,一重是肉体的宣泄,一重是郁积的倾吐。他又哭又笑地讲述了自己于连式的搏杀史,讲述了自己在母老虎雌威下的窝囊,讲述了自己偷欢的种种细节,讲述了自己谋杀丑妻的计划……与其说他是在黑暗中向一个陌路之人倾诉,不如说他根本没把这个风尘女当人,因此当他清醒之后,就什么都不记得了,更不会注意到,自己落下了一张名片……

还有更极端的例子。一个道貌岸然的男人,用杀人不见血的手段,谋害了自己的亲人,夺取了巨额的家产,他把这个秘密隐藏得很好,确确实实没有向任何人泄底,可他最终却患上了精神分裂症,最难治愈的症状,就是见人就要倾诉秘密……

小默经常凝望着窗外的夜色,不停地想一个问题:什么是秘密?也许一件事只有你不去做、不去想,才能真正成为秘密,一旦你去做了去想了,它已经不算是秘密了,因为你的心已经知道了,而你永远不能确定,你

的心会不会背叛你!

顺着这个思路往下想：自己作为黑暗王爵的秘密，又能隐藏多久呢？也许应该赶紧收手，才能避免滑入万劫不复的深渊，可惜他在黑暗中陷得太深，已经无法自拔。

凌丹是被他从反面整治的第几个猎物，小默已经记不清了，从方龄口中了解到她和杨枫的交往过程后，小默很快判断出她是在用贞操博取婚姻，于是向她伸出了魔爪。其实这么做还有一个隐晦的原因，是他不愿意承认的：二十岁的他正是欲望高涨的时候，他需要一个发泄的对象！

为了达到敲山震虎的效果，小默从自己的秘密王国里，把林东城揪了出来。林东城是凌丹所在公司的老总，拿他立威，震慑凌丹，是再合适不过的了。

小默顺利地达到了目的，却发现很多东西在失去控制，在和凌丹交往的过程中，他对她产生了一种说不清道不明的情愫，还没等这份情愫落地生根，凌丹就毅然决然要离他而去，又妒又恨的小默在凌丹肩背上留下齿痕，要让她的美梦彻底化为泡影，但小默怎么也没有想到，凌丹会因此魂断天台、血染婚纱。

一个年轻如花的生命就这样凋谢了！这让小默第一次对自己的行为产生了深深的质疑，但他没有时间去多想，因为告诉他凌丹死讯的人，还带来了另外一个消息。这个消息牵出了一桩陈年冤案，也揭开了一个和他密切相关的秘密！

# 59

# 真爱无敌

向小默通风报信的是林东城。他在微信上告诉黑暗王爵,那个叫秦天的警察从凌丹之死查起,已经查到了他头上,不过林东城请黑暗王爵放心,他发誓永远不会背叛王爵先生。

原来,在经过激烈的思想斗争后,林东城最终把砝码押到了黑暗王爵身上,他虽然敬佩秦天的为人,但不相信他能斗得过鬼神般的黑暗王爵,他甚至觉得自己和秦天见面的事,也不可能瞒过黑暗王爵那双无处不在的眼睛,倒不如主动供出这一切,换取黑暗王爵的信任。

小默为了迷惑秦天的视线,渲染黑暗王爵的神秘和可怕,吩咐林东城在和秦天见面时,杜撰了一系列自己的离奇遭遇,在汽车上、办公室里和家中发生的那些不可思议的情节,当然都是虚构出来的，只有额头上出现印章这件事，小默严令林东城必须照做，因为在公开场合出丑的事，秦天完全可以去调查其真实性，由此也可见小默虑事之周密。

林东城把那封信交给秦天，他的任务就完成了，而小默的戏份，才刚刚开始。

小默不知道秦天在读那封信时，是一种什么样的心情，但他在打印那封信时，内心却极不平静，他早就想知道这件事的谜底，却又一直在逃避这个问题。

很早以前，小默就有一种怀疑，怀疑父亲是冤死的。他很了解自己的父亲，贺炜虽然没个正形，但心地并不坏，胆子也不大，他怎么可能干出强奸杀人的勾当？

养父对他过于顺从和迁就的态度，加深了他的怀疑，那不像一位父亲对儿子的态度，倒像是欠了一笔良心债的人，在面对自己的债主！

小默完全可以去追查这件事，却始终没有付诸行动。他知道自己在逃避什么，也许他不善于表达，也许他不愿意承认，但他骗不了自己，十年的相依为命，早已让养父成为他生命中最重要的人，这就是他逃避真相的原因，如果真的是养父造成冤案害死了父亲，并且对自己隐瞒了这么多年，他该如何去面对那份撕裂的情感？

但该来的迟早会来，躲也躲不开。也许一切都是命运的安排，秦天遇到了含冤跳楼的凌丹，发誓要为她讨还一个公道，而小默为了自保，必须阻止养父追查下去——用秘密挟持对方是他的惯用手法，贺炜的案子终于被放到了台面上。

不知为什么，在内心深处，小默宁愿一切都是自己的误判，哪怕这样会让自己陷入被动。可惜最终事与愿违，他的怀疑被证实了，当秦天低着头站在他面前，一脸愧色地承认自己制造了冤案，小默感觉自己整个人都被撕成了两半，他满腔悲愤，发疯般冲出门去。他的父亲被这个人害死，至今冤沉海底，他承受了那么多的屈辱，全是拜这个人所赐，而他竟然爱着这个人，他被骗得好惨好苦！

爱的反面就是恨，小默发誓要报复，他冒充伍龙打去电话，给养父设下重重陷阱。秦天对小默的声音当然很熟悉，但小默在化身黑暗王爵的过程中，一直在模仿一种超出自己实际年龄的嗓音，久而久之，练出了类似配音的本领，能根据自己的需要调整声音，甚至骗过最熟悉的人，秦天果然没有听出什么问题。

小默藏身暗处，用望远镜观察着秦天的一举一动，当他看到秦天为了救自己，时而舍身跳崖，时而奋力跃轨，说不清心里是什么滋味。他不得不承认，无论秦天做过什么，他对自己的情意，都没有半分掺假！

当秦天陷身火海后，经过一番激烈的思想斗争，小默还是用颤抖的手指，拨打了火警电话，他毕竟还是狠不下心，眼睁睁看着养父被活活烧死。

然而，就在那天晚上，小默在梦中见到了血淋淋的父亲，他怒目圆睁，指着小默，又哭又骂，哭诉自己至今还是个不得超生的冤鬼，痛骂儿子把仇人当亲人。

小默给父亲点了三炷香，在青烟袅袅中咬牙发誓，一定要给父亲申冤报仇，让三剑客血债血偿。

跟三剑客这种刑侦高手斗法，当然不是件容易的事，但小默对自己有信心，他深知自己目前的所作所为，是在挑战法律，只有具备超常的智慧和能力，才能全身而退，因此他一直在研读各类推理探案小说，几乎把养父书架上的这类书籍读了个遍。他对形形色色的作案和侦破手法了如指掌，想出过很多破解和反制之道，脑子里经常闪过种种天才式犯罪构想。他相信以自己的才华，足以跟三剑客一较高下，并成为最终的胜利者。

小默第一次跟三剑客斗法，便上演了一出苦肉计，他装作遭到伍龙突袭，还自己刺了自己一刀，楼下那个壮硕背影，也是他预先安排好的。他这么做的目的很简单，迷惑警方的视线，带偏他们的方向，让自己处在一个相对安全的区域，避免被纳入警方的怀疑范围。

接下来该怎么做？小默已经想好了，他要让这些制造冤狱的人，也去体会一下蒙冤入狱的感觉，这才是他黑暗王爵的风格。他首先把目标对准了养父，说来也奇怪，三剑客当中，他最恨的还是秦天，这又是为什么？难道是因为这十年来的爱，全都转化成了恨？

小默偷偷查看了秦天的手机，记下了韦石的微信账号，以黑暗王爵的身份加上他的微信后，通过语音对话和对方展开了一场针锋相对的较量。他报出了韦石身上伤疤的数目，说出了他在心里给上司取的外号，这一切都让韦石极为骇异，但说穿了其实很简单，韦石和秦天经常到对方家里聚会喝酒，酒酣耳热之余，秦天曾经拿韦石身上的伤疤开过玩笑，还着重提到了他裆部那条细小疤痕，这些话被卧室里的小默听了个真真切切。

曾经有一天，韦石和公安局长郑东方意见不合，互相拍了桌子，下班后他来找秦天，想让他评评理，不料秦天出去了，小默给他开的门。韦石坐在沙发上等了一会儿，没等到秦天，却等到了郑东方的电话，两人在电话里又争执起来，韦石不想让小默听到，起身去外面打电话，他哪里知道，小默已经习惯了窥探他人秘密，他悄无声息地走到门口偷听，听到韦石挂断电话后，余怒未消地骂了一声"东方不败"。

小默说出韦石这些不为人知的隐私，只为起到一种震慑的作用，真正能用来挟持韦石的，还是那个冤案的秘密。正如他所预料的那样，韦石被迫答应了他的条件，或许他以为守住了那个秘密，就保住了自己的职位，可他哪里能想到，这根本是与虎谋皮。这是小默的一石二鸟之计，韦石栽赃陷害同事，本身就是在把自己推向深渊，在把秦天送进监狱之后，他就是小默的下一个目标。

小默知道，警方抓不到伍龙，会把米妮当作突破口，于是他派出自己的一个猎物，让他代表自己跟米妮谈判，并许以重金，让她自捅一刀，陷害秦天。让小默没想到的是，米妮患上了艾滋病，她主动提出舍掉性命陷害秦天，条件是翻倍的酬金，她已经时日无多，只想给女儿留一大笔钱。

事到如今，小默反而犹豫了，钱对他倒不是问题，他的猎物中有一名贪官，贪了上亿，却惜财如命，小默最喜欢割他的肉，用他的钱。让他犹豫的是秦天会面临的后果，过失杀人虽然不至于被判处死刑，但恐怕这辈子都很难走出监狱的大门了。小默举棋不定的时候，突然想到了蒙上杀人罪名的父亲，他终于狠下了心，也许这就是天道好还。

秦天的潜逃打乱了小默的计划，但以他对养父的了解，已经猜出秦天的目的不是逃出这座城市，而是给自己洗清不白之冤。小默有一种预感，养父迟早会来冒险看望自己，他必须抓住这唯一的机会，才能时刻掌握他的动向，于是小默高价找来专业人士，把一只微型窃听器，安装在一双运动鞋的内部。

秦天穿上这双运动鞋后，他跟乔杉的每一句对话，都一字不落地进入到小默耳中，小默也由此能见招拆招，立于不败之地，为了让阿华反水配合自己，他付出了一笔巨款。就这样，乔杉秦天每一次出手，都输得一败涂地。当秦天不告而别，开始独自调查后，小默敏感地意识到，这两人之间分明已经有了猜忌之意，也许这是乘虚而入的最好机会。

恰在这时，秦天从房东那里找到了线索，把目光锁定在方龄身上。小默灵机一动，想出了新的计划，他打电话给方龄，逼她按照自己的命令行事，被要挟的方龄通过一番精心的表演，成功地让秦天把乔杉当成了黑暗王爵。

方龄遭遇不测，阿华下落不明，都只是这场好戏的一部分，而林东城的出场，让整场戏到达了高潮，他的车里并不是定时炸弹，而是遥控炸弹，当他走向自己的汽车时，偷偷用手指启动了衣兜里的遥控装置。

让秦天确定乔杉是黑暗王爵的，当然是那个文件夹，这是小默的又一着妙棋。当他通过窃听器发现秦天在学习破解电脑开机密码的技术时，已经猜到他下一步的行动，于是小默重金买通了小马，让他在乔杉的电脑上，放进了那个文件夹——整个计划也落下了最后一颗棋子。

接下来的一切都在按小默的计划进行：秦天找来了韦石，要把乔杉绳之以法，有口难辩的乔杉势必会替黑暗王爵背了黑锅，他这个真正的黑暗王爵就能彻底脱身了。

但形势突然急转直下，完全出乎他的意料，韦石私心发作，为了自己打算，竟然把秦天诬指为黑暗王爵，准备以拒捕反抗之名，将秦天当场击毙！

小默一下子蒙掉了，脑子一片空白：怎么会这样？那个爱他如命的养父，竟然要死掉了吗？可这不正是他想要的结果吗？不，不是的！这一刻小默突然醒悟了，他一点都不想让养父死，他不能失去这个世界上最爱他的人！

小默发疯般一路狂奔，那一刻他忘了自己是黑暗王爵，只想

着自己和养父十年相依为命的点点滴滴,他的内心有一个声音在狂喊:你不能死,你不要死,你一定不会死……"

"砰"的一声,小默撞开了门。

## 60 光明在前

三天之后，秦天和小默又见面了，小默表情冷硬依旧，秦天注视着他，有些动情地说："你知道吗小默？当我意识到你是黑暗王爵时，整个人都有种万念俱灰的感觉，当你不顾一切冲进房间时，我的内心又是多么狂喜。韦石和乔杉都不相信你会来，都认为演那场戏没意义，只有我相信，你一定会来……"

小默面无表情地说道："我对你说的这些没兴趣，我现在只想知道，你是怎么识破我的。"

秦天说道："你的计划也许无懈可击，但你低估了人与人之间的真情，低估了每个人内心中光明的力量。"

那天晚上，在去韦石家的路上，秦天回忆着三剑客之间的一切，当记忆停留在他时隔多年后再见乔杉的情景时，他的心弦似乎被猛地拨了一下，当时他微微睁开眼睛，便看到了乔杉充满关切的脸，他是昏迷了很久之后醒来的，乔杉不可能未卜先知地先行伪装，可如果乔杉真的是黑暗王爵，两人之间早已势同水火，他怎么可能还对自己有关切之情？

与其说是多年的从警经验让秦天在关键时刻发现了疑点，不如说是一种根植在血液深处的兄弟之情，战胜了猜忌和不信任。秦天开始重新回顾这段时间发生的情况，隐隐意识到有一只无形的黑手在操纵一切，那只手在他和乔杉之间播下猜疑的种子，结出敌视的果实，让他们互相怀疑对方就是黑暗王爵！

可如果乔杉不是黑暗王爵，他们遭遇的情况又该作何解释呢？秦天苦苦思索，脑中突然一闪，他想到了乔杉曾经做出的一个判断：黑暗王爵每次都能未卜先知，提前掌握他们的行动计划，唯一的可能，就是在他们的房间里安装了窃听器。但乔杉并没有在房间里找出窃听器，之后他们在空旷无人处商量行动方案，照样被黑暗王爵掌握得一清二楚，那么会不会有另一种可能，他们两人的身上，被偷偷放上了窃听器，所以不管他们走到那里，都逃不过黑暗王爵的监听！

可是以他和乔杉的能力，谁有那个本事，能在他们身上放上窃听器，还让他们毫无觉

察？秦天的目光一路往下，在自己身上逡巡，当他的目光落到自己脚上的运动鞋时，突然间猛地一个激灵，似乎有什么想法，把他吓坏了。

秦天并没有急于去动那双鞋，他在想一个问题，按说贺炜冤案背后的秘密，只有参与其中的三剑客，才有可能参悟出来，因此黑暗王爵能洞察这个秘密，一直让他深感不解。现在想来，他忽略了一个牵连其中的重要当事人，因为对这个人的绝对信任，他从来没有往这个人身上想。

很多东西豁然贯通，秦天又想到了一件事，当初伍龙从电话里传出的声音，和他在密林里听到的伍龙的声音，似乎不太一样，只不过一个人的声音在电话里和现实中本来就会产生差异，当时又处在生死关头，秦天就忽略了这个疑点，现在想起来，一身的冷汗。

秦天蹲下身，用颤抖的双手脱下那双运动鞋，用一块锋利的石片，仔细地把鞋底和夹层全都割开，当他在鞋子的夹层里，找到了那只极为精巧的微型窃听器时，他整个人都要崩溃了。原来他苦苦追查的黑暗王爵，就和他生活在同一个屋檐下，而且是他一手带大，是他一生最爱！

秦天把那双鞋藏到草丛之中，先去找到韦石，又去见了乔杉，两人建议搜集证据，将小默绳之以法，但秦天提出了另一个解决办法，他希望给小默一个机会，设计唤醒小默内心的情感，让他自己主动现身。

秦天的计划并非无懈可击，但他成功地利用了小默认知中的一处误区，小默只知道韦石参与陷害秦天的经过，却不清楚两人已经在密林中和解的情况，因此当韦石要杀秦天灭口时，一切便都显得顺理成章。

听完秦天的讲述,小默发出一声冷笑:"就算你能利用我的弱点,骗我自投罗网,那又怎么样?我是不会去投案自首的,谁能笑到最后,恐怕还是未知数呢!"

秦天语重心长地说道:"小默,你是这么聪明的孩子,邪不胜正的道理,你会不懂吗?我知道,你指望那些大人物对你提供庇护,可是他们能庇护你一时,还能庇护你一辈子?我们是法治社会,那些蛀虫和败类,迟早会被揪出来,到时候你的下场会更惨!你明白吗?"

小默默然不语,不知在想什么,秦天注视着前方,深有感触地说:"你那天说,是我们三个人,亲手制造了你这个黑暗王爵。也许你说得没错,但我想换一种更准确的说法,也许每个人心中都有一处黑暗的角落,都藏着一个黑暗王爵。我和韦石乔杉商量了很久,做出了一个决定,就让阳光先照进我们内心的这个角落,先杀死我们心中的那个黑暗王爵!"

小默呆呆地看着养父,秦天把手放到他的肩膀上,说道:"我们决定为你父亲平反冤案,还他一个公道,虽然我们会为此付出不同的代价,但既然做错了事,付出代价难道不是应该的吗?我们已经错了很多年,不能再继续错下去了!"

天放晴了,广场上洒满灿烂的阳光,远处有工人正在修建一座雕像,不少群众在义务帮忙。秦天指着那里说道:"小默,你知道那座雕像是谁吗?"

小默摇了摇头,秦天轻声说道:"他是一个很普通的老人,却感动了大半个中国;他看上去像个乞丐,却是全天下最富有的人;他小气了一辈子,却奉献了自己的所有,他生前默默无闻,死后却有无数人怀念。他把自己节衣缩食省下的全部积蓄都捐给了贫困学生,却把这件事当作秘密,从来没告诉过任何人……"

小默怔怔地听着，秦天转头看着他，说道："小默，这世上有黑暗也有光明，有黑暗中的秘密，也有光明中的秘密。你在黑暗中沉沦得太深，完全忽略了这世界美好的一面，相信我，只要你愿意走出来，任何时候都来得及……"

两天之后，韦石作为三剑客的代表，去面见新上任的公安局局长任浩然，别看韦石看不上行政出身的郑东方，对接替他的这位任局长，却算得上心服口服。任浩然在警界名声赫赫，破获过不少大案奇案。唯一让韦石感到不解的是，任浩然原本在省城担任公安局长调到这里算是降级任用了，难道他得罪了什么人？

韦石向任浩然讲述了整件事的经过，说出了贺炜一案的实情，连自己刑讯逼供的事都没有隐瞒，表示将静候组织处理，任浩然的反应却让韦石万万没有想到，他猛地拍了一下桌子，情不自禁地喊了一声"好"。

看到韦石目瞪口呆的表情，任浩然不由微微一笑，他对韦石说："这件事说来话长，你知道组织上为什么把我调任到这里吗？"

韦石摇了摇头，任浩然表情凝重起来："暗网你肯定知道，那是人性的黑洞、罪恶的天堂，是这个世界最隐秘的存在，是阳光都无法照亮的渊薮……"

韦石说道："据我所知，暗网犯罪虽然很猖獗，但在中国还不成气候。"

任浩然叹道："现在不一样了，从内部渠道得到的消息，有一个国际暗网组织的重要头目，很可能是个中国人，他看中了这座城市连接三省的地理条件，已经在这里暗中建立了据点，而且还在发展壮大，招揽人才。我们必须尽早铲除这个毒瘤，否则后患无穷啊！"

韦石的表情越来越严峻，问道："我们现在该怎么做？有具体的计划吗？"

任浩然说道："对方组织严密，又有国际背景，想一举攻破，难度很高。我本来也一筹莫展，不过听了你刚才的话，倒是有了谋划。那个错案肯定要纠正，你们也需要负起该负的责任，但这个不是当务之急，眼下最重要的任务，就是捣毁那个组织。你经验丰富，有你坐镇指挥，我才能放心。秦天可以利用逃犯的身份，争取打入那个组织的内部，以他的能力，肯定会受到重用，从而起到里应外合的作用。乔杉这些年游走于江湖，具有警方不具备的另一种优势，也许可以从侧面对我们提供帮助……

说到这儿，任浩然顿了一下，加重了语气说："三剑客的威名，我早有耳闻了，但竟然有一个人，跟三剑客斗法，能让你们都吃了亏，这个人绝对算得上是犯罪天才了。任何事物都有正反两面，犯罪天才未尝不能成为反制犯罪的利器，我有种预感，如果小默这次能为警方所用，也许会成为最关键的一员干将！"

韦石眉头皱起，直言不讳地说道："小默手里虽然没有直接的命案，但他胁迫奸污凌丹，导致对方跳楼身亡；设局陷害秦天，促使米妮自寻短见。这些罪行都不轻，我认为他现在更应该接受法律的制裁，而不是得到戴罪立功的机会！"

任浩然说道："你说得没错，但你要知道，对付小默和他的保护伞，并不是一项轻松的任务，也不是一朝一夕能办到的事，我们在全力查办暗网组织的同时，双线作战并不是一种明智的选择。"

韦石说道："秦天一直在做小默的工作，他有信心说服小默投案自首，只不过还需要一点时间。"

任浩然摆摆手，说道："此一时，彼一时，这条路目前肯定是走不通了。"

韦石略一沉吟，他已经明白了任浩然的意思。促成小默投案自首有一个不可或缺的重要前提,就是帮他冤死的父亲翻案,可是现在为了对付暗网组织,只能先把翻案的事搁置起来,本来就对警方缺乏信任的小默,会做出投案自首的决定才是怪事。

韦石沉吟道:"或许可以先把小默的事放一边儿,等到成功铲除暗网组织之后,再来处理他的事。"

任浩然说道:"你想搁置这件事,小默未必愿意。你们承诺马上为贺炜翻案,现在不得不出尔反尔,又不能告诉他内情,这只会加深小默对警方的猜忌,他会以为你们三剑客是在欺骗他;以为你们不肯承担翻案的责任;甚至会以为你们在用缓兵之计拖住他,暗地里想办法对付他。"

韦石沉默不语,他不得不承认,任浩然的分析入情入理,完全站得住脚,只听任浩然继续说道:"以小默的性格,当然不会坐以待毙,他会想出种种反制之道,会和他的保护伞订立攻守同盟,甚至有可能主动出击。这意味着什么?意味着我们还没攻克暗网组织,先在身边埋下了一颗定时炸弹,一旦这颗炸弹引爆,我们就有可能腹背受敌!"

说到这儿,任浩然单掌下劈,做了一个斩钉截铁的手势:"我们为什么不灵活一些,把这颗极具威胁力的炸弹,用到我们的敌人身上呢?"

韦石这才彻底明白了任浩然的良苦用心,佩服之余又有点担心:"小默会答应警方的要求吗?"

"他会的!这是他目前唯一的自救之道。为什么他现在进退两难,始终无法做出决断?因为摆在他面前的两条路,对他而言都不是最好的选择,和警方对抗到底肯定不会有好结果,投案自首又会面临漫长的刑期。现在我给出了第三条路,让他有机会立功赎罪,他有什么理由拒绝呢?"

韦石说道："这一定是秦天最愿意看到的结果，你很难想象出小默对他有多重要！"

任浩然说道："小默对秦天的感情也很深啊，要不然他也不会自投罗网。我决心起用小默，不仅是因为他的过人天赋，也不单是出于警方的查案需要，更重要的决定性因素，是他舍身救父的最终选择。这证明了一件事，小默的本性并不坏，不管他的生命中有过怎样的黑暗，内心深处还是有光明的，我希望他在和真正的罪恶做斗争之后，能彻底唤醒心中的善念，心甘情愿投案自首，帮我们揪出那些蛀虫，这样岂不是一举两得？"

小默考虑了一个晚上，答应了警方的要求，看着他走远的瘦小背影，秦天眼中露出了忧虑之色，叹道："但愿他能真心弃恶从善，永远走出那个黑暗世界。"

韦石说道："一定会的。只要我们齐心协力，定能捣毁那个邪恶组织！"

三剑客的手，紧紧握在一起。

图书在版编目（CIP）数据

秘密森林 / 杜辉著. -- 上海：上海文艺出版社,
2020
ISBN 978-7-5321-7413-3

Ⅰ.①秘… Ⅱ.①杜… Ⅲ.①侦探小说-中国-当代
Ⅳ.①I247.5

中国版本图书馆CIP数据核字（2019）第240818号

## 秘密森林

著　　者：杜　辉
责任编辑：朱　虹　严　俊
装帧设计：周　睿
责任督印：张　凯

出　　版：上海文艺出版社
出　　品：上海故事会文化传媒有限公司
　　　　　（200020　上海市绍兴路74号　www.storychina.cn）
发　　行：上海文艺出版社发行中心
　　　　　（上海市绍兴路50号）
印　　刷：上海四维数字图文有限公司
开　　本：889毫米x1194毫米　1/32　印张11.5
版　　次：2020年7月第1版　2020年7月第1次印刷
ＩＳＢＮ：978-7-5321-7413-3/Ⅰ.5894
定　　价：30.00元

版权所有・不准翻印

上海故事会文化传媒有限公司 出品（00969）www.storychina.cn

想看更多精彩故事？
扫码下载故事会APP

上海故事会文化传媒有限公司所有图书可办理邮购，免收邮费（挂号除外）
汇款地址：上海市绍兴路74号（200020）　收款人：上海文艺出版社发行部
联系电话：021-64338113
如发现本书有质量问题，请与印刷厂质量科联系 T：021-37212897